中国书籍文学馆

名家文存

时代侧面的旁白

张颐武／著

中国书籍出版社
China Book Press

图书在版编目（CIP）数据

时代侧面的旁白 / 张颐武著 . —北京：中国书籍出版社 , 2014.3

（中国书籍文学馆·名家文存）

ISBN 978-7-5068-3944-0

Ⅰ . ①时… Ⅱ . ①张… Ⅲ . ①随笔—作品集—中国—当代 Ⅳ . ① I267.1

中国版本图书馆 CIP 数据核字（2013）第 306211 号

时代侧面的旁白

张颐武　著

图书策划	武　斌　崔付建
责任编辑	杨铠瑞
责任印制	孙马飞　张智勇
出版发行	中国书籍出版社
地　　址	北京市丰台区三路居路 97 号（邮编：100073）
电　　话	（010）52257143（总编室）（010）52257153（发行部）
电子邮箱	chinabp@vip.sina.com
经　　销	全国新华书店
印　　刷	北京富达印务有限公司
开　　本	710 毫米 × 1000 毫米　1/16
字　　数	153 千字
印　　张	16.25
版　　次	2014 年 5 月第 1 版　2021 年 1 月第 2 次印刷
书　　号	ISBN 978-7-5068-3944-0
定　　价	48.00 元

目录

第一辑

文化的侧影

文学市场的新机制的形成

目前中国文化界的形势发生了深刻的改变。一种成熟的市场化的文化运作已经完全建立了自己的独特形态。这种形态一方面和西方式的图书市场运行相接轨，另一方面，也在本地化的方向上产生了许多新的可能。现在的图书市场似乎是越来越清楚地走向两个方向，一个是畅销书机制的发展，一个是"小众化机制"的空间越来越大。这两个方向将支配整个图书市场的走向。

经过了这些年的发展，"畅销书"已经变成了出版的关键。畅销书的运作日益变成出版运作中最核心和最重要的方向。如在文学书籍的领域中，长篇小说的发展就是典型。这个机制几乎排除了八十年代以来由于大型期刊的出现备受青睐的中篇小说的运作。中篇小说的衰落几乎已经成为定局。长篇小说越来越趋于市场化的运作，成为文学运作的中心。畅销书的运作模式已经完全支配了长篇小说的出版和发行的整个过程。长篇小说已完全不是现代性运作中的宏伟叙事，而是市场化运行的书市中的消费品。长篇市场的多元化其实完全取决于市场导向。长篇小说的出版、发行和阅读的整个机制的市场化已经呈现出完整的特点。

这个趋势在九十年代初已经出现，王朔的崛起其实就是畅销书市场开始出现的标志，现在这个市场已经完全成熟了。市场的运作主导了整个出版业，也支配了长篇小说的写作。销路变成了作家"走红"与否的指标。长篇小说越来越集中到几个实力雄厚的大出版社出版，人民文学出版社、作家出版社、长江文艺出版社、春风文艺出版社等近年创出了长篇小说品牌的出版社独领风骚。这些大出版社的宣传发行、编辑出版的力量其他出版社难以望其项背。长篇出版的赢家通吃现象日渐明朗，马太效应业已形成。小出版社难于有资金和实力投入整体的选题策划、作者的组约、宣传推广的实施等环节。长篇小说的出版日渐变成资本和品牌的游戏。

"新少年写作"的不可思议的崛起也是这个畅销书体制成熟的标志。"新少年写作"引发的震动是完全依赖一个与主流文学的市场不同的空间来运作的。他们的读者也是和主流文学大不相同的群体，也就是那些作者的同代人。他们原来似乎仅仅是一种成人主流文学边缘的"儿童文学"的对象，是文学市场的最边缘的力量，常常被视而不见，但今天这个青少年的巨大的阅读市场已经是任何人不能视而不见的了。它没有动摇文学界的批评和阅读机制，却动摇了作为这一机制赖以生存的基础的出版的机制，让文学出版随他们的崛起而舞动。这当然和出版的市场化以及青少年成为文化消费的主导力量紧密相关。出版的市场化使得任何出版社都强烈地追求利益的最大化，少年写作虽然得不到主流文学界的认可，却受到市场的欢迎，出版业当然将它视为新的巨大的增长点。同时，青少年的消费已经成为文化消费的主导力量。伴随着中国经济的高速增长，中国的"中等收入者"的家庭收入大规模增长，这为青少年的消费能力提供了来自家庭的保障，而青少年不需要在如房地产这样的家庭主流消费中投入，所以文化消费的能力极强。青少年强烈的文化消费意愿导致了如电子游戏等新兴产业的高度增长，也创造了一种青少年的独特的阅读市场。于是，"小鬼当家"

的文学低龄化的运动就一发不可收拾地形成了巨大的新兴产业。"畅销书机制"就要求一种新的市场把握的存在。

同时，市场现在还为一种"小众化机制"创造了可能。所谓"小众化机制"就是指并不追求"畅销书"的大市场，而是期望在一个灵活的，有特殊需求的小市场上有所作为。这个市场有固定的需求和固定的阅读期望，有经过"细分"的一批稳定的读者，他们是一种特定图书的特定受众。如近年来的西方批评理论著作的广泛引进获得的成功，如《知识分子图书馆》系列、《现代性研究译丛》、《人文与社会译丛》等大规模的翻译工程。这些译介的热潮和理论批评近年在"阐释中国"方面的价值越来越明显，同时，中国的全球化造成的学院体制的国际化潮流的发展也为这一浪潮准备了条件和基础。这种理论批评的热潮不仅吸引专业人士购买，也吸引了如大学生、研究生的持续兴趣。这些书对于他们几乎是必备的资料。由于宣传发行费用低，这些书成本较低，发行量也能够稳定。这个市场虽然不大，却异常有效。这也是图书潮流中不可忽视的方向。这种小众化的市场的稳定，也为各种艺术实验和探索提供了可能的空间，使得文学的多样化的形态得以生成。这种多样化在畅销书垄断的间隙提供了另类选择的可能，我们的文学想象的空间和文化发展的空间也有了自己的可能。

于是，"畅销书机制"做大有市场，"小众化机制"做小也有市场。中国书业今天的活跃正是这两个机制日渐成熟的结果。

"春晚"变迁的意义

最近，今年"春晚"的郎昆导演和我一起在央视网讨论了有关春晚的历史和现状。郎导演是春晚二十六年来演变和发展的见证人，从第一届开始就已经参与其中，作为局中人自有一份感慨，而我作为一个观众和观察者也有许多感慨。在新的春晚即将来临之际，思考春晚发展的历程其实是很有意义的。

春晚从1983年开始直到今天，可以说和改革开放的历程一直相伴而行。春晚的历程和中国三十年来发展的历程其实丝丝入扣，联系紧密。它既是公众长期关注的焦点，又经历了不断的变化和发展。今天看来，春晚不仅仅是一台文艺晚会，它其实折射了中国社会的走向。

我还记得我们全家围着一台九英寸的黑白电视机观看春晚的岁月。当时的春晚今天看来当然简陋，但那是在改革开放刚刚开始的时候，中国刚刚从匮乏和封闭中苏醒过来，而中国的电视文化也才刚刚起步，人们刚刚开始过有电视机的生活，对于电视的新鲜感和好奇心还没有消退。那时公众迫切地需要从过去刻板的生活中解放出来，以轻松乐观的心态面对未来。

同时文化生活的选择还不丰富，公众还很难享受到多样的文艺生活。于是，春晚应运而生，看春晚成了过年最重要的事情。1983 年第一届春晚上王景愚表演的《吃鸡》，不仅仅是一个小节目，其实是通过一个人和一只非常坚硬的鸡之间的搏斗，表达了对于过去匮乏时代的记忆的释放，也是中国人在走向繁荣的最初时刻对于过去的"含着笑的告别"。而当时观众点播的《乡恋》曾经引起过争议，在春晚上的演唱其实是社会开放的一个标志。正是从这时开始，春晚成为万众瞩目的焦点，在年三十晚上这个特定时刻成了整个中国都不可缺少的一台晚会。到了 1984 年的春晚，则有了香港明星张明敏和奚秀兰，也有来自中国台湾的黄阿源等，他们凸显了中国情怀和中国年的广阔意义。

二十世纪八十年代，每到大年三十的晚上，全家人围坐在电视机前"目不转睛"地观看春晚的每一个节目，成了中国人生活中的重要事件。大家从每一个节目中获得快乐和满足。在一个刚刚走向开放的社会里，这样的轻松和欢乐的晚会是我们共同的期望和共同的乐趣所在。而随着社会的发展，文化生活的选择开始多样化，文化偏好的"分众"化趋势越来越明显，这使得春晚有了重要的变化。一方面，九十年代之后，春晚的功能也有了逐渐的转化，它当然还是我们在年三十晚上不可或缺的，但已经越来越成为家庭中的"伴音伴影"，成了我们节庆生活的一种背景，人们在家庭中也有了更多选择的可能。另一方面，春晚也适应这种"分众"的发展，节目越来越倾向于满足不同社会群体和不同年龄段的需求。当年所有人共看一台变成各取所需、各有所爱的选择的对象。只有当一些大家期待的节目和具有号召力的演员出现时，才会出现全家围坐观看的情况。和这种变化相关的是，春晚本身也逐渐变得规模宏大。它虽然还会有一些节目能成为公共话题和亮点，但总体上已经成为不需要每个节目都以"目不转睛"的方式欣赏的晚会了。从"目不转睛"地观看到"伴音伴影"和"各取所需"，说明中国的发展带来了文化的多样和丰富，给了人们更多的选择。今天的春晚让不少人觉得不如当年印象深刻，当然可能在节目等方面有进一步努力的空间，但同时也是观众的口味越来越高，"众口难调"的现象越来越明显所致。而互联网上的七嘴八舌、众说纷纭，更使得社会对于春晚的看法复杂多样。但其实人们的共识是，春晚仍然是我们不可缺少的。

随着与改革开放时代共同出现的全球"新华侨"群体的成长和壮大，春晚已经有了一个国际性的华人文化的背景，在海外华人社区中受到了热烈的欢迎。海外华人对于春晚的热情既包含他们对于家乡文化传统的怀念和认同，也包含对于祖国发展的热望和期待。随着春节走向世界，春晚其实也已经开始走向世界了，它作为全球华人社会不可缺少的一个新民俗形象已经得到了确立。

在今天，我们当然还对春晚充满了期待，但同时我们也不必过度地苛求它，因为今天我们已经有了更多的文化生活的选择。

"达人"与"红人"

近几年来，网络"红人"现象一直是引人瞩目的议题，始终既吸引着公众的注意力，又不断引发争议和探讨。网络"红人"通常并不是专业的艺人，也并没有独特的一技之长，而仅仅是一些很普通的人，却往往依靠夸张离谱的言论、脱轨出位的行为一夜之间在网络上蹿红，很快就获得了高度的关注。这种过去几乎不可能的事情在网络"自媒体"特性和无远弗届的传播能力的影响之下却成了屡见不鲜的事实，也给当下的文化添加了一个独特的侧面。

网络"红人"的"红"引起争议之处在于，他们经常靠着奇特的言行触碰社会的敏感神经和价值限度。他们受到追捧往往有两个原因：一是他们大胆的表述或举止脱离了社会常规，引起了人们的好奇。过去社会中也会有这样的人物，但其传播范围往往很小，不可能被社会所广泛关注。互联网的传播让"红人"有了一个前所未有的大平台，一旦机缘巧合，被网络中的人们所关注，很快也会被纸媒和电子媒体所跟进关注，变成具有新闻性的现象，又通过这些媒体的放大效应返回到网络上，形成更大的影响。

二是他们的言行举止虽然有争议，却释放了公众的一些并不明确的"无意识"。人们往往不同意或不认可这些网络"红人"的价值观，但他们的一些言论和举止百无禁忌，让人感到率真，同时也释放了一些人尤其是年轻人的压力，让他们在生活中感到迷惑或困扰的时候得到一种宣泄。这些普通人突然走红也容易让一些年轻人将自己的一些想象投射在他们的身上。因此网络"红人"往往被又骂又看，越骂越红。看起来公众的意见往往是批评的，媒体的反应也往往是负面的，人们并不当真觉得他们是明星或大腕，却又会情不自禁地加以追捧，对于他们的夸张离谱的行为见怪不怪，习焉不察。网络红人现象对于年轻人的影响力既不必高估，但也不可小觑。他们当然也反映了社会意识的发展变化，具有一定的指标作用，但也有其负面的影响。其中一个负面的影响是其"示范效应"。一个个体的行为被放大，会让公众觉得这样的行为是可以接受的，从而导致其后继者往往走得更加极端。

最近《中国达人秀》则开启了一个新的将不可能变成可能，让普通人的梦想得到展现的途径，这个节目在网络和传统媒体上引起了强烈关注。《中国达人秀》节目突破了选秀选出明星和偶像的既成模式，将普通人放在舞台的中心，既展示他们的才艺，也展现他们的梦想和期望。这里有断臂青年用脚弹奏钢琴，有生意失败的商人用演唱表达从头再来的决心，还有为了患病的妻子表演的稚拙的孔雀舞。这些普通人的才艺没有艺人那么地道和专业，但他们的梦想其实是我们共同的"中国梦"的一部分。他们虽然承受着生活的压力和困扰，也面临着诸多困难，却从未怨天尤人地抱怨生活，抱怨自己的命运，而是通过努力奋斗来改变命运，来为自己和社会创造美好的未来。他们的故事异常淳朴，也异常真诚，他们对自己的未来充满信心，对于我们这个确实面临许多挑战和问题的社会充满希望。最让人感动的是他们来自不同的地方，经历过不同的挑战，却依然能够坦然自若地站在舞台上。从他们身上我们可以看到，这个社会不是像许多人常常抱怨的那样在向下沉沦，而是在上升。

这个节目所感动的既是年轻人，更是中国的"沉默的大多数"的普通人。它告诉我们，中国不仅仅有靠出位的言论和行为耸人听闻的"红人"，还有许许多多忠实于自己，忠实于梦想的"达人"在我们身边。我喜欢断臂冠军刘伟的话："我都可以做到，一步步离自己的梦想越来越近，那些孩子们还有什么不可以？"我们听到他的反问了吗？

有人在看完《中国达人秀》后写了评论，题目是"世界很冷，但我们是暖的"。我喜欢这个标题，它说出了许多东西。但我还想说，因为我们是暖的，所以世界不会冷。

"读经"的两面性

"读经"成了传媒和文化界不断讨论的新的焦点。在小学、中学和大学教育之外开始将古代典籍的传承的重要性加以凸现，通过复兴"读经"试图利用"私塾"的传统教育将中国文化的一脉精魂传之后世。在许多人慨叹传统颓败，国学大师凋零的这个全球化时代，"读经"似乎是恰逢其时的，它表明了一种复兴中国古典文化的宏大愿望。这当然是随着中国经济崛起，我们对于本土文化自信的结果。

它是试图超越正规的现代教育体系的别出心裁。它表现出对于现代教育系统的一种不信任，好像这一系统不可能给予孩子文化的精华。这种不信任时常表现在种种对于教育的议论之中。同时，这又是复活古典的"读经"教育的渊源有自的举动。一方面，许多人认为现代"教育"没有提供充分的古典文化的传承，以致社会普遍对于传统文化的接受相当隔膜，古典文化知识的普遍低落已经是一个事实。另一方面，在近年来对于许多"国学大师"的媒体宣传和追忆讨论中，人们往往慨叹今天不复存在那种博闻强记、对于古典文明有精深理解的大师，而这些大师当年所受的"私塾"

教育往往被认为是其知识的根底和基础。人们往往用大师式人物的缺席来证明现代教育的失败，也焦虑于古典文化的"知识"谱系面临断裂的危机。于是，"读经"这样的举动正好满足了我们期望接触经典，培养大师的欲望，它变成媒体和公众的焦点是合理的。

这当然是近年来我们对传统的态度发生改变的一个象征。它当然也意味着二十年来对于"东方文化复兴"和"新儒学"的讨论，对于"国学"传统的尊重等等工作已经在社会中发挥了积极的影响。中国经济的高速成长和全球化的冲击，也使得许多人产生了对于传统道德和文化价值的怀念，希望在剧烈的变化中寻找固定的传统。这一愿望当然非常合理，但再现昔日"国学"的荣光是一件难度极大的任务。

理由有二：

首先，我们异常需要对于古典文化的整理和思考，异常需要对于古典文化的传承。但正如传统是相对于现代而言的一样，所谓"国学"其实正是针对"西学"而言的，正是五四前后用"现代"的方法"整理国故"的结果。我们现在所理解的关于中国古典文化的任何知识都已经经过了"现代"的重写和整理。跳过"现代"对于古代的理解去直接进入古代似乎是不可能的，因为无论我们的思维方式还是知识体系都深深地和"现代"缠绕在一起，而今日对古典文化的整理思考，更是根本不可能脱离今天的文化、社会以及教育体系。在这个全球化的时代，有关传统的"知识"当然可以通过传统的"读经"式的方式得到，但没有和当下的文化结合的孤立的"读经"却难以产生好的效果。现在所需要的是利用一切新的文化观念、阐释方式和技术手段来理解古代，比如郭店竹简的发现导致的对于古代文化史的重写只有在当代语境中才可能发生。

其次，现在备受推重的王国维、陈寅恪等等大师，其实都有现代思维和知识的训练。他们的独特之处在于他们生活在传统与现代交替的时期。他们既受过传统的教育，又有机会受到了新的思维方式的洗礼，于是既能够特别深入至传统的内部，又能够以现代的阐释对之加以整理。这是"新""旧"交替时代的特殊的现象，是一种文化上的特例，根本不可重复。对于现代的教育来说，古代文化不过是一个学科和一种特定的知识范围，而对于古代的教育，这是它全部的内容。现代人必须拥有多种知识基础和思维方式，不可能将古典文化的训练作为全部的知识。而当年的"大师"其实正好处于历史的特殊的"点"上，今天那个"点"早已不复存在。现代人"国学"根底的薄弱似乎是不足为奇的，缺少"国学大师"的原因也不仅仅是斯文扫地式的文化衰落，而是对于古典的研究有了完全不同的方法和策略。现代的知识和古代的知识之间在知识型上根本不同，不具有可比性。我们只可能不断地在新的时代寻求对于传统的新的理解和转化，而不可能模仿当年的情境凭空创造"大师"的奇迹。

在今天传统教育早已完全退出历史舞台，传统的"读经"文化当然可以对于我们产生积极的作用，但试图重现传统的教育却未必具有振兴国学的实质意义。它作为一种多元化的校外活动当然非常正当和积极，也可以活跃我们对于教育的多样的理解，但通过传统式的"读经"振兴传统文化则恐怕难以达到目的。全球化时代当然应该对于传统有新的理解，但这种理解应该来自深入的思考；我们也希望我们的传统得到"活化"和振兴，但却必须经过当代的透视和反思。

"二人转"的成长烦恼

赵本山毫无疑问是小品最成功的演员。赵本山的奇迹在于他不仅仅改变了小品，而且还带动传统的东北民间艺术二人转转变成了一种全球化时代的大众文化。当年小品在晚会中初起时，还是作为话剧的一种训练形式的延伸，当年的小品明星也是话剧演员，如王景愚或游本昌。但经过了二十年的沧桑之变，话剧出身的小品演员渐渐沉寂，反而是二人转背景的艺人撑起了一片天。一种东北的民间传统艺术居然在很短的时间内变成了一种新的流行文化，在全国各地的演出市场上大显身手，赵本山的能量的确不可低估。这里有两个要素是关键的：一个当然是赵本山本人的表演魅力。赵本山的"绝活"是在走街串巷的民间演出中锻炼出来的，有掌握和吸引观众的不可比拟的能力。他的演出的强烈的夸张和来自"二人转"的热闹正好适应小品的电视表现，他总是给我们更"明确""鲜明"的东西，这里的一切好像不是真实的"生活"，但它却是实实在在的电视小品中的比真实更真实的"生活"。而来自话剧训练的习惯的表演"深度"和他一比却还是过于平淡。在电视剧中可能游刃有余的东西在小品中就没有了用武之地。二是赵本山对于人性的相当深切的体察。他对于我们人性弱点的精确把握是制胜的关键。他好像站得比观众更低，其实充分展现了在急遽变化的全球化和市场化进程中人们内心的许多困扰和问题，把它们化作哈哈一笑。其实莫里哀的话用来说赵本山也恰到好处：你笑谁呢？其实是笑你自己。赵本山让我们看到了一个哈哈镜中的自己。二人转在小品里激活了自己，也让它自己有了新的天地。

　　其实，电视剧《刘老根》的故事和赵本山本人的命运颇有相似处，刘老根将一个从事传统农业生产的村庄成功地转型为一个全球化时代以"本土性"为号召的观光旅游业的"山庄"的经历，其实和赵本山将二人转转化为小品的历程颇为相似。原来的传统农业生产在新的时代已经面临困境时，刘老根将它的许多要素转化为新的观光旅游业的"奇观"，反而获得了不可思议的价值。这和原来面临衰落的二人转在小品中重获生机的经历异常接近。这其实都是所谓"全球本土化"的结果，也就是地域的本土性在全球化时代经历了创造性转化变成了全球化形式的过程。《刘老根》其实也有赵本山夫子自道的意味。

　　不过，《刘老根》里也有刘老根被时髦的与"国际接轨"的年轻人欺骗的故事。这个年轻人满口英文，又会上网，谈企业管理头头是道，却卷了刘老根的钱跑了。这似乎也表现了赵本山对于转型的不适和焦虑，是"成长的烦恼"，因为有些东西不是他的经验能够应付的。最近赵本山和"二人转"遇到的问题也表现了这一点，刘老根的"成长的烦恼"也在冲击赵本山和二人转了。他如何再一次地成功转型呢？我们只有拭目以待。

"韩流"：给我们造梦

66 韩流"的持续的影响力是近年来一直引人注目的事实。这里的状况是非常有趣的，韩国电视剧对于日常生活的冲击已经通过《大长今》达到了前所未有的高度。《大长今》的几乎横扫一切的气势，确实反映了韩国电视文化的流行。流行主要是两个方向，一是所谓青春偶像剧，以当下都市青年的日常生活为中心，形成了持续不断的流行热潮；二是以前几年横扫香港的《商道》和近来内地热播的《大长今》为代表，形成了古装剧的热潮。这说明了韩国电视剧的多样性和在亚洲的适应能力。

韩国电视剧在中国的流行，是一种"新""富"亚洲的共同性的表现。伴随着中国经济的高速成长和中国新的中等收入者的崛起，中国都市和亚洲其他国家都市过去在经济上的差距已经不复存在。中国都市生活的活跃程度已经不亚于韩国和日本，亚洲大都市的文化和生活面对着共同的问题和挑战。一个"新""富"的生活经验使得中国都市的文化想象与韩剧的想象有高度的相似性，而相近的文化传统又使得我们面对世界和生活时的表现形态具有相当的共同性。现实的接近和传统的相近正是韩剧流行的最为主要的原因。

"韩流"的"偶像剧"的共同主题就是巨型都市中的中产阶级青年的爱情。这些电视剧展示的"首尔"年轻人的日常生活经验非常类似于"北京"或"上海"的故事，"白领"的生活方式，琐碎而复杂的感情纠葛，让人钦慕的俊男美女亮丽和"酷"的外表，不断出现的当代大都会的璀璨迷人的景观和对于西方摩登的东方式的改写都赢得了中国年轻中等收入者的心。

而《大长今》这样的电视剧，也表现年轻人冲破压抑和束缚，寻求自我成功的故事，也是一个在当今亚洲共同的梦想的表现。《大长今》音乐、美食、服饰的趣味性很强，《大长今》有很多华彩的乐章，采取灿烂、富丽的铺陈，故事和形式的美，美食、服饰是展现式，非常漂亮，是一种视觉的享受，这些都是韩国电视剧一贯的风格。除了故事本身吸引人，长今这个角色性格坚韧不拔又很传统，同时，故事段落和形式非常吸引人，服饰、女演员的造型、生活形态美轮美奂，注意细节。我们中国的电视剧很多都做不到。《大长今》里有很多重复的说教和感动，套数还是老套数，价值观和我们一样，不觉得离谱。观念虽然是老的观念，但韩剧的包装、故事进程设计是非常专业到位的。

韩剧特别注重亚洲人在西方价值观的冲击下特别迫切的回返自己价值观的需求。中国和韩国有很相似的地方，现在我们的经济增长速度跟韩国不相上下，经济生活、社会生活和韩国一样，但是我们在文化上的反应要慢半拍。越是我们所缺少的东西，越是被我们渴望，所以《大长今》很快就抓住了中国观众的心。在急剧变化的社会里，保持一种恒定的价值。在应对价值观混乱的时候，急需一种传统价值观的统筹，中国电视剧中的填鸭式的说教是不行的，而韩剧中人与人之间的诚心、感情、认同感，给都市里面中等收入者提供了一个想象的空间。韩国在这方面比我们快半拍，现在输入进来正合适，为我们补上了文化这一课。在亚洲文化贸易里，韩国占据这么大的优势，也就是基于这样的原因。

无论如何，亚洲和西方还是不同的，有自己的生活方式、空间感、价值观。西方电影的很多东西在亚洲现实生活中都没办法运作。亚洲区域性的文化还是很有活力，亚洲区域文化之间也有交流，有独立处理问题的方式，比如日本的漫画 F4 和《头文字 D》都变成了中国的东西，亚洲区域性的文化越来越显示出在全球化浪潮下的灵活性。

一方面，它是向西方开放的，另一方面，它又有自己处理问题的独特方式，这些都是从日常生活里来的。中国人不可能像美国人一样生活，而东亚城市人口都非常密集，生活方式非常相似，比如亚洲都市——汉城、上海、东京，人们都生活在公寓楼里，产生的文化想象、传统凝聚力、应对问题的方式非常接近，而不像美国人生活在独立的别墅里，生活方式和亚洲人非常不同。因此，很多亚洲文化形态，能够很快在亚洲地区辐射开来。

白天吃汉堡、喝可乐，晚上看《大长今》，形成一个奇特的现象，《绝望的主妇》、《欲望都市》，亚洲年轻人也能看。因为亚洲人父辈人所受到的教育也非常传统，亚洲的年轻人要和父母打交道，就必须和传统去协调，处理平时的人际关系和生活形态，也使亚洲人不得不回到传统，而《大长今》恰恰提供给他们一个想象的空间，让他们适应急剧变化的生活，使亚洲人受到的西方价值观的冲击和传统相协调，减缓西方的冲击，保持一种平衡。它给予我们的是一个典型的亚洲人的梦想。

这种电视剧的流行当然也说明中国年轻的中产阶级的需求和亚洲其他地方的类似群体的共同性。一方面大家都对西方生活方式充满期望；另一方面又需要一种温和的和传统的方式来"中和"西方的冲击力。这使得"韩流"产生了巨大的吸引力，因为它们似乎以一种与中国中产阶级共同的方式来处理面对的种种日常生活的问题，它们给了中国年轻的中产阶级一种自我想象的方式。

韩流的流行也对于中国大众文化提出了挑战。中国大众文化如何在创造力和敏感性上有更大的突破，必须高度地关切韩国的文化经验和文化策略。

"经典"的反思

最近，有关"经典"的议题又被提了出来，其中的话题往往是在有关语文教学的领域里引起争议和反响。最近有关所谓金庸替代鲁迅进入语文教科书的问题，就是一个明显的例子。其实，这种说法并没有起码的真实性，也根本不存在一部教科书删掉了鲁迅的《阿Q正传》，以金庸的小说替代的事情。只是有一部新编的中学语文教科书没有选入《阿Q正传》，其实也没有选入金庸的小说，只是在参考资料中列出了金庸的作品，就引起了这样大的反应，显得相当荒诞。这一方面暴露了媒体的"炒作"企图。另一方面，也说明了公众对于这一方面问题的敏感。这里涉及了有关"经典"的异常复杂和微妙的问题。一方面，这样的争议的不断发生说明有关"经典"的标准和"经典"的意义其实已经出现了重要的变化，另一方面，公众的争议说明这些变化的复杂性和敏感性。大家几乎都认为其实在有关"经典"的观察和思考上出现了一些变化，但这些变化究竟是如何出现的，又是如何展开的，我们往往会有相对较为简单化的理解。

"经典"的意义何在？如何认知"经典"，其实是一个异常复杂的问题，这里需要的不是感情用事的表达，而是实实在在的"知识"的掌握和了解。

"经典"一直是文学理论和文学教学中的关键概念，也是一个不断引起争议和探讨的问题。什么是"经典"？如何确立"经典"？这些问题一直困扰着学者和批评家，引起分歧和争议。这里我简单介绍一下有关"后殖民"和"文化研究"对于"经典"问题的一些看法。这些看法在西方也引发了诸多争议。这些背景知识对于我们认识"经典"问题有一定的参考价值，可以让我们看到问题另一面的复杂性。

对传统的"经典"的质疑，正是"后殖民"与"文化研究"的共同特点，而这两种理论潮流的交汇处也正在于此。在这里，"经典"不再是一个"普遍性"的、无可置疑的概念，而是一个在历史、文化、政治的复杂脉络之中存在的东西。它不可能再高高在上，被无限尊崇，而是在不断的反思和"问题化"之中。

在"后殖民"和"文化研究"的发展中，对"经典"的反思一直是分析的锋芒所在。所谓"经典"，按《现代汉语词典》的解释，指的是"传统的具有权威性的著作"，① 在西方文化中，阅读"经典"的意义用十九世纪英国批评家马修·阿诺德的话来说，乃是让我们熟悉世界上被想过、被说过的最好的东西。经典是永恒的价值的表现，是文化传承的不可或缺之物。它的作用在于培养纯正的文化品味，树立高雅的文化标准。

但在西方的传统之中，"经典"仅仅是其主流文化的产物，它只是投射了西方白人中产阶级的意识形态，反映了极为狭窄和片面的标准。实际上，这种标准业已无法适应正在急剧变化的世界。以西方主流文化的立场所确定的"经典"，不可避免地压抑了诸如女性、少数族群、第三世界的文化，也不可避免地压抑了大众文化的创造性。以这种经典代表的文化具有极为明显的"怀旧"的特点，试图在一个变化的世界上维系一套凝固的标准。这种传统的"经典"观正在不断受到质疑。八十年代以来在美国发生

① 《现代汉语词典》，商务印书馆 1996 年修订本 第 663 页。

的有关"多元文化"的大论战，正是这一传统受到追问和反思的标志。在这一论战中，论战的双方都咬住了"经典"的问题。捍卫传统的一方，祭出了"传统"不朽的权威，慨叹世风日下，要求守住传统的界限。这一派以曾经在里根和布什政府中担任过要职的本奈特（William Bennett）等人为代表。而对方则按照贝克（Houston A.Baker，Jr）的说法，乃是"新崛起的人"。这些"新崛起的人"包括各种"向西方霸权对知识与权力的安排严肃地提出质疑的人，这些安排过去一直被看成毋庸置疑的"。① 这种论战实际上是要弄清"经典"是绝对的和永恒的还是历史和文化的产物。后殖民和文化研究显然是将"经典"视为特定历史和文化的产物，任何经典都是不同阶级、不同种族、不同性别的人们选择的结果，它不可能穿越时空的限制。正像赛义德（Edward Said）所言："曾经由伟大的石块所砌成的英国文学的城堡，即由不朽名著所组成的经典或伟大的传统已经转化为阶级、种族、性别的交汇点，其本身不仅仅塑造成活生生的本文，而且以非常明确的方式决定本文的阅读。我们也逐渐了解了其中的奥秘。"② 论战双方的激辩确实显示了他们背后有不同的意识形态和文化要求，因而恰恰显示了"经典"不是透明的，自然产生的。维护或反对传统的经典标准的背后是不同的利益目标。论战并没有结果。但它凸现了传统的经典观的问题。经典不可能是简单的全体的"共识"，而是特定的社群的共识。

于是，后殖民和文化研究在"经典"的反思中，提供了不同的思路。对于"后殖民"或"少数话语"来说，批判西方中心主义的目标在于提供多样性的经典，充分考虑那些被压抑的族群和社会的文化创造。而对于"文化研究"，它关注大众文化，关注当下全球化的现实，自然要求开放多元化的文化前景，打破由"经典"设定的雅俗文化不可跨越的疆界，提供新的可能性。在对传统西方的"经典"的批判中，后殖民和文化研究表

① Houston A.Baker Jr "Handling 'Crisis'" Callallo13.2(Spring 1990):p173

② Edward Said "Narrative,Geography and Interpretation" New Left Review 180(1990),P83

达了同样的立场，但其目标似乎有所不同，后殖民的目标在于冲击既成的
"经典"，提供来自第三世界和少数族群的另类本文，开放不同民族的想象
力。他们更重视在"经典"中添加新的成分。如费德勒和贝克所编的《英
语文学：打开经典》中，不再仅仅关注英国文学或美国文学，而是添加了
有关加勒比海文学或者美国印第安人的文学的材料等等，这种对于"经典"
的重写无疑深刻改变了文学教学和文学批评的视野。希利斯·米勒这位解
构主义的重要学者在描述文学研究的新的发展时认为："文学研究一向主要
是按照独立的民族文学研究来组织的，例如就我而言，主要是研究英语文
学，基本上是英国文学，包括一个从属的部分美国文学。现在这种研究被看
作是一种帝国主义的特征。每个国家，例如美国，被看成多元文化的或多语
言的。……旧的独立的民族文学研究正在逐渐被多语言的比较文学或全世界
英语文学的研究所取代。后者将加拿大、澳大利亚、新西兰、非洲和亚洲等
地的英语文学与英国文学并列起来。……莎士比亚研究仍将继续并应该继续，
但它将在一种全新的语境和历史观中继续。"① 显然，文学研究的格局被改变
了，经典的概念也发生了转换。

　　而文化研究② 则关注大众文化、新的媒体给经典带来的冲击。文化研究
不仅仅将传统的高雅文化作为研究对象，而是突破既成的学科界限，促进
理论面对变化中的世界。它也不再拘泥于文学经典的确认和分析，而是面
对各种新的可能性。它并不试图添加新的经典，而是打破经典、非经典的
既成的二元对立，采取更为灵活的方式探讨当下问题。正像米勒所言："在
新的全球化的文化中，文学在旧式意义上的作用越来越小。……如果某人
在看电视，或看电影录像，或检索互联网络，他不可能同时阅读莎士比亚
或爱米莉·狄更生，虽然一些学生说他们能同时做两件事情。"于是，"文

---

① 《通俗文学评论》1998 年第 2 期 55 页。
② 实际上，文化研究和后殖民在许多方面是重合的。许多学者将后殖民作为文化研究的
一个方面。这里的划分只是一种简单和概括的提法。

学只是多种文化象征产品的一种，不仅要与电影、录像、电视、广告、杂志等等一起进行研究，而且还要与人种志学者在非西方文化或我们自己的文化中所调查了解的那些日常生活的种种习惯一起来研究。"① 这种思路自然打破了传统的"经典"观。文化研究对法兰克福学派对大众文化的简单否定有深刻的反思。他们认为，大众文化一方面的确具有某些消极的因素，但另一方面，更具有沟通交流及促进多样化与差异的生成的功能。尤其是互联网的发展更是一个明显的例子，法兰克福学派时代的刻板的受众已化做当下参与互动的网上游客。当然，对此不能浪漫化，但我们也不得不看到这些新的进展。这样，我们通过文化研究加深了对于我们生存当下的认知能力。也改变了经典在文化中的地位。

在这些反思面前，会发现我们处在一个更为复杂的世界中。"后殖民"和"文化研究"对于经典的看法也引发了诸多争议。如哈罗德·布鲁姆的名著《西方正典》就对此抨击严厉，他的表述也有自己的理由。但无论如何，我们对于经典的看法不能简单化。经过这些冲击，传统的"经典"如何存在已经面临挑战。有关经典的争议尽管扩大或改变了经典的面貌，但似乎并不能改变我们对于某种"共同文化"的向往。正如美国黑人批评家盖茨（Henry Louis Gates, Jr）所言："认同总是在对话中存在，只有在彼此的关系中存在。"② 因此，寻求文化对话的努力和寻求"经典"的努力还会继续下去。对于我们今天来说，这一问题其实也需要更加丰富和复杂的了解。本文的探讨试图为问题的展开提供一个不同的角度。

---

① 实际上，文化研究和后殖民在许多方面是重合的。许多学者将后殖民作为文化研究的一个方面。这里的划分只是一种简单和概括的提法。

② Henry Louis Gates "Beyond the Culture Wars" Profession93(1993)p11

"美国梦" 与 "中国梦"：《中国合伙人》引发的感慨

最近引起热议的电影《中国合伙人》是一部有趣的电影。也让我感慨并怀想大家开始共同旅程的 20 世纪 80 年代的北大 32 楼的岁月。那似乎是这个故事的最初的起点。这是以 80 年代做引子，却以 90 年代为中心的电影。这是以美国梦开始，却歪打正着变成了一个现实的中国梦的故事。也是一个关于中国的 60 后们走过的道路的真切故事。

一样还是陈可辛的电影，但《甜蜜蜜》里当年从内地转到香港，又由香港飘零美国的那对男女的故事里，中国仅仅是匮乏记忆的来源，是难以摆脱的故乡而已。邓丽君的老歌在《甜蜜蜜》里传达的是无尽的感伤和无尽的沧桑之感。那一对男女的生活轨迹中充满的就是一种难以决定自己命运的感慨。他们追逐好生活，却发现飘零中失掉的是自我的认同和精神的皈依。但今天世界的一切已经改变。当年许多人难以看清的未来中有太多的朦胧和迷茫，但其实大历史有他自己的走向，千千万万普通的中国人的努力工作和奋斗让历史的展开更加清晰，梦想的旅程在延伸着，让我们感受到一股改变自己命运的勇气和无畏的力量。在这三个"中国合伙人"

的身上其实标识了对于中国个体生命的命运的不同角度的讲述，其实也是中国命运的不同角度的讲述。这里和《甜蜜蜜》不同的是跨过了将近二十年的岁月，历史把我们带到了一个新的天地，于是我们可以看到自己脚下的平台已经完全不同，中国的角色已经有了巨大的变化，于是许多的中国普通人的命运也就和过去有了天壤之别。

《中国合伙人》把 20 世纪八九十年代那个一切不确定，许多人很迷茫，物质生活困窘的时代表现得格外有力。故事很像《社交网络》，都是一个在谈判和交锋中的故事。但和《社交网络》中的扎克伯格所面临的是关于自己的过往历史的挑战不同，这里成东青和他的合伙人所面临的是一个新兴社会中崛起的新的力量和代表世界秩序的强大的美国教育机构的谈判。在这谈判中，电影的故事得以展开，三个中国青年的命运轨迹在我们面前得以呈现。这部电影真切地表现了在 80 年代从计划经济脱出之时的社会风貌和青年心态。当时还处于物质匮乏时期的中国正在经历着开放的过程，而这种开放中人们所经历的是精神的巨大变化和依然现实存在的物质匮乏。而物质丰裕强化了西方的文化影响，而这种文化影响也更加证明了西方的物质丰裕。这其实就是"美国梦"在中国。这正是《中国合伙人》的英文的名字（American dreams in China）。我还记得 80 年代的最后岁月查建英发表的一个著名的中篇小说的题目就是《到美国去！到美国去！》成东青、孟晓俊和王阳正是这样做着美国梦的中国的青年，他们希望的是在美国找到自己的梦想的天堂。但事与愿违，这三个人的"美国梦"都在现实面前经历了幻灭。孟晓俊是在真实的美国艰辛求生的过程中历经挫折的幻灭，成东青则根本没有机会到美国去。而王阳则是经历了和美国记者之间的感情的纠葛和挫折。但正是这种"美国梦"的挫折却意外地开启了一个"中国梦"的旅程。

《中国合伙人》最能撼动人的是成东青的个人奋斗。那其实比今天的年轻人艰苦太多了。出身农民，女朋友抛弃，老朋友离去，但就是在中国当时的艰难环境下做成了。这个故事的力量就在这里，这个中国农民家庭的孩子，在艰难中成长，却以他的坚韧和努力创造了奇迹。他从"美国梦"开始，但最后发现了自己所能够实现的是在中国三十多年的高速成长和全球化格局改变之中的"中国梦"，而这个梦也是打动他的"合伙人"一起奋斗的梦。虽然这个梦想还显得粗糙，其实现的过程中也包含着不足为外人道的艰辛、苦涩和难堪。但毕竟这是一个追逐梦想的明亮的旅程，一个充满希望和乐观精神的旅程，一个靠自己改变自身命运和改变许多人命运的正面而积极的故事。

从今天看，这部电影的启示在于，社会当然应该更加关爱年轻人，更加积极地为他们创造更好的条件和更加公平的环境。但年轻人的苦恼的问题的解决，最终还是取决于自己，取决于个体的奋斗和努力。没有每个人自己的努力，社会就不可能进步。今天的青年一代面对的问题确实和过去不同，但现在仍然需要梦想，需要高远的志向和奋斗的精神。社会应该为每一个年轻人提供基本的生存保障，但每个人的幸福生活仍然只能靠自己对社会的贡献和坚韧不拔的努力。《中国合伙人》所激发的感动，其实正在于在市场经济尚未确立的环境下，年轻人用勇气、激情和坚韧的努力为自己开创未来的同时也为社会和国家作出了贡献。在那样的时代，被物质的困乏逼出的梦想却带着人们走向了他们自己都不敢想象的世界的大舞台。这些我们的同代人所作出的一切足以让人们骄傲。今天的年轻人的一切比那时好的太多，需要的是不被打垮的勇气和力量。

这也意味着今天的年轻人可以回首那个起点去汲取奋斗的力量。一方面全球竞争异常激烈，仍然是逆水行舟，不进则退，中国的发展还需要实干兴邦的努力。另一方面今天的中国已经在一个更大的平台上，中国的发展还远未到顶，年轻人需要用自己的努力奋斗，为自己也为社会和国家开创更加美好的未来。我们所谈论的"中国梦"当然包括更加美好的生活，但也包括在实现美好生活的道路上的奋斗和努力。

"跳舞"的启示："欲望话语"的崛起

王蒙写于 1985 年的小说《活动变人形》，我已经看过许多遍了。其中知识分子倪吾诚的命运非常触动我。倪吾诚的尴尬和局促，他的宏大的理想和卑贱的日常生活的尖锐的对比都似乎画出了现代中国知识分子的灵魂。倪吾诚永远追求一种超越，一种宏大的改造中国的"现代性"的宏愿。但他最终发现自己无法控制的日常生活如同梦魇一样纠缠着他。理想被日常生活征服了。他的家庭是传统的日常生活的象征，他的妻子静宜与他的岳母和妻子的姐姐是倪吾诚的噩梦。倪吾诚在话语领域的无限的优越和他在日常生活领域的无能和压抑成为这部小说的最为尖锐的反讽。小说的最后结尾是在作品中出现的"我"和倪吾诚的儿子倪藻在一起的场景。这是一个饶有兴味的场景。这部小说带有相当的个人回忆的色彩，倪藻在小说叙事中的角色一直是一个直接的观察者，他的视角对于小说是至关重要的。叙事者"我"和倪藻之间有一种微妙的自我反思的缠绕的关系。实际上，"我"和倪藻乃是一体两面地提供了在故事内外的进出的角色。"我"更多地是一个反思者，倪藻则更多地是一个见证人。二者的微妙关系是这部小说的有趣方面。这个场景是描写"我"和倪藻参加了一个舞会，王蒙在这里回顾了中国交谊舞演变的历史：

　　……解放前，跳交谊舞的多半是一些个坏人。一九四八年，国民党政权覆灭前夕，武汉发生过一次大丑闻。国民党军政要员的太太小姐们陪美国军官跳舞，突然停电了，据说停电后发生了集体强奸案，国民党所有报纸都登了，还叫嚷要彻查。也就是四八年，上海的舞女还有一次革命行动，游行示威请愿，捣毁了市政厅。我小时候总听人家说舞女是不正经的女人，但到了一九四八年，舞女也革命了。

　　至于革命的人也跳舞，这是我读了史沫特莱女士的《中国之战歌》之后才知道的，这本书里描写了毛泽东、朱德、彭德怀等革命领袖的舞姿。我当时还有点想不通，怎么能在延安跳舞呢？在延安只应该挽起手臂唱：这是最后的斗争，团结起来到明天……

　　我记不清了。是不是王实味攻击过延安的跳舞？

　　解放以后五十年代前一半，交谊舞在全国推广。那时我做团的工作，我们团区委与区工会共用一个办公楼，楼前是水门汀地。每个星期六晚上，工会都组织舞会。青年人自由地跳交谊舞，这是解放了的中国的新气象，是解放以后，人们能够更幸福更文明更开放地生活的表征之一。

　　五十年代后期就没有什么舞会了至少没有什么开放型的舞会了。也许还有极少数的精华，才能有跳舞的机会。

　　往后就更甭说了。

　　直到一九七八年冬季，交谊舞忽然恢复了，风靡全国。然后据说出现了种种不好的风气，不轨不雅的事情。跳舞跳出了小流珉，崇洋媚外，有失国格，道德败坏，第三者插足……

到一九七九年春夏，忽然又都不跳了。

八十年代开始以后跳舞一直是起起落落。也怪，并没有什么决议、决定、指令、计划、法令、条令、红头或一般文件。但跳舞一直成了气候的显示计。

陈建功的小说里描写过一种有组织的舞会。青年学生跳舞，退休工人巡边。巡边员用低沉的声音警告年轻人：注意舞姿！注意保持距离！

连各公园也发愁。一九七八与一九七九年一度有许多年轻人在公园跳舞，到了净园的时间他们不肯走。他们违反制度，他们破坏公共财物、文物、绿地花坛，他们动作猥亵、语言粗鲁，最后发展到辱骂殴打公园工作人员……

……

一九八四年，各地舞会如雨后春笋地涌现。而且都是公开售票的。也出现了一些大胆的肯定"迪斯科"的报纸文章。但"迪斯科"还较少公开地与大规模地跳。不久，例如《解放日报》第一版上就登载了上海市公安局关于取缔营业性舞会的通告。

后来据说又有一种解释，说是营业性舞会原指有专人伴舞的舞会。

这些心理、举措、风习的状况变迁，不是值得一写吗？

王蒙在这里考察了交谊舞在现代中国的演变。这里，交谊舞与宏大话语之间的矛盾和冲突被王蒙描写得淋漓尽致。一方面，宏大的话语总是和跳舞这样的日常生活的娱乐活动格格不入，无论是以坏人的名义描写跳舞者，或者五十年代后期的禁止，还是开放初期对跳舞的欲迎还拒，都凸显了一种宏大的话语对于跳舞的压抑。跳舞所表征的日常生活的欲望和乐趣在宏大的话语中一直找不到合法的表述。跳舞的快感一直被宏大话语所排除。但另一方面，跳舞却依然充满了诱惑和吸引。它被排斥，却无法消逝不见。它总要冒出来，在宏大话语的缝隙和边缘一展身手。无论是叙事者"我"感到惊奇的"革命"主流中的跳舞，还是五十年代初的那个难得的自由跳舞的岁月以及八十年代有关跳舞的争议。跳舞总是会浮现出来，变成一种快感、欲望、乐趣的象征，一种无法被压抑的日常生活的象征。于是，跳舞不断地被排除和压抑的同时，也如同幽灵般地不断地浮现和游走，不断地吸引人们的关切和迷恋。

在这里王蒙揭示了中国"现代性"的最为令人困惑的矛盾和冲突，也透露了中国"现代性"转型的某种信息。跳舞所表征的日常生活的话语和中国现代性主流的宏大话语之间的冲突别有意味地显示了一种戏剧性的冲突。这种冲突就直接嵌入到中国"现代性"话语的内部，成为这一话语运作的关键部分。这涉及中国"现代性"的内部的矛盾和冲突的复杂关系，有必要加以分析。

在王一川、张法和我写于十年前，曾经引起过相当的讨论和争议的论文《从"现代性"到"中华性"》中，我们给予了中国"现代性"一个简单的表述："它是指丧失中心后被迫以西方现代性为参照系以便重建中心的启蒙与救亡工程。"（《90年代思想文选》罗岗、倪文尖编第一卷234页，广西人民出版社）这个描述来自李泽厚有关启蒙和救亡双重变奏的经典的命题。这个"李泽厚命题"对于中国现代性的研究具有重要的意义。这种中国"现代性"正是以西方为参照建构起来的，它的基本形构乃是一种宏大的话语。这里所描述的实际上是中国现代性的经典的"五四模式"。这一模式被普遍地视为中国现代性的经典模式。但这种宏大的话语的登场和发展，却是在直接与西方丰富的物质文明的接触中受到的巨大刺激之后产生的。而这种物质和日常生活的具体而微的诱惑却是中国现代性发源的一个重要的方面。中国的"现代性"一面具有启蒙、救亡的宏大的叙事，另一方面却始终旋卷在一种强烈的对于物质和感性的丰富性的震惊和艳羡之中。这种对于西方的日常生活快感的寻求确实在晚清就集中在一种欲望的发现中。而伴随着近年来中国的全球化和市场化的进程，所谓"晚清现代性"则在最近的批评阐释中突然崛起，成为引人注目的文学现象。

它被王德威称为"被压抑的现代性"。对于这一"现代性"的探讨是二十世纪九十年代以来在海外和中国大陆非常流行的方向。王德威的名文《被压抑的现代性：没有晚清何来五四》中就系统地标举了这种另类的"晚清现代性"。他指出："中国作家将文学现代化的努力，未尝较西方为迟。这股跃跃欲试的冲动不始自五四，而发端于晚清。更不客气地说，五四菁英的文学口味其实远较晚清为窄。他们延续了'新小说'的感时忧国叙述，却摒除，或压抑其他已然成形的实验。""我以晚清小说的四个文类狭邪、公案侠义、谴责、科幻来说明彼时文人丰沛的创造力，已使他们在西潮涌至之前，大有斩获。而这四个文类其实已预告了 20 世纪中国'正宗'现代文学的四个方向：对欲望、正义、价值、知识范畴的批判性思考，以及对如何叙述欲望、正义、价值、知识的形式性琢磨。奇怪的是，五四以来的作者或许暗受这些作品的启发，却终要挟洋自重。他（她）们视狭邪小说为欲望的污染、侠义公案小说为正义的堕落、谴责小说为价值的浪费、科幻小说为知识的扭曲。从为人生而文学到为革命而文学，五四的作家别有怀抱，但却将前此五花八门的题材及风格，逐渐化约为写实／现实主义的金科玉律。"（王德威《想象中国的方法》，三联书店 1998 年第一版，第 16 页）他认为这种"被压抑的现代性"在五四之后仍然存在于诸如鸳鸯蝴蝶派、新感觉派以及如张爱玲等人的小说之中，只是一直受到压抑。

王德威的讨论其实引发了中国现代性研究的另外一个方向，也就是"晚清现代性"与都市消费文化相联系的一面。这一面正好是正统的"五四现代性"一直加以排斥和压抑的方面。它并不强调"启蒙""救亡"的宏大叙事，而是注重现代的消费中的欲望的满足。这种满足被晚清的文化表现得淋漓尽致。这种"现代性"实际上今天也被视为是一种和中国"现代性"的"五四模式",即启蒙和救亡的现代性不同的东西。这种"现代性"被认为是和欲望直接相关的。如周作人就曾经对上海的文化发表过一种明确的概括:"上海文化以财色为中心,而一般社会上又充满着颓废的空气,看不出什么饥渴似的热烈的追求。结果自然是一个满足了欲望的犬儒之玩世的态度。"(《夜上海》,陈子善编,经济日报出版社 2003 年第 1 版,313 页)周作人提出的观点当然明显带有来自五四现代性传统的贬义,但他指明的现象却是有根据的。他提及的"欲望"一词也可以概括这种来源于日常生活的现代性的一般的特征。我们姑且将之称为"欲望的现代性",以区别于启蒙和救亡的"现代性"。王德威的分析明显地对于晚清的消费性的欲望现代性表达了更多的肯定。欲望的现代性反而被视为对于当下有价值的文化要素,成为"中国现代性"的被压抑,却亟待解放和浮出水面的重要的东西。

这种新的对于"欲望的现代性"的发现,几乎贯穿在最新的种种文学想象之中。通过对于上海晚清史的再发现接上了目前有关上海民国文化想象的热潮,如李长莉就明确指出:"在上海开埠二三十年后,随着商业的繁荣发展,货币流通量增大,消闲娱乐业发达,物质生活和消费生活内容的丰富以及新兴商人的炫耀行为,金钱在人际关系中地位上升而形成的崇富心理,在这种种因素的作用下,出现了追求享乐的消闲方式和崇奢逞富的消费方式,它首先由商人阶层兴起,而后向社会各个阶层广为蔓延,形成了弥漫于上海社会上下的享乐崇奢风气。人们的消闲消费观念也随之发生变化,出现了一些带有浓厚的商业化色彩的新观念。"(李长莉《晚清上海社会的变迁》,天津人民出版社 2002 年第一版,第 235 页)上海的这种特殊的现代性已经变成了一种关键性的文化想象的重要资源。它所凸显的是"都市性"的日常生活的欲望的特征。这些特征其实都凸显了对于"欲望的现代性"的肯定。这是中国现代一向被压抑的东西的突然的释放。这种释放其实和当下中国的全球化和市场化的历史情境有直接的关系。王蒙的有关"跳舞"的表述，其实就是这种"欲望的现代性"的一个表征。这里的有趣之处在于中国二十世纪八十年代的所谓"新时期文学"的复杂性。实际上，按照我们前述的"李泽厚命题"，人们一般认为，新时期文学是一种对于"启蒙"的宏伟叙事，一种对于宏大的主体性的寻求。现在看来，八十年代远比这种描述更为复杂。八十年代和"启蒙"一起回到中国的恰恰也包含了有关"跳舞"的欲望解放的含义。和启蒙的理性相对的恰恰是一种强烈的日常生活的解放的含义。当时在启蒙的宏大叙事之下，实际上包含着更多的和日常生活相关的命题。无论是有关"第三者"的慷慨激昂的讨论，或是关于"人"追求快乐和幸福的正当性的讨论，其实在宏大话语的背后，仍然包含着高度日常生活的欲望的表现。由此看来，八十年代一方面表现了"启蒙"现代性的回归，但在这个宏大叙事的背后，一种欲望的现代性也悄然而至，通过宏伟的叙事获得了相当的合法性。为二十世纪九十年代的"后新时期"和今天的"新世纪文化"准备了基础。由此可见，在五四时代所形成的启蒙救亡的"底层"。这种"欲望的现代性"一方面一直被压抑，另一方面，却不断从中国现代文学的制度的控制之下"漏"出来，变成一种不可忽视的文学要素。我们其实可以借用弗洛伊德的精神分析的概念来解释中国不同的现代性选择。弗洛伊德心理学当然相当复杂，但他对于人的精神活动的分析认为其包含了三个层次："本我包藏着里比多即性欲的内驱力，成为人一切精神活动的能量来源。由于本我遵循享乐原则，迫使人设法满足它追求快感的种种要求，而这些要求往往违背道德习俗，于是在本我的要求和现实环境之间，自我起着调节作用。它遵循现实原则，努力帮助本我实现其要求既防止过度压抑造成危害，有避免与社会道德公开冲突。人格结构的最高层次是超我，它代表社会利益的心理机制，总是根据道德原则把为社会习俗所不容的本我冲动压制在无意识领域。"(《二十世纪西方文论述评》，三联书店1986年版，22页）这些介绍当然相当简略，但有助于我们理解中国现代性的结构。我们可以将"救亡"的现代性视为一种"超我"，启蒙的现代性视为一种"自我"的展现，而这种"欲望的现代性"则可以认为是"本我"。这种类比可以说明为什么"欲望的现代性"在中国整个文学中一直受到压抑的特定原因。因为它就像"本我"一样乃是沉浸在"现代性"的中国文学的深部的一个不断浮现又不断被控制和压抑的部分。而启蒙的现代性的"个人主体"观就包含了一定的在救亡的现代民族国家的总体意志和欲望满足之间的含义。而建构现代民族国家的宏伟的"救亡"意识则是类似"超我"的宏伟的社会要求。所以，在王蒙有关"跳舞"的讨论中实际上就包含着通过"启蒙"的外表获得被压抑的欲望的复杂的含义。这说明中国的启蒙现代性在当时已经充分地展现了在市场化过程中的向欲望发展的过渡性的特点。这其实是二十世纪九十年代之后的"后新时期"和近年的"新世纪文化"中，对于"欲望"的合法性的张扬的最初的表征。

实际上，这里的讨论是由于原来被压抑的"欲望现代性"的崛起，导致了五四以来形成的一整套以"李泽厚模式"为中心的现代性的文学制度的结束。所谓中国的全球化和"后现代性"其实可以从这里得到一个关键性的阐释。今天人们对于晚清以来一直被压抑的"欲望现代性"的发现，其实也是原有的一整套和启蒙救亡相联系的以知识分子为中心，以个人的表现和现代民族国家的想象建构为基础的经典现代性模式的衰落的结果。以全球化为中心的新的格局对于民族国家的穿透和冲击，以及伴随市场化秩序的消费主义的合法化造成的"纯文学"的衰落其实正是经典现代性模式衰落的文化后果。这一二十世纪九十年代以来开始的以消费娱乐文化和"欲望"的表现的风靡和人们哀叹的各种"失落"，其实正是一种必然。因为，中国"现代性"的"李泽厚模式"已经无法解释今天的现实。我们的确已经告别了百年的现代性历史，进入了新的文化阶段。今天的大众文化的崛起就是对于经典现代性的压抑的释放。我们可以对于它的状态进行深入的批判性的反思，但却无法否认这一历史转型的意义。二十世纪九十年代开始的"大转型"到了今天已经趋近于完成了。

而王蒙关于"跳舞"的描写正是这一转型开端的象征。

《步步惊心》与《失恋 33 天》：时间的想象力

思想家齐泽克今年 10 月 9 日在"占领华尔街"的行动中发表演讲，其中居然提到了中国的"穿越剧"，他认为"这对中国来说是个好的征兆：人们仍然梦想另有出路。"他同时认为今天的西方却失掉了这样的梦想能力。他以为中国社会禁止了"穿越剧"，这其实是一个并不真实的消息。就在这位理论家在纽约的祖柯蒂公园演讲的同时，在中国，一部名为《步步惊心》的穿越剧正在各大电视台热播，而且受到了中国的 80、90 后观众的热捧。这部电视剧所提示的东西确实值得我们思考和探究。它的走红再度证实了中国的年轻观众已经浮出水面，成为了当下文化的中心。而在 11 月，一部小成本的电影《失恋 33 天》也突然走红，十几天的票房已经超过了 2 亿元人民币。这部电影也受到了微博里的年轻人的追捧，着实在只有大片可以超过亿元票房的中国市场上创造了奇迹。诸多台词也受到年轻观众的追捧。我在电影院里就亲身观察到年轻观众的热烈的反应。这两个来自影视的现象也不容小觑，其中所透露的也不仅仅是市场的信息，也包含着年青一代的文化取向。

　　从这两部剧来看，它们都是从白领女青年主角的失恋开始引起故事，但都指向了对于时间的独特的想象。《步步惊心》是女主角张晓在和男友决裂之后，不可思议地穿越到了清朝康熙年间，转变为少女若曦之后的一连串的传奇故事。在这部电视剧之中，穿越提供了具有想象力的面对世界的策略。它将青春的未来放在了过去的过去，提供了另类的思路。穿越的力量在于把中国80后90后的生活经验和中国作为大帝国的历史所留下的传奇和记忆拼贴在一起，将中国今天的平台和前现代的强大和辉煌加以混杂。个体生命突破了时间的限制，突入了现代未降临之时中国的状态，并且可以和这样的世界并存共生，引发了一系列的新的故事，让人感慨和受到吸引。这里有一个不可思议的畅想，它提供了一个历史不可能但能够展开的视界，并且把不复存在的可能转为可想象的。过去我们的幻想不可能超越时间的限定，只能在空间的穿越，现代性中国的悲情让我们没有跨向过去的想象力，因为前现代的中国是过去不堪回首的失败的源头，我们在叙述过去的时候只能切断我们和它的联系，但今天的穿越却在过去的情境之中将我们自己和过去有机地连在一起。它提供了一个跨越300年的时间的想象。这种想象在现代中国的文化中是难以想象的。这只能属于一个告别了近代以来的悲情和现代化的仅仅面向未来的时间的当下的社会之中。这种"穿越"是一种以"回返"的方式进入未来的途径。感情和精神的复杂的归属感却需要一个"过去的过去"来回应，因此"过去的过去"让张晓的失恋的"过去"失去了分量。她的新的可能性通过穿越得以展开。

　　《失恋33天》的黄小仙没有机会穿越到清朝，但她在33天的短暂时间之中却也经历了对于过去的记忆的超越。那段经典的现代感情的突然断裂造成了心理和生活的强烈痛楚。这使得她陷入了绝望和迷乱。但这部作品中的老王的说法格外有力："时间可以治愈一切。"这部电影通过黄小仙33天的经历展现了时间的能量。黄在同事王小贱的帮助下，终于重新获得了生活的新的动力。在这里的时间和"穿越"回返过去不同，它是在"现在"

的呈现之中展现了"过程"的意义，让黄小仙跨出了过去，不再被具体的过去所缠绕。其实这也是一种"回返"，也就是回返前一场恋爱"之前"的单纯的状态。这里的时间其实也具有了前所未有的弹性。它其实并不是线性地走向未来，而是通过 33 天的困顿而回返了某种"原初"状态。

这两部影视剧都来自网络小说，这些小说已经相当流行。无论是"清穿"还是"治愈"都指向了一种不同于以往的时间观念。自从九十年代以来，全球化的"空间"的展开逐步替代了"现代化"的"时间"面向未来的追求。而今天 80 后 90 后的年轻人的作品重新从一个完全不同的角度去关注时间了。他们的角度的意义在于他们不是把自己限定在全球的格局之中，而是在中国的内部寻找一种时间上的力量，这种时间不是线性的，而是通过想象获得的多重的时间。这是现代以来我们从未看到过的对于时间的专注，而这种专注也在带来不同的思考和表达的路径。因此在全球都面对诸多困境和问题，都面临着想象力匮乏的困扰的世界上，这种来自中国的年轻人的想象力是一个有趣的异数，它提示在中国高速的经济成长之中，也开始有了一种想象力奔涌的可能。这引起齐泽克这位敏锐的理论家的注意不是偶然的。它提示我们中国所具有的来自尚未得到明晰阐释的一种灵动的想象力，值得我们认真思考。

《超级女声》——打造中国梦的形象

《超级女声》已经变成了 2005 年的一个象征，这档湖南卫视的节目毫无疑问像人们所议论的那样是市场导向和商业运作的结果，但它的出现同样毫无疑问的是中国电视史的奇迹，也会深刻地改变中国电视文化的未来，它的意义完全可以和 1983 年的春节联欢晚会的开办和 1992 年《东方时空》的开播相比拟，它所创造的模式无论如何已经成为这个市场时代媒体发展的最新的，也是最具活力的形态。当"想唱就唱"的歌声响起，当无数的玉米、笔迷、凉粉和盒饭大声呼喊他们的偶像，当种种传闻和议论在网络和纸面媒体中传播，我们会发现中国电视和大众文化的新的一页已经翻开了。有人说万不可高估这个节目的意义，我却以为我们不可以低估这个节目的意义。它对于我们的文化观念、价值系统和思维方式的冲击是不可低估的，它赋予中国电视的新的要素是不可低估的，它所预示的新的可能性是不可低估的。

《超级女声》的价值首先在于一种新的电视互动方式的建立，一种新的文化形态的发展。这里的关键之处在于它将电视的大众性凸现在了新的平台上。从第一次春节联欢晚会上王景愚的《吃鸡》开始，大众的观看就开始成为电视存在的基础，也提供了一种新的电视文化。这种电视文化的特点是将电视作为日常生活中不可或缺的观看的关键之物。电视逐渐从对公众的训导和启蒙转向了娱乐和消遣，但这娱乐和消遣却是由原有的精英来承担的，大众仍然将电视看成是与日常生活相对立的另一个世界，明星大腕虽然不是原来的超级精英，却也是身怀绝技、我们难以企及，虽然他们极大地取悦了我们，但他们总比我们高明，总比我们在一个方面要有大长处。过去的精英给我们指引道路，要让我们超越日常生活，现在的明星提供了我们的娱乐和休闲。当年的大众仰望精英，今天的大众崇拜明星。但大众仍然没有机会表现自己，他们也还是沉默的大多数。今天，通过卡拉OK这种已有二十多年的全民唱流行歌的活动，唱歌的活动已经完全普及化了。人们却只有在二三知己中间一显身手，但却没有办法展现在大庭广众之中。我们的表现的渴望却依然需要更大的出口。近些年来，我们已经看到了大众对媒体的支配力越来越大，大众对于大众的明星化的期望越来越大，而明星的大众化也是一个不可改变的潮流。像刀郎、杨臣刚、香香的崛起就是普通人的明星化的标志，而像赵本山、周星驰、高秀敏这样的明星现在已经越来越以模仿大众作为自己的形象的标志。这样的新的文化形态的出现都为《超级女声》的崛起提供了基础。

孔庆翔的影响力让中国的电视业开了窍，让普通人站到舞台上展示自己的确是个不错的主意，而且在亚洲卡拉OK向来就流行，从来不乏追捧者。这个游戏一方面是无伤大雅，另一方面却也让人梦想自己就是歌星。在一向不敢轻易表露自己，不敢"秀"自己的亚洲社会，这种唱歌的游戏的确是最好的表露和展现自己的机会，被日常生活压抑的"狂气"、自己想象的"才气"、自我张扬的"英气"都在这种游戏中表达了出来。其实，《超级女声》的好处就是让你自己来表演，让你索性把卡拉OK放在了电视屏幕上，让更多的人有机会看到。而今天的中国人伴随着新的经济成长长大的所谓"尿不湿"的一代人已经没有了过去的重负，王侯将相，宁有种乎？渴望表现成了他们的常态，这成功的演艺之梦也是新的"中国梦"的一部分。《超级女声》正好是这种心理的最佳的呈现。敢于上台，不怕露怯，几十秒的瞬间，一群一群地经过台前，正是《超级女声》的大卖点。曾有人对于"民间"的活力极力称赞，其实他所说的那种抽象玄虚的"民间"其实是镜花水月，我们看不到。而在《超级女声》里出现的那些渴望展现自己的人正是活的"民间"，正像我们看到的，这"民间"其实就是被大众文化浸润的东西。大家开起口来都是从王菲到孙燕姿，大家也都通过卡拉 OK 练过一点演唱。于是，《超级女声》大红大紫就是必然的事情。

这里一面有普通人的胜利，随着比赛我们看到了一个个脱颖而出的成功。但另一面我们似乎更加渴望看到的是失败。这种失败不是仅仅唱得跑调或忘词，而是一种"不得体"的表现，一种在电视镜头前的难堪和尴尬。我们看到许多真正吸引人的场面都是这种出乖露丑的被动性，我们觉得电视表现的这种普通人的被动性反而比成功更有趣。唱得好的是来炫技，唱不好的也有天真的希望。但天真在这里变成了一种笨拙和可笑。于是，敢于出头的勇敢就多少有点不对头了，这种勇敢变得有点过度，变成了不是勇敢地表现自己，而是勇敢地表现了举止的失当和不合适之感。这似乎多少有点过头。但这却意外或意料中地成了节目的最大卖点。随便是谁，只要有梦想就可以试试，理念或许不坏，也有孔庆翔这样的先例，但结果确是变成了"露怯"的大全。在这所谓"海选"之中，有着我们人性的最为真切的流露，也有着我们的感情的最为真切的流露。我们会有感慨，一个女孩在《超级女声》的舞台上的三十秒，可能就是她一生在大庭广众之中展现自己的唯一的机会。她可能在这一次之后就回归了生活的平淡无奇。但她毕竟有了超级女声的梦想的机会。到了决赛，我们发现情况发生了改变，我们开始将自己的想象和期望投射在选手的身上。他们开始寄托了我们的梦想和希望。他们不再是"代表"自己参赛的了，更像是代表了我们去参赛的。他们的一举一动、一颦一笑都变成了我们之间的互动。他们的胜利变成了我们的胜利，他们的成功变成了我们的成功，他们的失败变成了我们的失败。这里走的更远的是我们的期望和梦想。我们从看"失败"的热闹的"海选"到看"胜利"的"决赛"，超女越来越像明星，但他们确实是"我们"的明星，是从我们中间脱颖而出的人。他们没有什么高高在上、不可企及之处，而有的是我们深切的认同感和参与感。于是《超级女声》成了我们的狂欢节。

许多纸面媒体都有议论，说最后的几场《超级女声》的大赛越来越像春节联欢晚会了，言下之意似乎有所批评。的确最后的几场确实像精心排演和设计好的联欢会，缺少了剧烈竞争的气氛，也缺少了《超级女声》最为刺激的即兴和随机的乐趣。但《超级女声》产生的冲击太过于强烈了，它的成功太出人意表了，所以最后用大 Party 的形式庆贺一下也没有什么不可接受的。这就好像前面已经前进了一百步，但后面又退回了五十步。虽然可能还没有达到大家的理想，但毕竟已经实实在在地前进了五十步了。在它的创新还需要整个电视文化慢慢跟上的时候，这样的结果已经足以让人感到欣慰。当尘埃落定，《超级女声》的意义我想有两点是最值得我们记住的：

首先，它的意义在于它最好地发挥了大众的参与。这里"海选"的意义在于它真正实现了任何一个人都有三十秒的机会，任何人都可以想唱就唱。每个人都有可能在这个节目里获得一个均等的机会，每个人都有实现梦想的可能。这是大众为之着迷的核心，也是二十年来的新的中国梦的最佳的表征。这个中国梦的核心是中国人凭自己的力量力争上游，争取成功的梦想。过去我们仅仅凭着集体的力量争取国家的成功，二十年来，我们也开始强化了个人的力量，希望通过个人的成功的价值的肯定达到对社会新结构的创造。中国发展的动力正是这种个人的奋斗精神，也正是这种精神为中国的崛起提供了源源不绝的精神动力。每个普通人都有机会成为明星，都有机会在三十秒之内展示自己的最美的一面。不管评委的语言多么刻薄，不管自己的表现多么外行，但我们还是狂热地投入其间，陶醉在台上台下，屏上屏下的热切的互动之中。普通人对于《超级女声》的热爱一面是看到了自己的梦想，一面是看到了许多具有喜剧感的场面。我觉得"超女"们的可贵在于她们坦然地面对成功的同时，也认同规则，坦然地面对失败。这是中国普通人的选择。他们愿意承担竞争和奋斗，那种认为他们被动消极，只有依赖社会和他人的看法是没有根据的。

其次，它说明了青少年已经成为文化生产和消费的最大的主力。《超级女声》最后的结果是李宇春和周笔畅的成功。有人以为这说明社会潮流走向了一种"中性化"的趣味。其实这是一种明明白白的青少年趣味主宰的结果。我们都知道在青春期的少年中，受到欢迎的女孩往往就是"酷"和"帅"的，都并不非常女性化。其实现在社会中，女性的"女性化"趋向仍然强烈。但《超级女声》说了算的是短信，真正完全投入、大发短信的主力群体当然是青少年。他们的趣味今天完全决定了"超女"最后走向。这说明八十年代后期出生的"尿不湿"一代对于文化的支配力，他们的代表李宇春和周笔畅在台上，在台上的他们也用短信决定了一切。他们出生在中国历史上最丰裕的时代，也已经显示了巨大的消费能力。他们对于文化的影响当然会长久地影响我们文化的未来。今天的这一切需要谨慎地评估和认真地对待。

1983 年，一个叫王景愚的中年专业演员用《吃鸡》的表演逗笑了经历过匮乏的几代中国人，2005 年，一个叫李宇春的女孩用无拘无束的歌唱吸引了正在追求新的中国梦的人们。这其实就是中国大众文化的历史见证，也是这个国家和他的人民成长的见证。

从"硬"的边界进入 :《狼图腾》的价值

姜戎是一个隐士式的作家，他好像横空出世，从文学的外边突然进入了文学的中心，他的神秘的个人历史和躲避媒体宣传的姿态都让他成为新的"畅销书时代"的一个异数。他的传奇式的局外人的身份其实和他的这本《狼图腾》在今天小说中的境遇相似。这部《狼图腾》其实也是出版现状的一个另类，它并没有迎合今天文学阅读的主要力量——青少年读者，也几乎完全摒弃了"软性"的内容，而是以一种"硬"的姿态出现。具体的插队生活的经验和大量文化的思考和议论交叉在一起，使得作品强硬地避开了今天几乎用无限的感性构筑的消费性的文学，以一种强烈的"硬"的态度给了我们的文化一种强烈的对于"强者精神"的热烈礼赞。这种"硬"的文学展现了一种对于"文学"的不同的态度和立场。他似乎是以一个外在性的力量突入文学的核心的。它的吸引力不在于和今天的青少年读者对话，而是唤醒成年人的思考，唤醒一种和我们久已疏远的八十年代的氛围相似的激情和思辨的高度活跃的状态。所以，姜戎好像是直接接上了八十年代的写作的那种激切和执着，让我们感到了一种对于文学的意外的感情。姜戎好像让我们有了怀念文学的最为鼎盛的时期的一个机会，但他又不是仅仅让我们缅怀的过去，而是从一个不可思议的角度切入了今天。

《狼图腾》的力量在于它新的"寓言性"的产生。在这里，有关人的故事和有关狼的故事是融合在一起的。人的故事就是狼的故事，狼的故事就是人的故事。狼和人其实是相互界定的。在这里当然涉及了人和自然的关系，环境的破坏对于生态的影响等等问题。但这本书的核心却是以狼喻人，通过对于狼的习性和状态的描写来书写一种"强者精神"，一种新的超越性的获得。这本书热切地歌颂了狼的勇敢和独立的意志，狼的超越弱者的强力的存在。狼的从不同侧面展开的存在其实完全超越具体而微的写实性的表现，它变成了一种高度浪漫的存在，一种生命的不断实现自我的精神。每一个具体的狼的出现，其实就是狼的强大、美和尊严的一个侧面。通过这些具体的展开，姜戎推出了"狼图腾"，也就是狼作为中华民族的始祖和精神寄托的价值。"狼"一面是我们祖先的光荣，一面却反衬了我们自己的"弱"。作者对于狼的赞颂其实是对于人的一种"强者精神"的热烈的肯定和对于中国的"弱"的文化的否定。这种思考并不是考古学和人类学层面上展开的东西，尽管这里有人类学和考古学的许多依据，但打动我们的是一个个草原狼的故事里的"强者精神"的压倒性的力量。这里其实首先是一种人生哲学的表达，一种对于"狼"所代表的意志和力量的高度的象征性的肯定。"狼"图腾其实就是一种"强者哲学"的极限体验。姜戎的结论其实是具高度想象性的，却是对于近代以来的中国经验的创伤性记忆的超越的尝试。姜戎反复点明，狼图腾的精神是中华民族精神的"魂"，这个"魂"被农耕文明所湮没了，现在的全球竞争正需要一种狼的精神。一种个体力争上游的精神。这些从故事到理性思辨的层层展开，都将"狼"的意识与中华民族目前所需要的"强者哲学"做了历史性的扣连，狼图腾对于人们的启示作用由此可见。

　　在现代中国，由于中国在世界上的"弱者"地位和多次的失败的体验，让中国人深刻地感受了弱者的痛苦。改造"国民性"的表述中就包含着对于中国的近代以来的深刻的民族悲情的感受。但现代中国的基本的文化想象是建立在"弱者"对于"强者"的反抗，弱者的集体力量对于强者秩序的颠覆这些命题之上的。"强者哲学"的展开一直处于边缘。中国"现代性"文化也一直处于一种悖论之中。一方面，试图通过全面反传统，割断与传统的联系，以否定自己的态度确立自身的"弱者"姿态；另一方面，却也希望肯定中国的"弱者"有强者的合法性，通过集体的反抗解决问题。这里的"弱者"一面是被动的、受到压制和出卖的苦难的象征，又是世界秩序的反抗者而不是制订者。但在抗日战争这个中国由弱转强的历史临界点上，有一批知识分子一直呼唤"强者精神"，并从中国内部的历史中重新发现强者的精神。如"战国策"派的知识分子，就强有力地通过对于一个"战国时代"的表述提供了有关的想象，一种超越"弱者"想象的"强者"的意识，主张一种尼采式的"主人道德"，一种"行动"的"强者"对于"服从"的"弱者"的超越。（有关论述可参阅温儒敏、丁晓萍编《时代之波》，北京中国广播电视出版社，1995 年 7 月）。而另外的学者如罗家伦的著名的《新人生观》也全篇强调"强者精神"的力量。他指出："近百年来中国成为一个弱国，这是事实。以往还有人把我们自称'弱小民族'，我极不赞同，我以为中国'弱'是真的，但不是'弱小'，而是'弱大'。'大'而'弱'是矛盾的现象，是最大的羞耻，但事实如此，不必讳言。为什么会弱？为什么会大而弱、弱就根本不应该。我们要把甘心做弱者的观念改变过来，要真正认识到弱是羞耻，是罪恶，只有强而不暴才是美。让我们来歌颂强和美吧。"罗家伦将"弱"视为罪恶，他认为弱有三罪，"第一就是贼天之性，对不起天赋的一切。第二就是连累他人，弱者要人照顾他，当心他，把许多向上有为的强者都拉下来。他不但自己不能生产，而且消耗别人的生产。第三就是纵容强者作恶。假如大家都是强者，罪恶就可以减少。"所以他提出了强者哲学的六个方面：第一是接受生命，接受现实。二是不倚赖。三是接受痛苦，而且欢乐地接受痛苦。四是勇敢的在危险中过生活。五是威严的生，正义的怒。六是殉道的精神。他认为："强者的生活，是完整的生活。不但他自己的生命是丰富的，他还从丰富自己的生命去丰富民族的生命。他是整个民族历史生命的继承者，也是创造者。他能爱，也能被爱；他能令，也能被令；他能胜利，也能失败；他能想，更能有力的想；他能做梦，更能实现他的梦。他不但能创制乐谱，他还能以热烈的感情，奏出他的乐谱。他能顺着自然的程序，充分发展一切自然的赋予，到最善最美的境地。他的发展是整个的，和谐的，也是美的。他能保持这种美的本质，才能以强制暴……。所以强者乃是完整的人，强者的哲学也就是美的哲学。"（引文均见《新人生观》辽宁教育出版社 1997 年版）这种超越性的价值正好和《狼图腾》的精神价值一脉相承。《狼图腾》正好完整地展开了现代中国仅仅是萌芽的"强者哲学"。

　　《狼图腾》其实是一部超越了中国"现代性"的"弱者"想象的对于强者的强有力的肯定。这其实是当下中国历史性的崛起和中国的全球性位置的再度想象的展开。姜戎在此完全超越了八十年代的文学，成了当下的"新新中国"的一个象征性的表述。在这个新世纪，中国一方面已经成为全球资本流入和生产的新的中心，另一方面，中国已经进入了全球秩序中，分享利益的同时分担责任。随着加入 WTO 和申奥、申博的成功，中国已经开始告别百年的民族悲情，中国开始有了一个新的强者的形象参与世界。正是由于由于众多的中国人已经、正在和将要成为强者，这个国家和他的人民才显示了前所未有的活力。这种强者的精神正是我们今天所说的"新新中国"的恢弘的形象。

　　今天《狼图腾》给予我们的是这个正在剧变中的中国的自我期望和自我追寻。

《泰囧》的独特性

在2012-2013 年的这个冬季的贺岁档,《泰囧》变成了一个奇迹。它所创造的十亿以上的票房无疑喻示了中国电影观众和市场的重大变化。这似乎是 1997 年《甲方乙方》开创了中国本土的贺岁片概念之后的一个重要的发展。这部电影的轰动效应其实显示了中国电影的自我创新能力,在《1942》和《少年 pai 的奇幻漂流》的巨大的名家效应之中,这部电影异军突起,创造奇迹,显然体现了它自身的独特性。有人说这是由于档期合适,当然也有一定道理,但其实这个档期还是有不少重量级的电影,《泰囧》的票房奇迹还是有其自身的特点,在 2011 年的《失恋 33 天》之后,《泰囧》再创中等成本电影的新高,绝非偶然。不能简单地以外部因素一言以蔽之。它也必将由于在 2012 年的奇迹般的票房而载入史册。

这部电影是《人在囧途》的第二部,但故事的基本形态是上一部的延续,徐峥和王宝强的角色也基本延续上一部,那是一部温情的喜剧,讲的是春节回家所遇到的种种奇遇。但这一次一是又增添了异国情调的背景,泰国从二十世纪九十年代就一直是中国人的旅游地,国内的有泰国经验和泰国想象者极多，各个阶层的人都对泰国有其寄托，可以说是中国人国际经验中最大众化的一部分，故事的背景安排在泰国，对于许多人既陌生又熟悉，既有异国风情，又有相当的了解，适应当下的大众。这个跨国的背景其实也有伴随着中国的经济成长，旅行已经成为普通中国人生活的一部分的现状的投射，而泰国作为电影的背景，却并没有构成电影的关键的要素，而仅仅是一个中国故事的后景，这其实有其复杂的含义。二是在剧情方面添加了为了利益的大争斗，有悬疑和惊险的部分增加了故事的传奇性。这样的喜剧并不以王朔式的语言的自来水般的奔涌来制造快感，而是从故事本身发掘喜剧性。故事的严密和可信给了这部电影一个坚实的基础。而王宝强的表演的松弛自如，徐峥和黄渤的驾驭喜剧表演的能力都为电影增色。

这部电影的最为重要的特点是敏锐地抓住了当下的中产阶层的"高帅富"的作为中产的后备军的80后90后的"屌丝"精神状态。凸显了当下中国的焦虑和困扰，也展现出日常生活中对于"幸福感"的渴望。这里的徐峥是高帅富的代表，被力争上游的欲望煎熬着，被成功的诱惑吸引着，失掉了自我，家庭面临着危机，因此也充满了苦恼和矛盾。他的追逐利益的泰国之旅充满着勾心斗角和利益征逐，他已经完全失掉了对于生活中其他事物的兴趣，而家庭也面临着危机。王宝强则是一个卖葱花饼的"屌丝"，却也随着近年的体力劳动的收入增加而开始富裕起来，也怀着梦想出国旅游。两个人形成对照，徐峥的见多识广，国际接轨的气派当然看不起王宝强，但其实他的脆弱和焦虑也暴露得格外清晰。成功人士的自得掩不住失掉了正常情感和生活感觉的痛切。王宝强则在憨直和笨拙中凸显了强大的一面，也表现了他的温情和敦厚。这两个人其实是一体两面地表现了中国社会在迅速地中产化过程中所面对的复杂的心理和文化的困扰。对于中产阶层和它的后备军来说，力争上游，渴望成功是其存在的基础，但由于这些年在奋斗中失掉了许多，近年来对于这种简单的价值的厌倦也开始出现。

而王宝强的淳朴一面受到嘲笑，一面也受到羡慕。他的"现世安稳"的生活观，对于患病母亲的关爱和对于生活的单纯梦想都让他显示了强大的一面。佛教所形成的超越性的氛围更给了喜剧一点深度，电影在幽默中有感伤，在滑稽中有温情。几乎在典型的好莱坞喜剧的表达方式之下传达了当下中国的中等收入者的复杂微妙的心理和文化状况。

这部电影有一个大团圆的结局，徐峥放弃了征逐，回归了家庭，黄渤也得到了他的期望。但这里令人印象深刻的是作为王宝强偶像的范冰冰最后的出现让王宝强梦想成真，这可以说是"中国梦"的某种通俗的诠释。好人好报，付出就有回报，善良和努力会收获的观念通过大众偶像的出现得到了展示。这是意味深长的一笔，其实说明我们的"中国梦"其实有其灿烂的一面。我们还记得 2004 年冯小刚的"贺岁片"《天下无贼》中的情节的中心"傻根"也是由王宝强扮演的，他怀揣挣来的钱回家，不相信天下有贼，最后连贼也被感动，刘德华演的王薄在搏斗之后把钱从车厢上方传下给正在做梦的傻根，中国人吃过太多的苦，经历了太多的艰难，谁也不忍心让他的梦想落空。这梦想充满了隐喻性。但到了八年之后的《泰囧》，还是王宝强，依然是普通人的梦，却没有了当年的隐喻性，而是一个具体的和自己偶像的真实的"相遇"，具体而世俗，却凸显了中国梦在今天已经比八年前更加具体可感，更加具有现实性的一面。这我以为是《泰囧》里别出心裁之处，也是在温情、滑稽和感动之后的惊艳。这其实是这部电影的不可替代之处，也凸显了今天中国的"全国化"所构成的具有巨大影响力的电影观众的梦想所在。

《泰囧》值得我们记住，它构成了这个新年时刻的中国的某种独特的底色。

《泰坦尼克号》与中国

历史似乎在重复。

1998 年一部名为《泰坦尼克号》的美国电影在中国引起了巨大的轰动，而 3.6 亿人民币的票房也创造了当时的奇迹。这一奇迹居然在中国保持了十年之久。这是中国电影的标志性事件，它标志着中国电影消费在大都市的中等收入者之中的兴起，开启了中国电影市场繁荣的时代，也在冲击中国电影的同时引发了中国电影的新的选择。2002 年以《英雄》为标志的中国"本土大片"的产生深受其影响。

但到了 2012 年 4 月这部电影的 3D 版在中国上映，仅仅第一周就创造了超过 4 亿元人民币的票房，仅一周就超出了 1998 年的全部票房。在中国市场的总票房更高达 9 亿 7 千多万元，稳居今年上半年中国电影市场的票房之首。

一切一仍其旧，一部同样的电影，同样的故事，同样的演职员，同样创造的票房奇迹。看起来不过是十几年前的一次重复而已。但其实重复并不是简单地周而复始，而是一种螺旋式的上升。

一切又早就非复旧观，今天的电影已经是 3D 版，科技的力量和网络的力量已经改变了电影观看的体验和传播的路径。今天的中国电影观众已经是全国化的，在三四线城市的观众也热心欣赏这部电影，而当年还没有成为主要观影者的独生子女一代的 80 后和 90 后已经成为了看电影的主要力量。《泰坦尼克号》就是昔日年轻的观影者对自己青春时代的缅怀，对于错过了当年的观影高潮的人们则是一次体验经典的机遇。于是乎这部电影再度走红。

今天的中国和世界的面貌早就有了沧桑之变，力量的转移，观念的变化，电影的全球格局的变化都异常明显。我们可以看到没有改变的中心是这部电影和传奇导演卡梅隆（他的另一部电影《阿凡达》在中国市场也创造了 15 亿人民币的至今无人超越的奇迹）似乎是中国电影市场的超级巨星。但中国本身的变化所造成的改变也同样或者更为重要：当年中国电影市场对于全球来说无足轻重，中国电影市场也处在自身最低迷和最艰窘的时刻。人们从《泰坦尼克号》的上映所看到的是这个市场所具有的潜力，但这种潜力还没有化为本土电影工业的兴盛。而今天中国已经成为全球电影市场的增长最快、最重要的市场。中国从当年有巨大潜力却无足轻重的市场转变到今天在全球的举足轻重的电影市场地位，过去在人们预言中存在的巨大的市场已经现实化了。这个变化其实是中国在全球化进程中的位置的改变的一个最为鲜明的征兆，也是中国电影市场本身的变化的最清晰和明确的征兆。而中国电影自身也经历了一个从 2002 年开始的繁荣。

2012 年是从 1994 年以大片分成方式引进好莱坞电影以来的第十八年，也是《英雄》开始的本土大片时代的第十年，但似乎中国电影业也面临着更为复杂的挑战。今天电影所面临的诸多困难和问题凸显了中国电影十年来所走过的道路的意义，也凸显了新的挑战和新的问题。其实正是由于这些年从"全球化"到"全国化"的发展和变化，给中国的电影人提出了如何面对当下新格局的问题，也喻示了新的可能性。我们可以发现今天的变局，其实是在新平台上的问题，已经和十年前的一切大不相同。但似乎，美国电影的原创能力也有了局限，最近的电影几乎都是老片或老故事的花样翻新，也说明创新的焦虑已经是全球性的了。

今天中国电影面临的挑战是高速发展的电影市场与中国电影创造力和想象力之间的矛盾，一面是市场的前所未有的兴盛，一面是电影创作的乏力，有影响力的电影减少，"大片"所创造的带动市场的能力似乎已经枯竭。这一矛盾现在变成了一个巨大的困扰，形成了中国电影的瓶颈。一面是以《泰坦尼克号》重临所带来的好莱坞电影在中国的新兴盛，通过中国"大片"所激活的市场似乎在 2012 年被美国电影所占据，今年上半年的票房的前列就没有本土电影。而中国电影似乎面临着 2002 年以来的最严重的低迷状态。一面是年轻观众为美国电影的成熟的类型运作和"超真实"的想象力所迷醉。另一面是张艺谋、陈凯歌、冯小刚等人已过盛年，原有的以"第五代"为中心的构架已经难以支撑现在中国巨大的电影市场。中国的三四线城市的繁荣和年轻一代观影者的崛起都在期待电影涌现出能够支撑整个工业的新的大导演。但现在处于一线位置的年轻导演似乎都还没有显示出脱颖而出的能力和驾驭整个工业方向的能力。电影市场的前所未有的扩展却发生在电影的创造力面临困难的当下，就形成了前所未有的对照。

中国的电影人其实已经走到了新的临界点上，寻求自己的新的机会。这需要一是解放我们自己的想象力，在武侠、神怪、科幻、穿越等本土的"超真实"类型电影上有所突破。中国传统的武侠神怪电影仍然有其魅力，中国小说在穿越科幻方面的成功也有很多启示。二是要在类型化和主导电影工业的新的领军人物的培育上下功夫。

我们只要能够以十年前开始时候的勇气和精神来面对今天，我们就会有一个灿烂的未来。今天的电影变局其实是中国电影文化所面对的前所未有的新情势，但这个临界点绝不仅仅意味着危机或挑战，也意味着前所未有的新机遇。

《一代宗师》：飘零命运迟暮英雄

一

王家卫的电影《一代宗师》引发的观感似乎是两极化的，一面是高度的赞誉和崇敬，一面是相对的冷清和批评。这些反应几乎是王家卫的电影总要遇到的。这一次也不例外。有些人感到失望，但另一些人似乎有了更多的兴趣。王家卫总是激发这样的争议和讨论。他有自行其是、我行我素的高度的自我坚持，也在每部电影中都有大明星、各类型等商业的元素。他让一些人沉迷，也让一些人厌倦。这就是王家卫：他拍电影就要有他自己的诡异风格和特色。这种特色并不是像一些人说的那样完全抗拒商业性，而是他的似乎抗拒商业之中有某种特异的商业性，而在商业性之中显示了他的独到的"玄学"式的人生追索。他对观众的诱惑和抗拒几乎是谜一般地统一在他的身上。他一面是期望在电影中消遣和放松的观众难以理解和琢磨的神秘的存在。另一面却是都市中有高雅品味和熟悉现代主义以来的复杂技巧的"文艺范儿"的中产青年的最爱。这些矛盾的气质让他的电影充满了一种玄学的商业性，和商业的玄学性。王家卫从来不可能取悦大多数人，但他却也始终有自己的最执着的"谜"。对于王家卫来说，电影其实是他通向这个世界的唯一的窗口，他总是用戴着墨镜的眼睛所看到的世界，其实这里有都市的迷离的光影的变幻，但又有孤寂疏离的自我的追寻。于是，我们在观看《一代宗师》这部有很长的制作时间，也有了让人几乎不耐的等待的电影的时候，它也必然地由于延续了王家卫的独特的风格和状态而激发迷恋、厌倦、思考和迷惑。这些都是王家卫的最明显的个人的标记。

这部电影几乎有王家卫风格的一切标记，深沉得多少有些矫饰的诗化对白，悲欢离合中抗拒时代却又随波逐流的人物，复杂故事里的关于人生的玄思。而武侠类型的外表和明星的运用也显示了王家卫的随俗的灵活性，如赵本山、宋慧乔、小沈阳等的出现都是微妙的平衡的结果。其实王家卫是一个执着地使用超级明星的导演，但这些超级明星在他的电影里总是显得匪夷所思地被展现了自身的多重侧面，而武侠类型的调用也是对于华语电影的最有代表性的类型的别出心裁的"挪用"。叶问故事的由于甄子丹电影《叶问》在华人社会中的传播也使得王家卫有了独特的借力之处。这些都是王家卫的"商业性"，但王家卫当然不可能按照传统的套路来编织他的电影，也不可能按照既定的牌理来出牌。他一定是在传统的模式中找到了他个人发挥的空间，才去拍摄他的电影，他一定是在和明星、类型和传奇故事的艰难对立与顺应的微妙而复杂的平衡之中制作他的独特的电影。这部电影留下了诸多"踪迹"让我们去追寻它的奥妙。王家卫的深沉感慨让我们可以看到进入他的世界的"入口"。当然，他也让这部电影充满了复杂的玄思，让这部电影的观众感受到进入的难度。这就是王家卫的独特性。

二

这部电影是对于动荡的中国的二十世纪的一次追问，也蕴含了深沉的哲理思考。这里的三个人物叶问、宫二和一线天都寄托了王家卫的某种情怀和思考。中国人二十世纪身世飘零，面对大变局，持守也无安稳，随俗更无洞见。命运对人的压力巨大，传统与现代，家国与个人，都旋卷在历史的洪流之中，要求着抉择。这里三个人物的命运是贯穿的主线，虽然现在的版本中一线天的故事未及充分展开，仅仅是一个模糊的影子，但仍然可以看出王家卫的企图心。三个人载浮载沉，虽然选择和命运都有所不同，但都在中国的大时代中最后汇聚到了商业社会的香港，他们都曾经叱咤风云，但最后却绚烂归于平淡。这些人的命运的深刻性就在于大时代对人的冲击和动荡的岁月的消磨让英雄迟暮，最后是汇聚香港回眸生命的过往，在故事收尾处其实包含了王家卫对于英雄的无语凭吊，也是我们对于二十世纪的感伤的无尽追怀。

叶问当然已经成为一个旷世的传奇，这些年来已经成为中国武术的象征性的人物，是中国的传统精神价值在现代的某种符号。王家卫讲述故事的基本线索几乎和甄子丹的电影《叶问》并无差别，叶问是佛山的富家子弟，遇到了抗日的烽火，国破家亡，历经磨难，最后在香港寄居，开馆授徒。这些故事的眉目我们都已经了解。但这里的故事的微妙之处就是王家卫所寄寓的身世的感慨。英武豪迈之间却是浅吟低唱，感时忧国之中却是步步惊心。叶问的复杂就在于他对于传统的坚守与灵活的变通之间的复杂的关系。他和武术武林的关系正是如此。叶问是隐遁在武林之外的飘逸的富家子弟，没有为生存打拼奋斗的压力，也有和美的家庭，生活在一种宁静的对于武术的纯粹迷恋之中。所以片中总是感慨四十岁之前的美好幸福的人生。但宫羽田的到来改变了一切。叶问和宫羽田为一块饼完整与破碎的比武其实有更为深刻的含义，叶所代表的是武术在现代社会的状况，只有在破碎中适应和变通以寻求新的生存之道，叶其实是持守中变通的。"功夫，两个字，一横一竖，对的，站着，错的，倒下。只有站着的才有资格说话。"其实这段格言里有叶问的现实感。宫所代表的是传统中持守和对于自己已经不再适应这个现代江湖的迟暮的感慨。他们之间其实有了代际传承的含义。叶依靠击败了宫羽田获得了自我，而马三则用背叛获得了邪恶的自我，他的出现正是作为叶问的对照。他背叛民族，背叛师傅直到杀死师傅，通过邪恶开启了一个"恶"的空间。这个"恶"的空间也是对于传统的摧毁。这个电影让我们看到的是传统武林的转换和消逝。传统的破碎一是来自于变通，二是来自于背叛。这里"现代"善与恶通过叶问和马三的对照得到了展现。

叶和宫二的比武则是开启了一段缘，一段时空阻隔中的绵长的惺惺相惜。但叶问虽然执着却并不执拗，虽有念想却还知道自己的限度。所以他买好大衣准备前往东北再续前约，却只是留下了一只扣子的念想。而在香港寄居，也能适应环境，自我改变，始终在保持自己和随时变化中保持平衡。叶问其实是超凡人物中的常人，他有自己的复杂性。我有一个感觉，叶问何尝不像王家卫本人，在坚守中有变通，在信念里有灵活。叶的武功和王的艺术其实正是这种坚持与随俗之间的平衡的结果。其实这部《一代宗师》又何尝不是如此？

而宫羽田的女儿宫二则是执着于传统的价值，不相信这一切会在现代的冲击之下泯灭。她为了父亲和宫家传统的荣誉和尊严，为了捍卫传统的绝对性而牺牲了自己的一切。她对于传统的执着是无限的，为宫家找叶问比武，为宫家在传统中的尊严而放弃了自己的婚姻和个人生活。为了复仇而杀死马三。最后在香港和叶问再度相遇，却已经失掉了武功，也失掉了自己的生活，再也没有了比武的机会，而最终走向了死亡。章子怡的演技得到了最充分的发挥，这个人物的执拗的刚强和最后个人难以控制命运的感伤被传达了出来。她就像拉康所论述的安提戈涅坚持着神圣的价值，不为世俗所屈服。为此付出了个人的一切，而晚年在香港的思考已经是她一生的袅袅余音而已了。

一线天其实开启了一个关于政治的维度，他的传奇在于旋卷在中国的政治漩涡之中，最后脱离，通过一段暴力的武打充分地展示了他的脱离束缚的欲望。却只有在香港开设一个"白玫瑰"理发馆，和小沈阳所扮演的小混混有了一段故事。他的好勇斗狠的气质充满了一种原始的欲望，但英雄的豪迈已经远了。

三个人的命运其实是中国历史的命运所决定的。叶其实是我们大家，是武林中的普通人，他和我们一样的有现实感。宫二则是充满理想的，总是试图恢复一个象征的世界。而一线天则是通过自己的本能行事。如果我们用弗洛伊德式的方式来诠释这三个人关系，那么，叶问其实是我们的"自我"，在秩序和欲望之间保持平衡。宫二则是我们的"超我"，她所代表的是高于我们的秩序所在。而一线天则是代表了以欲望驱动的"本我"。这三个人所构成的是现代中国的"主体"的不同的侧面。

三个人的命运其实是不同的选择所构成的悲剧，他们都从英雄的壮志豪情到归于平淡，失掉了自己最好的时光。传统的礼仪和风范，价值和信念都在剧烈的冲击中难以延续。传统没有了自己传承的文脉。他们自我的信念和坚持仍然存在，但中国的动荡和混乱却让他们的一份愿望和安稳一去不复返。对于叶问来说，家庭的离别和与宫二比武已经不可实现。对于宫二来说，则是个人生活的毁灭和传统的武功的永远湮没，对于一线天来说，则是政治追寻的幻灭和失望。这一切都使得这些努力追寻自我完整的人汇聚在香港时人生已经破碎。他们在这里归于平淡，身世飘零，英雄迟暮。但留给我们的是无尽的感慨。

这是一个关于相遇和分离的故事，"世间所有的相遇，都是久别重逢。"

这句话里有对于生命的渴望，相遇使得三个人物都有因缘际会的英雄的聚会，却又有无法把握的随波逐流的无奈的命运的安排。在片中的都是有缘人，他们应了缘分有了偶然的"相遇"，但他们都抗不过命的安排。这种"相遇"有一种难以言说的偶然性，正是我们人生的一种难以摆脱的境遇。正是由于偶然的"相遇"人类才产生了相互之间的联系，发展了相互的认知和理解，展开了种种可供叙述和表达的故事和境遇。时间的流程我们无法阻止，它有自己的旅程。我们只有在这旅程中留下我们的踪迹，给这旅程添加一些来自我们的生命的东西，然后消失。我们的死亡是时间的旅程中的必然，我们会意识到死亡永远在我们的前面，是我们不可抗拒的命运的关键的点。生命有其终点，死亡是我们其实无法回避的事实，生命的必死性对于我们的人生来说乃是不可超越的。这种必死性赋予了生命一种几乎必然的悲剧性，我们在这最后的必然面前确实是无能为力，也难以超越。但生命的过程中仍然有一种难得的惊喜，一种生命与生命的相遇和相知的时刻，一种"缘分"赋予我们的超越和克服我们在趋赴死亡的行程中的平淡，赋予我们的生命以一种不平凡的意义和价值。它让我们有了和我们的必死的宿命抗拒的可能性，也获得了超越的激情和灵感的可能。所以，"缘分"是我们超越我们的必死性而获得生命的更高价值的偶然，而"死亡"则是生命的不可抗拒的必然。而这两者都在时间的笼罩之下。在法国思想家阿尔杜塞的晚年，这位思想家处于与社会隔绝的境遇之中，但他思考的也正是"相遇"的问题。"相遇"的寻求似乎是他的精神的唯一的慰藉。在王家卫的故事中相遇所造成的情境正是对于相遇的最深沉的感慨。相遇和分离都是命运的安排。最后宫二的故去，叶问和一线天的归于平淡都是人生的必然，也是二十世纪中国人的命运的归宿。

我们经历了英雄式的宏大的追求，却又在一个商业社会中归于平淡，进入了世俗的日常生活。豪迈和壮怀激烈已经渐行渐远，一个平凡的日常生活时代已经悄然开启。宫二和叶问最后在香港的街头看着那些来自内地的，有着许多英雄传奇的武馆的牌匾挂在香港的阁楼之上，宫二感慨地说："这也是个武林。"其实在平淡无奇的商业社会中，武术不再是英雄的奇迹，而仅仅是时代的小小的点缀，也是消费的小小的奇观。叶问和一线天的武功的传承其实也是变异，这变异既是传统的武术的破碎，却也是它的转世重生。

三

王家卫给了我们一个充满不可思议的隐喻的世界，一个有无限的入口和出口的迷宫般的故事，这里寄托了他对于现代中国的感慨，也寄托了他对于人生的无尽的感慨。

从二十一世纪的今天的全球化时代，中国内地和香港已经发生了巨大变化的时刻，从《泰囧》和《快乐到家》以及《西游》的光影世界的现实的热闹中，重新回返那段历史，能够从中发现什么奥义？能够寄寓怎样的感慨？

纪念"贺岁片"十年

春节的热闹已经过去，"贺岁片"的档期也已经结束，今年近 8 亿元的贺岁档期的票房说明这个档期仍然是无可争议的黄金档期。在这个贺岁档期结束之时，我和郑洞天导演、章柏青先生参与新浪的直播，分析贺岁片十年的历程。十年辛苦不寻常，中国电影的"贺岁片"已经走过的十年历程确实是值得纪念的。它既是中国电影人在全球化的冲击之下对于本土电影或者华语电影的执着的探索的一部分，又是中国观众喜闻乐见的独特的电影品牌。近年来，更已经成为了全球华语电影最为重要的部分。贺岁片十年的历程其实和中国的发展同步，为中国电影留下了宝贵的财富和经验。

回想十年以前，中国电影处于相当低迷的时期。当时好莱坞大片刚刚引进，中国电影似乎还处在一种两难的困局之中。一方面，电影难以吸引本土观众的注意，陷入了持续的票房低迷状态。另一方面，张艺谋等人开创的海外获奖的模式也已经走入了困局，处于难乎为继的状态。在这样的时刻，冯小刚的《甲方乙方》横空出世，借鉴了美国圣诞档期和香港贺岁档期的经验，在新年期间推出。这部电影精确地把握了当时中国人的心态，将王朔式的自来水般流利幽默的语言和有趣的情节结合，以实现梦想为主题，都契合了当时中国本土观众的心理，而且发挥了贺岁档期对于喜剧风格的要求，由此获得了巨大的成功。此后的一些年，"贺岁片"变成了冯小刚一个人的事业，每年推出的贺岁片都有很好的反应。贺岁档期也成为了一个重要的档期。近些年来，贺岁片已经蔚为大观，每年都有许多电影排在这个档期上映。"贺岁"已经成为中国电影最为重要的标志性的事件。

"贺岁片"的特点在于它始终紧紧扣住中国观众的观影习惯和文化心理，始终是对于本土观众的要求有最为明确和最为实际的回应。首先，它虽然是借鉴西方圣诞档期或者香港贺岁片的经验，但其运作非常本土化，甚至具有某种地方性的特质。如冯小刚早期的贺岁片和北京独特的"王朔式"的文化之间就有深刻的联系。而像葛优这样的最为著名的贺岁片演员，也有一种来自北京文化的特质。它可以说是全球本土化的一个标志性的品牌。其次，贺岁片由于档期的特点，往往以喜剧风格的电影为主。而冯小刚的喜剧的特点是在喜剧风格中始终有一种感伤和温情的色彩。这种感伤和温情也很好地回应了中国观众对于感情的强烈的渴望的特色。这些都得到了本土观众的热切的回应。"贺岁片"的品牌由此形成。

"贺岁片"的成长也和中国经济成长所带来的中等收入者的消费能力的增长和电影院的升级改造正相契合。"贺岁片"在九十年代后期的出现，成为了都市流行文化的一部分，创造了一种时尚，也创造了不少的流行语。"贺岁片"适合全家在节日期间观看的特点和今天中国城市生活的发展之间的关系其实相当贴合。"贺岁片"可以说是让从八十年代后期以来一直在迅速流失的电影观众回流电影院的开端。正是由于"贺岁片"的成功，使得中国式的"大片"的出现成为了一种现实。中国第一部大片《英雄》其实也是在贺岁档期里推出的。而《大腕》和《天下无贼》都标志了冯小刚本人的转型，他的"贺岁片"的风格也有了新的发展和变化。而更多的电影人加入了贺岁片的制作行列和贺岁片风格的拓展都使得近年的贺岁片和十年前呈现出非常不同的特点。

这里有两个方向值得关切，一是"贺岁片"已经成为全球华人的文化的一种标志。从元旦前到春节假期的整个放映周期里放映的"贺岁片"，其实已经集合了两岸三地的华语电影的精英人物共同合作打造贺岁片。像今年周星驰、周杰伦这样的明星都在内地的贺岁档期中亮出了自己的电影。这说明内地的电影市场已经成为全球华语电影的中心的市场，内地市场的影响力已经使得更多的华语电影的人才加入了内地的市场。两岸三地和海外华人的人才和市场的整合已经通过贺岁片的发展显示出了新的份量。香港和内地贺岁片的差异已经消弭。二是贺岁片的题材和类型已经有了巨大的拓展。像《集结号》这样的感人的战争电影或者周星驰的《长江七号》这样的感伤风格在贺岁档期上映和受到欢迎说明中国观众接受电影的题材的丰富性，也说明随着中国电影的新的繁荣的到来，观众的趣味和要求的多样性已经在贺岁档展现出来。这些变化都标志着贺岁片的活力和可能性。

现在的问题是，我们能不能将"贺岁片"的兴旺展开成为全年的电影的兴旺，让中国电影和华语电影发挥出自己的潜力，具有真正的竞争力。十年贺岁片，让我们看到了希望。

莫言得奖与文学之变

这次莫言获诺贝尔文学奖当然是实至名归的事情，也是中国文化的骄傲。这当然首先是莫言本人三十年来的艰苦的写作的最好的报偿之一，也是他的写作大胆地尝试新的形式，把中国的传统的、民间传奇般的想象力和现代的复杂技巧结合，从中国的本土出发，用大的整体性来把握一个文化的神髓的结果；也是他的明快鲜明地展现中国的生活的特色，便于跨文化的传播的结果；也是他坚持自己的独特的写作风格，在国际的纯文学的出版体系中已经享有了多年的声誉的结果。他其实是华文作家中最接近这个奖的，他已经受到了全球性的肯定。但我们觉得他获奖还有时间。但现实是瑞典文学院做了前瞻性的选择。他们的气魄比我大得多，我总是觉得再有十年左右莫言就可以获奖，但现实是瑞典文学院比我们更具想象力和更大胆。

这其实既是长期努力的结果，也是当下的历史情势的超常规的选择，可以说来得比我们预想得还快，可以说是超出了他们不紧不慢的常规，可以说套在中国文学上的符咒般的焦虑彻底放下了。那只悬在楼上的靴子终于掉下来了。我们可以更加从容淡定了，因为该得的终于得过了。瑞典文学院这一次做了超前的，而且最富前瞻性的选择，这会给全球的文学注入一种新的可能性。

这件事说明瑞典文学院是从大尺度、大历史、大空间看待自己的奖项，莫言的得奖其实是中国的崛起和发展带来的结果，中国文明已经不能被忽视。莫言本人的成就当然是不得了的，从今以后我们可以淡定自信地面对一切了。中国只要发展得好，就会有更多的荣誉送来。这是必然的。

其实二十一世纪已经过去十年，文学和社会一样经历了巨大的变化。十年的时光意味着一代人的成长，而和十年前相比，文学的形象和格局所发生的变化的深刻性远远超出了我们的想象。因为它不仅仅是常规性地随着时代的变迁而产生新的文学的发展和变化，而且是在从文学的媒介和载体到文学的整个结构的异常深刻的变化。一方面，文学随着全球化和市场化的发展以及中国的高速的发展而出现了诸多新的形态与新的表达；另一方面，文学的媒介的和载体的变化根本上改变了原有的单一的以纸质出版为中心的文学。中国文学的想象力正在经历一个前所未有的重塑的时代。

整个中国的文学领域这些年来其实在经历着一个格局转变的过程，也就是在原来已经形成的文学界之外出现了仍然以传统的纸质出版为中心的"青春文学"和以网络为载体的"网络文学"，这些新的文学空间经历了这些年的高速的成长已经逐步发展成熟。目前，一方面是纸质出版和"网络文学"双峰并峙；另一方面在纸质出版方面，传统的"纯文学"和"通俗文学"与"青春文学"的共同发展也已经成为新的趋势。从九十年代后期以郭敬明和韩寒等人为代表的"八〇后"作家出现到现在，"青春文学"在传统纸质出版业的市场已经显示出了自己的重要影响力。目前的情况并不像有些人认为的那样简单，"青春文学"和"网络文学"的崛起并不是以传统的"纯文学"的萎缩与消逝为前提的，其实三者不是一种互相取代的关系。传统的文学写作仍然在延续和发展，我们发现传统文学界仍然相当活跃。这是新的文学市场的出现，也是文学的一个新的空间的发现，它们和传统的文学界其实是共生共荣的关系，而不是互相取代的关系。它是文学的总量的增多，而不是文学的萎缩。它们跟传统文学既有重合、相交和兼容的一面，也有完全互不兼容、各自发展的一面。同时我们也可以看到，这里要看到的是中国文学已经成为"世界文学"的一个结构性的要素，而不再是一个时间滞后和空间特异的"边缘"的存在。它已经不再是巨大的被忽略的写作，而是一个全球性文学的跨语言和跨文化阅读的必要的"构成"，是所谓"世界文学"的一个组成部分。中国文学不仅是全球华语文学的中心，也是新的"世界文学"的新空间。我们也可以发现，今天的全球华语文学的面貌也有了新的变化，全球华语写作的活跃和发展也改变了我们对于华语文学的传统认识。莫言的得奖其实正是这些变化的结果。

我们应该祝贺莫言，同时也放下了，可以更加从容地继续我们的努力。中国的未来正长，中国文学的未来正长，这当然是里程碑式的时刻。

顽主老了：一代人退隐的象征

在二十世纪八十年代的后期和九十年代，一直有一种特殊的文化人物在中国的社会和文化中扮演特殊的角色。这种人物其实就是王朔小说中的那种典型的人物，在王朔的许多今天已经是经典的小说中，他们都是所谓的"顽主"。他们在当时社会转型中从计划经济的体制中游离了出来，最早感受到自由的风气，对于传统的秩序有一种玩世不恭的叛逆性，他们并不按照当时的价值行事，而是在边缘处以一种强调自我，快乐和嘲讽的调子展示自己的存在。王朔的小说其实是表现这一类人物的最为有力的文本。对于这类人物来说，在中国全球化和市场化发展的"前期"，他们一面是传统的秩序否定的对象，另一面却有难以抗拒的吸引力。看似在社会边缘，其实却异常引人注目，是社会的焦点。按照王蒙的一篇著名文章中的描述，他们乃是"躲避崇高"的。王蒙异常敏锐的描述直到今天仍然显得非常确切："他的第一人称的主人公与其朋友、哥们经常说谎，常有婚外的性关系，没有任何积极干社会主义的表现，而且常常牵连到一些犯罪或准犯罪案件中，受到警察、派出所、街道治安组织直到单位领导的怀疑审察，并且满嘴俚语、粗话、小流氓的'行话'直到脏话。（当然，他们也没有有意地干过任何反党反社会主义或严重违法乱纪的事）。"（《世纪之交的冲撞》光明日报出版社 1996 年第 183 页）他们冲击了原有的计划经济的价值和行为方式，以一种特立独行的方式凸现新时代的到来，一种新的生活方式的先驱者的形象通过"顽主"的表现凸现了出来。它显示了全球化和市场化"前期"社会对于自由的理解。他们是在旧的结构开始解体，而新的全球资本主义的文化逻辑还未建立时的社会状态的表征。这些人的不稳定和脱轨变成了一种具有高度象征意义的标志，也意味着对自由的一种浪漫的理解。

经过了将近十多年的时间，我们看到徐静蕾的电影《我和爸爸》时，突然可以发现当年叱咤风云的"顽主"已经变成了今天的"爸爸"。虽然还有当年叛逆者的影子，却已经垂垂老矣，变成了渴望温情的角色。虽然仍然另类，却似乎已经从时代的焦点上退了下来。这里当然展示了一个另类的父亲和女儿的相濡以沫的情感，却让我们看到了顽主的衰老和没落。父亲的"顽主"生活是在少女小鱼的眼中出现的，所以难免一种冲突。但父女间的感情却也通过这位父亲独特的沟通方式和泰然自若的表达所慢慢建立。直到父女互相理解。

但无论如何，当年曾经如此感染过年轻人的"顽主"生活却已经变成了女儿小鱼眼中的怪异。这种怪异当年曾经由于冲击了传统的价值和秩序而受到赞美，如今在电影中却难免变得难以理解。过去的"顽主"自由自在生活对于少女小鱼的吸引力仍在，但它却难以支撑当下的日常生活。爸爸和朋友的放纵自在的生活被小鱼质疑的同时，却也面临着自我的挑战。

中国在新世纪成为跨国资本投入的新中心，中国的全球化和市场化已经进入了新的阶段。中国开始作为世界强者之一的参与世界事务要求也已经取得了进展。中国的"中等收入者"的定位是进入全球化和市场化的新一波发展，于是并不要求顽主式的叛逆和嘲讽，反而需要循规蹈矩的白领。这里的"老顽主"一面仍然保持着自己的生活方式，一面发现自己的那个黄金时代正在迅速逝去。新的秩序今天已经越来越明确化，已经建构了自己的一整套"成功"的话语。这种话语在高端上是美国领导的所谓全球反恐的持续的动作，它试图凸现一种保卫市场和当下社会生活的方式。在低端上，一种消费主义的浪潮变成了时代的象征。我们可以通过消费满足自己的欲望，消费提供我们对自己的生活进行选择的历史机遇。"顽主"们所提供的生活方式和风格显示了在全球化和市场化的前期的前卫和时髦；但和"新世纪文化"还有巨大的差异。"顽主"生活不可模仿，却又别有怀抱，这使得这种生活难以继续在新的全球化和市场化的时代存在，无法在一个急速发展的社会中适应社会的变化。

从这位"爸爸"悲凉的逝去和他对于今天现实的难以把握。徐静蕾揭开了"顽主"生活在浪漫自由之外的辛酸。"爸爸"勇于反叛却缺少责任，富有激情却没有规矩，自由自在却难有坚实的感情。"爸爸"被女友抛弃，在自己的女儿和外孙身上寻找慰藉和寄托的感伤的结尾无情地说明王朔式的顽主英雄已经开始退下历史的舞台，他们已经耗尽了自己的能量。如今登场的却是那种"白领"的勤奋努力，谨守规矩的形象，是充满创业精神的年轻的企业家。他们不会沉溺在一种波西米亚式的生活中，而是将这种生活变成自己循规蹈矩生活的调剂，一种"波波族"循规蹈矩和激情反叛的混合。当年"顽主"的洒脱并不被新的社会结构所接纳，而是将之挤到了一个极为边缘的位置上。这里徐静蕾以少女之眼看到的"爸爸"的痛苦，看到了一个崛起的社会已经有了新的规范和秩序。这种规范和秩序乃是建立在市场化的基础上的，是全球化的文化后果之一。它们将"爸爸"无情地变成了无用之物。从梁左的死到王朔本人的销声匿迹都凸现了一个新时代的力量和一个过去的想象力的颓败。而《我和爸爸》则创造性地表现了这种老去的"顽主"的内心世界的复杂层次，将之和一个刚刚面对残酷的人生的女儿的人生加以叠化，构成了一幅微妙的图景。

顽主老了，徐静蕾给我们勾画了一个"新世纪文化"的侧面。

王小波的自由精神

第一次知道王小波是在八十年代的后期，我刚刚留在北大教书。一位社会学系的同仁拿来一本香港出版的《王二风流史》。那是一本小册子，其实是后来大家都知道的《黄金时代》的前身。当时我就被这部书的独特的风格和与八十年代知青文学截然不同的表述所震动，感到一种新的文学在生长的力量。这种文学没有受到当时的文学制度和既成话语的制约，而是一个不可思议的奇迹。王小波完全是特立独行的追求自己的文学想象。他的想象力的穿透性和力量来自于他的自由的精神。九十年代中有一次《戏剧电影报》的活动，我们坐在邻座，当时他和我聊天的内容是关于各种稀奇古怪的事情。关于当时许多人视为怪异的同性恋的隐秘的活动，关于社会的种种出轨的行为，他都能够心平气和地悠然地思考和观察。但同时，他又偶有尖锐的嘲讽和磊落的不平。他始终带着一种超然的，却并不超脱的微笑看着大家。我始终难以忘怀这微笑。这微笑一面有一种对于人们的幼稚的超然的观察，好像我们的天真和笨拙是与生俱来，无法摆脱的，所以他能够笑着看我们。另一面他也能够悟到自己其实是这幼稚和平常的人生中的一员。我们的笨拙和天真其实他也难于摆脱。所以这里有一点嘲笑让他和我们分开的同时，又有一点真诚让我们和他相连。我们是他的一面镜子，帮助他看透自己，我们也有机会透过他看透我们自己。那时王小波还没有今天这样的名声，却有着一种独特的风格和性格，让人难忘。后来，他成了许多人的信仰的对象，成了一个反抗的圣人和洞见一切的超人，我想这未必是他之所愿。

我所忆及的王小波仍然带着一种超然的，却又投入的微笑。他不是傲岸地俯视世界的伟人和天才，他也并不是某派的代表，而是一个我们中的智者。我觉得我们神化他，其实是对他的另外一种控制的尝试。他曾经在生前如此执着地尝试摆脱各种控制和束缚，但他阻挡不了我们来控制他。我们把他看成伟人的时候，却也将他纳入了他并不想进入的话语。他终于等到了他对于那些话语的胜利，但具有某种讽刺意味的是，最后他却被他曾经如此尖锐地批判的东西所极度推崇，当他所嘲笑的变成了他的最热烈的拥护者的时候，这究竟是胜利还是报复？我们如果认为他在和自己的时代进行一场拔河比赛的话，最后究竟是谁赢了？

他对于人类的种种行为都抱有一种智者的态度。他一面带有看透世界的超然和平和，能够将人类的天真和片面作为小说的对象；但他从来没有蔑视过人们的日常生活的欲望和向往。他的另一面是格外地入世，格外地喜欢普通的人生。

他并不像道德家那样有洁癖，而是对于人类的欲望有深入的理解和感情。在这方面他像写《巨人传》的拉伯雷；但他又能够穿透人生的荒谬和无聊，揭开我们可笑的东西，让我们感到自己的浅陋、荒诞和微末，这时他又像写《变形记》的卡夫卡。所以王小波的自由不是那种带"主义"的知识或意识形态的想象，而是一种带有幽默感的超脱和投入的不可思议的混合。在那场九十年代初轰动一时的"人文精神"的讨论中，王小波反而是和他的许多故去以后的追随者不同，显然对于被斥责的王蒙和王朔的观点有较多的同情和理解。他不是一个清教徒或圣人，而是一个人生的智者。这让他也和五四以来形成的一整套现代性的"文学制度"并不和谐。他的并不被正统的文学界认可其实正是这一制度对他难以认同的表征。他的自由让他并不简单地成为五四以来的"新文学"的传人，而是一个和"新文学"缺少关系的另类。王小波的自由其实在于他的边缘性，将他变成五四主流的传人其实没有办法认识他的意义。他的小说有非常普通的欲望，他对于"性"的表现也是惊世骇俗的，有志怪和传奇，有稀奇古怪的想象力在汪洋恣肆。这些其实都是新文学的旁门左道，这里没有那种宏大的话语，没有那种大叙事带来的秩序，而是有一种来自欲望和日常生活的活力与想象力和超越性的奇怪的混合。其实王小波和张爱玲有一种相似，他们其实都在新文学的文学制度之外，却能够真正创造一个新的天地。他的小说和随笔的力量并不在于他有一种刻板的意识形态，而是在于他对于所有的价值和意识形态的尖刻的追问和对于人类生活的深刻的同情和悲悯。

有一个问题一直困惑了我许多年，那就是为什么王小波对于美国始终没有明确的批判和否定的态度。他和美国的神秘的感情让我觉得难解。他能够超越人间的万物，穿透人生的矛盾和幻象，唯独对于美国却情有独钟，别有好感。我想，这可能是一个人必须要一点幻象来支撑自己，一个人总是需要一些美好的理想来支持自己的生存。所以他选择了一个地方作为自己的想象之地。当然他会知道这并不真实，却依然必须依靠它给自己一个自信的支点，否则那个锐利的嘲讽和悲悯的同情都没有立足之地。所有王小波也有他的悲哀和无奈。这悲哀和无奈让王小波有了一种真正的真性情。他的天真和幼稚也是天才的天真，让他和我们格外贴近。于是，王小波是我们的一个象征。象征我们时代最好的创造，也象征我们时代的矛盾和困难。有了王小波，我们对于世界的看法会更加复杂。这增加我们的困惑，也增加我们的期望。

一第二辑一

现代的反思

从现代中国发现价值高度

新世纪以来，中国告别二十世纪的民族悲情，在高速的经济成长中迎来了新的崛起。这一重大的历史转变的意义异常深远，还远未被我们所充分认知。目前，我们都开始从中国的历史传统中去汲取走向未来的力量和价值，开始从现代的反传统的观念中脱离出来，开始重新发现中国传统文化和价值观的意义。这其实也是一个社会开始建立文化自信和自觉的努力。我们常常谈论文化"走出去"，往往指的是传统中国文化的精粹为世人所了解，也期待今天中国人的努力被世界认知。但今天人们在超越二十世纪中国历史的悲情，跨出二十世纪中国的贫弱处境的同时，如何去发掘二十世纪中国人的艰苦奋斗中的精神资源，如何让二十世纪中华民族为中国崛起而奋斗的历史为世界和中国所更充分地理解，也是我们面临的重要的课题。如何从一个新的全球性的眼光来审视从十九世纪后半叶开始的中国历史，让世界了解中华文化在复杂挑战之下的应对中所创造的精神财富和价值高度，就是一个极为现实的问题。这不仅仅是中国人自身需要了解的，也是世界需要了解的。因为中国的现代化的进程既是一个从传统中国转向现代的连续性的过程，又是一个充满着巨大变化和断裂的过程。许多人以为现代中国文化仅仅是对于西方的模仿而不具备像传统文化一样重要的价值。现代中国人的奋斗和努力往往简单地视为是对西方的追赶和学习的过程。现代中国往往被我们认为缺少文化的根基，缺少独特的文化创造的一段历史。由于中国的屈辱和贫弱，那段历史中的我们的努力往往被看成被动地应战和被动地学习的过程，常常被理解为缺少文化创造的阶段。这些说法也有其历史的原因，也是从一个角度进行的有相当依据的观察。我们所期待的中国文化的复兴常常就是指传统中国的文化的复兴，指的是中国传统中的那些珍贵的历史遗产被世界所了解。这当然毫无疑问是合理的。但毕竟仅仅是问题的一个侧面和一个角度而已。

从今天看，中国人在二十世纪的艰难奋斗，其实也有其重要的精神遗产和价值高度。这种精神遗产和价值高度当然既来自对于中国传统文化的延伸和超越，也来自于向西方学习过程中的自觉的选择和思考。中国现代的文化先驱者们从来不是简单地延续传统，也不是盲目地全盘西化，而是在其中做出了自己的抉择，也给了今天的中国人巨大的启发。这些珍贵的历史遗产中从今天的全球化和中国崛起的进程来观察，其实有其重要的精神意义和价值高度。从今天看，这一遗产的中心是中国为民族富强和崛起而进行的努力是从来不欺负其他民族，从没有掠夺和压迫其他民族，而是在逆境中保持着精神的力量和"平等待我之民族"，和弱者共同奋斗，也是中国人的艰辛的劳作和坚韧不拔的付出。中国人自己付出的牺牲很大，但却从来没有在自己的现代化历史中对于其他社会和民族有所歉疚。它的启示在于，中国的崛起和世界许多国家的崛起不同，从世界角度看，它没有精神的偏差和道义的缺陷，而是把民族的崛起汇入人类的共同发展中坚韧努力的结果。中国的现代性和现代化是干净的，是没有历史负担的。这和西方的现代化进程中所具有的殖民主义的历史阴影或如东亚的日本在现代化过程中走上的帝国的歧路有着根本性的区别。中国的崛起所依靠的始终是中国人的艰辛劳作和努力奋斗，而"中国梦"也始终是从来也没有对于其他民族的伤害，而是充满光荣的。中国的现代化虽然会有失误和代价，但却是世界史上罕见的"光荣的现代化"。

这些都是二十世纪的中国给我们留下的珍贵的遗产。它将在中国未来的发展中为我们提供一个道德和价值的高度。这种精神意义和价值高度有三个面向：一是"扶弱抑强"。二十世纪的中国感受到了殖民主义和霸权带来的伤害，因此具有一种不同于西方中心论的多元文化的意识。中国无论在二十世纪的前期的为争取民族的独立而进行的奋斗中，还是在二十世纪后半期和"第三世界"一起的奋斗，都包含着这样的主题。二是"以德报怨"，对于曾经欺负或侵略过中国的国家，中华民族一方面顽强地抵抗侵略和掠夺，另一方面却以极大的宽恕精神和人性高度，不计宿怨，以和平友好的精神对待这些国家。三是"和而不同"，中国人有自己的价值观和思考方式，但却从来不将自己的价值强加于人，不试图用自己的模式统一世界的价值观。中国人对于多彩的世界抱有坚定的信念。

这些现代中国所展现的价值高度其实对于今天的中国具有巨大的启示意义，中国的崛起正是在这样的价值高度的基础上进行的，这正是中国的"软实力"的一个重要的方面，需要让世界和国人更好地了解，也是我们获得文化自觉和自信的重要的侧面。

让我们铭记中国人在十九世纪后期以来的奋斗所给予我们的精神的滋养，让"中国梦"更加灿烂。

钏影楼中

从晚清到民国初期的确是中国历史大变动的时刻。天翻地覆之间，人们往往在新旧之间徘徊，价值观时时颠倒错位。那个时期的人物的矛盾乖张，不可思议往往是新旧价值相互挤压碰撞的结果。我非常喜欢有关那个时代的野史笔记，往往让人觉得此中有人，呼之欲出。因为一个混乱的，变化急剧的时代里的那些不可思议，往往就在历史的边边角角上。大时代里的那些人物虽然已经被遗忘，但仍然有他的趣味和价值。那种中国传统的旧轨道突然瓦解之后的迷乱的确引人遐思。

包天笑是所谓"鸳鸯蝴蝶"派的作家，又是有名报人，活到高龄，见多识广。他的《钏影楼回忆录》非常有趣，他在钏影楼中看取人生，别有一番滋味。其中回忆民国初年的两位名文人：毕倚虹和邵飘萍。这两个人曾经是中国新闻界草创时期红极一时的人物，如今却没有什么人能够记起了。但留在包天笑书中的故事却仍然那么有声有色。

毕倚虹出身官宦之家，以太太的名字向包天笑办的妇女杂志投稿，结识包天笑。后来喜欢上海的花花世界，受包天笑的举荐，进入狄楚青的

《时报》。显出才华，有了文名。此人生活浪漫，性好冶游，经常出入花丛。他父亲看他在上海胡闹，当然不高兴，就为他谋得浙江沙田局长一职。这种靠人情请托来谋官其实是旧时官场的积习。但他在任上没有几个月就跑回上海，继续在烟花场上留恋。不料他父亲病故后，又被查出亏欠公款，把儿子监禁起来索债。毕倚虹又吃了牢狱之苦。放出来以后，却"家已破了，财已尽了，房子早已充公，亲属亦已离散。那时候，许多人都谈到毕倚虹和他的夫人杨若芬离婚的事了。"包天笑对于别人的私生活有所评论的时候有一个长处，就是通达。他毕竟活到高龄，一切见怪不怪。他对毕的离婚有一段议论非常好："要评论起来，当然双方各有不是，可是现在死的已经死了，老的已经老了，何必再翘起那种不愉快的前因后果呢？讲到离婚，现在已经不算一回事，在此恋爱自由、婚姻自由的世界，尽有最初男欢女爱，心心相印，一旦判决，反而若不相识，何况他们是盲婚呢。当时议论这一事，有善意的，有恶意的，有主观的，有客观的，有真实的，有虚诬的，真是不可究诘，我只好用放翁的一句诗：'身后是非谁管得'，一言表过了。"不说还是要说，毕倚虹生活的放纵当然是离婚的主因。但此后毕仍然积习不改，最后病故，晚景凄凉。留下四男四女，只好投亲靠友。包天笑曾经代为抚养一子，后来加入共产党，一度是重庆《新华日报》记者，此后成为新中国的外交官。

而邵飘萍的经历就更具传奇性。他也与毕倚虹相似，喜欢冶游。不过他的情况与毕不同："飘萍好冶游，加以他结交的都是要人幕府所称为智囊人物，可以探取得秘密新闻的人，那就花天酒地，无足为奇，而正于此间，可以在无意中得多少大好资料。于是逛胡同，叫条子，成为家常便饭。修慧（邵夫人）不能禁止，便即说：'我也去！'飘萍笑说：'这如何可能呢？那有带着太太嫖堂子，吃花酒之理。况且满桌子都是男客，而其中却有女宾，似乎成为笑话。'修慧道：'谁敢说是笑话？我就训斥他们一顿。谁是定了这个法律？只许男人吃花酒，不许女人吃花酒，你们还叫着男女平权，却事事排斥女人。'飘萍无可如何，也只得让他同去。"

　　这些只是无伤大雅的小事，但邵飘萍却得罪了军阀，时时东躲西藏。最后一次，他发现事情不妙，就逃到东交民巷的外国使馆中躲藏。但"飘萍虽然有即将被捕的风声，对方却不露觉色，好似没有这件事一般。"邵飘萍终于放心回家，"飘萍从东交民巷出来，早有侦探追随其后，经详细侦察，确知飘萍那夜住在家中，便拦门捕捉，把飘萍押上囚车去了。……当夜已在东刑场秘密枪决了。"包天笑对此有所评论："有人问：'邵飘萍到底犯了什么罪？'说是共产党。问：'有什么证据呢？'却是没有。那时候，这些凶残的军阀，不问捉到任何他所敌对的人，痛恨的人，给他一顶红帽子戴说是共产党，也就完了。甚至自己的姨太太，红杏出墙有了外好，捉了这个男人来，也说是共产党，枪毙了。但是飘萍究竟总是有他们所视为犯罪的原因的，他只是一个新闻记者，为什么既无告发，又不审讯，便把他处死，这是否其中有不可告人的事难于宣布呢？"

　　包天笑写出了一个变化时代在新旧之间摆荡的文人的故事。这些文人都浸染了旧时代的风气，有历史的阴影，又受到新风气的感召，想开创新局。这些历史的断简残篇，都已经成为遥远的过去了，只能让我们偶尔回顾。

两种心情

东京现在是樱花盛开的季节。我的记事本里后面附有所谓"书简用语",是日本人为了写信方便,把一些寒暄用的客套话列成表。关于季节和天气的应景话排了一堆。其中有关四月的一句"春风丽和"别有风味,用在当下也非常恰当。这大概是日本式的说法,中国现在不这样说。对于它非常陌生,但又容易理解,确实有一点可以回味的妙处,与我们用熟的"春风和煦"很不相同。这可以说是眼熟而陌生,陌生化里有新奇感,但又不是不着边际。"春风丽和"最明确无误地告诉我时空的距离。由于时空有异,人的心情往往大不相同,时过境迁之后,一切都不是那么回事了,但总还可以试着理解吧。

我手边在读的一篇小说,就让我体会了这种心情。这是冰心在 1959 年 10 月国庆十周年时的《人民文学》上发表的《回国以前》。冰心老人当然是大家,但这篇小说却不见有什么人提及。《回国以前》讲的是一个东京故事,让我感到这种眼熟的陌生。

冰心战后在日本生活了好几年,对于东京当然非常熟悉。但写东京的小说也不多见，这篇大概是一个特例。小说用第一人称"我"来讲故事。"我"是个二十岁的青年，正在庆祝国庆十周年的天安门游行的队伍里，却想起了七年前在东京的往事。"我"当时是一个热爱祖国的少女，有一位亲戚少年"祥哥"，虽然上东京的美国学校，但却爱国，"当然，拿祥哥和我现在的同学们比，他的觉悟水平还是很低的，不过在我当时许多的竭力追求美国生活方式的男女同伴之中，他是羊群中的骆驼，鸡群中的仙鹤。只有他常常能给我一种刺激，提醒我祖国是可爱的。"他们一起听祖国的广播，了解志愿军在朝鲜的消息。而"祥哥"更为了一个美国孩子骂中国人而和他打架。"我"还有一位朋友日本少女玲子，姐姐姐夫都是原子弹的受害者，而父亲在中国当过八路军的俘虏。玲子的父亲说："帝国主义就不是好东西！帝国主义使得日本人杀害中国人，又使得美国人杀害日本人，帝国主义不消灭掉，世界就没有和平。""这时我从心底感到日本人民的可爱。"

小说中对于当时在日本的外国人社群和日本社会的描写也非常有趣。少女的眼光看到了一个与日本隔绝的夜夜笙歌的，有日本佣人伺候的占领者的日常生活。"告诉你，在美国会把你累死，除非你是百万富翁。在东京多舒服啊。日本下女多好，多听话，什么都替你做。我都发愁明年我们回国去怎么过日子。要能把这些下女们象行李一样捆起来带走多好……"一位美国女人这么说。小说也写到了日本当时的崇美风气。作者这里的批判是严苛的，但也留下了一个在日中国人的文化史的断片。故事的高潮是在苏联大使馆放映的中国电影"中华民族大团结"。苏联大使馆是"一座高大的白色楼房""楼下大厅堂皇得很"。在这部电影中"我"和"祥哥"感到了祖国的力量。故事的最后是"我"和父母以去美国之名回到祖国，"我"走在了国庆游行的队伍中。"上面是晴朗的北京蔚蓝的天空，前面是高大雄伟的天安门城楼，我们亲爱的毛主席和他忠实的战友，都站在那里，等着我去向他们捧上我的一颗喷发着火花的炽热的心。"

四十年过去了。世事的变换已经是沧海桑田。苏联已经是十年前的陈迹，昨天的东风西风今天已经不知道何处寻觅。中国的翻天覆地之变也每每让人惊心动魄。冰心老人也在去年成了古人。这个中国少女"我"的万丈豪情，已经被时间磨洗得干干净净，没有了痕迹。今天的移民不可能有这样的想法了。许多话看起来似乎有反讽的味道，这篇小说好像根本不值得一提了。但我们也不能用今天的心情去嘲笑过往的岁月，不能说过去就是错误和被欺骗。这一页天真和明亮不应该被蔑视。人当然非常势利，台湾选举的流行语"西瓜偎大边"里确实有一份无可奈何的练达。许多人急切地希望站到冷战的胜利者一边，急切地像扔掉旧衣服一样要扔掉自己的记忆，或者用辱骂过去来加入今天胜利者的简单刻板的大合唱。一些人在反抗的时候却是和世界上最强大的霸权站在一起的。过去的历史其实不能一笔勾销，它们不仅仅是"血和污秽"，还有另外一些东西，包括《回国以前》里的那一份心情。谁也无法抹去它们的存在。我们也许不能理解它了，我们也许觉得它滑稽可笑，但我们应该有更加宽容的心情。今天的我们那些时髦的见解也未必不会受到后人的嘲笑。布莱希特呼吁后人宽容自己，其实这是朴实的看法。宽容会使我们避免偏执，不偏执就会有新的视角。

宽容他人其实也是期望他人宽容我们自己。

善待历史

历史的脚步走得很快，人们常常在历史过去以后仅仅给它一个简单化的解释。我们往往要给历史一个善恶、是非、黑白分明的"说法"。有了这个"说法"，历史也就不再困扰我们，它就会变成我们的异己之物，我们也就能够安心了。但简单的历史观却会使我们自己的思想变得狭窄，也没有办法真正从更大的视角理解历史。我们也就变成了历史的奴隶，沉迷于那些简单的符号游戏之中不能自拔，这其实才是可悲的。

金庸当然已经是文学史中的大人物了。去年由于王朔的挑战而形成有关他的争论，现在还是众说纷纭，莫衷一是。但我们在日本雾里看花，也不免觉得有的人的确对金庸吹播太过，招来反感也是人情之常。追随者一弄得极端就往往变成"捧杀"，这类事情不足为奇。其实有那十四部武侠小说在，大可不必着急的，人和书的是非功过当然不是一时半会就弄得明白的，不必只争朝夕。但我在《收获》今年第 1 期上看到金庸的一篇回忆自己童年的散文《月云》，感到他的确仍然宝刀不老。那种敏锐的观察和透彻的思考的确不是平庸之辈所能及。尤其是他对于历史的洞察力，远远超出了那些时髦流行的看法，让人触动。

这篇文章讲三十年代他自己家里的一个小佣人月云的故事，可以和雨果的《悲惨世界》中有关柯赛特的段落相比。这个小姑娘被作为债务的抵押放在他家里干活，她在十岁的金庸（小名"宜官"）的眼中没有家人照顾，生活压抑，没有一丝快乐。作者详细描写了她的悲惨的故事。但在文章结尾处的一段让我惊心动魄：

"从山东来的军队打进了宜官的家乡，宜官的爸爸被判定是地主，欺压农民，处了死刑。宜官在香港哭了三天三晚，伤心了大半年，但他没有痛恨杀了他爸爸的军队。因为全中国处死的地主有上千、上万。这是天翻地覆的大变乱。在宜官心底，他常常想到全嫂与月云在井栏边分别的那晚情景，全中国的地主几千年来不断迫得穷人家骨肉分离、妻离子散，千千万万的月云偶然吃到一条糖年糕就感激不尽，她常常吃不饱饭，挨饿挨得面黄肌瘦，在地主家里战战兢兢，经常担惊受怕，她说宁可不吃饭，也要睡在爸爸妈妈脚边，然而没有可能。宜官想到时常常会掉眼泪，这样的生活必须改变。他爸爸的田地是祖上传下来的，他爸爸、妈妈自己没有做坏事，没有欺压旁人，然而不自觉地依照祖上传下来的制度和方式做事，自己过得很舒服，忍令别人挨饿吃苦，而无动于衷。"

这里的叙述的确让人感动。金庸没有用狭窄的眼光对待历史。天下还有什么比杀父之仇更大的仇恨呢？但他没有把自己的不幸和悲伤变成对于历史的怨毒，他的"伤心"没有变成"痛恨"。因为他明白这天翻地覆的大变乱有自己的理由，中国的那一场革命有自己的理由。他没有因为个人的悲伤就抹杀革命光明的一面。这是善待历史的公正，也是穿透历史的胸怀。这在那场革命已经遥远的时代，在许多人用嘲笑和咒骂来评价那场革命的时刻，在那场革命常常被描写成为胡闹和迫害的时候，在人们争先恐后地表明自己是革命的受害者的时刻，金庸能够超越个人的恩怨，平实地讲出这样的公道话，的确是石破天惊。只有人有了大历史的眼光，有了追求公正的心和对于生命的悲悯关怀，才可能有这样的思考。

其实，用怨毒和仇恨是无法理解历史的。我们看到的关于中国革命的那些偏执的描写和思考没有办法解释这个金庸讲述的有关月云的小故事。这个小故事使得冷战胜利者对于历史的表述变得不可靠。它在那个简单明快的善恶分明的世界中打开了一个缺口。无论如何，我们可以知道有过月云的悲惨的人生，这些好像都变成了可笑的东西而被遗忘了，或者它们就不该被记住。我们这些知识分子往往可以牢记革命给我们带来的痛苦，而且愿意时常讲述它，而那些在历史中没有发言机会的月云们的痛苦却被遗忘了。革命可能的确做得不好，它可能伤害了许多人，但那追求平等和公正的坚持不应该被嘲笑，那曾经有过的理想也不是胡说八道。从这里看来，金庸的确还是了不起的，他不是他的崇拜者或对手想象的那个人，一个有这样的眼光和胸怀的老者是不会变成"神"或者轻易消失的。

善待历史应该是人类的美德。

生命之罪

我们这些普通人往往渴望万人景仰、叱咤风云的时刻，往往希望领导历史的潮流而不是在其中飘浮。但这种时刻实在太少，我们也许根本没有任何机会。我们只有自己的平凡而漫长的日常生活，那些生活里的那些琐碎和平淡既无法省略，也无法逃避。鲁迅的《伤逝》写惊世骇俗的爱情之后的平庸最为惊心动魄，子君的那几只油鸡是那些无可奈何的时间的见证。年轻时还有希望和幻想，生活中还有许多选择的机会，我们还输得起，掉得了头，也还有大把的时间可以挥霍一下。如果真的已经到了人生的终点，一切也就简单了，因为一生的好日子已经过去，我们可以在退到人生的舞台之下心安理得地看别人演戏了。但糟糕的往往是人到中年，生活已经安顿下来，一切渐渐清晰，未来的日子还没有过就已经都清澈见底，从今天可以看到未来的三十年或者五十年以后。自己的梦想既没有机会也没有可能实现了，脱离生活轨道的可能已经失去。壮志已经消磨，而那一份不甘心和不服气还在，这是一种尴尬。侯德健的那首的《三十以后才明白》将这种感慨发挥得淋漓尽致，那里好像说看开了，想透了，其实还是委屈的，也还不甘心。所以侯德健一旦面对着戏剧性的历史现场，也难免情不自禁地被潮流拥到英雄的角色上。有感情和不甘心当然可以参与历史，但看清历史的方向又往往不是被历史潮流裹挟的普通人所擅长，于是难免进退失据，被潮流冲刷到不可知的地方。本来希望引导千百万人的命运，最后却连自己都身不由己，被历史抛弃，这同样尴尬和痛苦。我们这些普通人的选择的确太有限了，难免进退两难。对于自己在历史角落的那个无足轻重的位置不甘心，但试图改变历史潮流却仍然被席卷而去。人生中这类无奈太多。我们又有什么办法呢？

英国《独立报》最近有一篇文章记载了一个比利时人的故事。这个比利时人鲁杰尤的命运似乎就是小人物试图参与大历史的悲剧的典型。鲁杰尤 1957 年生于布鲁塞尔附近的一个小镇。母亲是个老师，父亲是个消防队员。鲁杰尤早年的生活非常单纯，没有什么越轨的举动。鲁杰尤的家庭是普通的，但也很亲切和紧密。成年以后，他在家乡找了一份给嗜好毒品的青年做顾问和为有精神障碍的孩子做老师的工作。1992 年，他 35 岁，此时离卢旺达的大屠杀仅仅两年，他离开家乡，到了离布鲁塞尔更近的利芝。那时他的生活还和卢旺达没有任何关系。但一个偶然把他引进了比利时的胡图人社区。他帮助一位胡图人学生修理爆裂的水管。此后他开始参加比利时的胡图人极端分子的活动。卢旺达是比利时的前殖民地，有胡图和图西两大部族，胡图人人多，但受少数的图西人的统治。鲁杰尤是个理想主义者，对这种情况愤愤不平。他开始在胡图人极端运动里越陷越深。与此同时，他的个人生活也相当失败，个子矮小，没有女朋友。据他的朋友后来回忆，他是个对于异性缺少魅力的人。但这似乎更增加了鲁杰尤的激烈和极端。他开始沉入他的新朋友和他们的国家中。他开始到卢旺达访问。第一次到卢旺达时，有 50 个人在机场欢迎他。他开始认为自己是个卢旺达人而不是比利时人。他希望在卢旺达结婚，安顿下来并且终老是乡。于是鲁杰尤加入了一个胡图人极端分子的电台，开始广播生涯。当卢旺达出现动荡时，鲁杰尤在做充满种族煽动的广播，他鼓动人们杀死图西人，他好像法国大革命中的罗伯斯庇尔，告诉那些正在屠杀、失掉理性的人们，图西人藏在何处，"有坟墓等着他们去填满。"这场动乱杀死了大约 80 万人。混乱过去，鲁杰尤和那些极端分子逃到了在刚果和坦桑尼亚的难民营。后来他逃到肯尼亚，在那里信仰了伊斯兰教。1997 年被捕。现在在坦桑尼亚的一个联合国国际罪行法庭受审，可能被判至少 15 年。但鲁杰尤当年的那些胡图极端分子朋友现在也不谅解他。因为他认罪并且提供了对于当年他的电台同事不利的证言，也因为他归依了伊斯兰教。他们现在叫他"白蟑螂"。他也受到了一同关押的犯人的虐待。

　　一位评价鲁杰尤的故事的教授说得非常有趣："鲁杰尤其实是个边缘人，他愿意把自己看成罗伯斯庇尔，但他其实仅仅是个看到了在历史一部分里的一个机会的无足轻重的小人物。他的胆量被操纵了。"鲁杰尤在布鲁塞尔附近乡镇里没有参与历史的机会，他在偏远的卢旺达扮演了一次英雄，但这又是何等荒谬的英雄啊！卢旺达让他为人所知，但那死亡的 80 万人却已经永远无言了。他不甘心被历史操纵，但历史仍然无情地玩弄了他。

　　这是生命之罪吗？

十八岁的回忆：属于我的五四

这是十年前的一篇文章的一部分，今天看看觉得依然有意思，我删掉了理论性较强的部分，留下了我的个人的感受。把它贴在这里，以此纪念"五四"九十周年，也纪念我自己已经逝去的青春时代。

我的五四不是一个抽象的概念，而是许多记忆的不断的展现。我还记得1979年的五四，那时我还是一个高中学生。整个社会那时正经历着开放初期的兴奋和焦虑，人们开始发生惊人的变化，开始排队购买重新出版的西方文学名著，雨果和狄更斯成了我们的最爱。我们开始从电视中看到了一部名为《从大西洋底来的人》的美国科幻电视剧，我们也通过粗糙转录的磁带开始听到邓丽君的歌声。那个时代的急剧转变来自一种文化"氛围"的激变。我们在文革中的生活非常接近姜文的《阳光灿烂的日子》中的描写，那种少年的生活未必非常压抑，而是没有方向和目标，对于自己的前途感到茫然。但那时的生活中诱惑非常少，根本没有商业社会的大众文化，所以对于文学的迷恋是许多年轻人的共同兴趣。我在最近读到王安忆的《隐居的时代》，其中讲到的那种生活让我非常熟悉，尽管王安忆那一代比我们大了许多。高考的恢复和向科学进军给了我们一个具体的目标。《歌德巴赫猜想》中的陈景润是我们钦佩的英雄。但是我们还没有一种生活的远景，还不明确自己应该努力的方向，于是就游移于许多不同的目标之间。那时正是五四运动六十周年，当时许多知识分子写了锐利而敏感的文章纪念五四。当时我迷醉于新的文学和思想。那些文章中的多少有些天真但非常真挚的观点是如此有力地感动了我。当时五四开始在我的内心世界中活了起来，我开始接触了一个和一般历史教科书上的五四不同的五四。

在这里，个性解放、追求自由成了五四的新的形象。我们在原来五四追求民族尊严的含义之外，又打开了另外一个历史视界。这个五四的形象正好和当时我们的心情相契合。许多当时的文章将"文革"与封建主义相联系，将当时的思想解放与五四的思想解放作了有力的类比。我们仿佛再次经历了五四。那个时代的知识分子的自由的思考和追寻的形象树立了起来。这些文章给了我巨大的启发，真正将那个朦胧而模糊的时代的"氛围"表达得格外清晰，周围萌动的一切好像得到了异常明确的阐释，王蒙的《春之声》里那些混杂、热烈的场景都在此得到了说明。我清楚地记得一篇论述六十年后的今天与当年一样需要精神解放的富于诗意的文章给我的兴奋和激动。我第一次感到了思想的力量。一种新的话语的巨大的说服力击倒了我。我体验了一种真正有方向的感觉，我发现我愿意将自己的选择放在文学上。当时我想，文学应该是思想最好的载体。文学写作应该是"思想解放"的最有力的武器，我期望加入这样的思考，于是我选择了当时相当不时髦的文科，考入了中文系。今天想来，那一切都是少年的青春的幻想。但这幻想是属于我的五四的真切的记忆。五四以意想不到的方式决定了一个少年的人生选择。当然，今天的一切和那时的幻想距离遥远，但毕竟已经没有再度选择的可能。那时候我正好十八岁。

北大中文系的第一个主要的文学史课程，就是现代文学。当然五四是这里最重要的开端。当时我还记得现代文学是严家炎先生给我们讲的，他的讲课严谨朴实，没有花哨的东西，却实实在在地给了我有关五四的研究和思考的路径和从历史材料探究当时时代的方法。有了严老师，我的五四少了浪漫的气质而多了冷静而客观的审视和思考的可能。而那时的大学生活中有一种对于精神的狂热，所有的同学感受到了中国正在发生的变化，存在主义，精神分析都在校园中流行，而对于哲学的兴趣也异常的强烈，当时我记得除了读流行的理论书之外，像黑格尔的《精神现象学》这样的复杂恢弘的书，我也努力用了很长的时间来读。今天想来，我对于理论的兴趣就是那个时代塑造的。当时的时代氛围就是对于精神的开放和新的视野的强烈的渴望。刘心武先生有一篇叫《爱情的位置》的小说，其中关于爱情的表达当时引起了轰动，但让我印象深刻的是其中的男主人公是个烤烧饼的，但他却在以一种强烈的兴趣学习阿拉伯语。这个情节其实是说明了当年"中国梦"起航的时候的氛围。今天想来，当时的精神的开拓其实给后来的经济成长提供了新的话语和表达。这些从过去解放出来的个体，其实正是中国后来的历史进程的新的发展的参与者。

我个人的少年经历当然是微不足道的，但是我们和五四的精神的联系是无可置疑的，五四为我们提供了一种精神选择的可能性。1979 年到这个千禧年已经又过去了二十年，五四对于今天的我们又具有怎样的意义呢？我想，二十年不会白白过去，今天的问题和思考当然和当时有了深刻的变化。我们的五四不会、也不应该仅仅像二十年前我的少年时代的想象一样。历史有了翻天覆地的变化，我们面对的挑战和问题不是二十年前所面对的。如何回应这些沧桑之变，如何在当下进行思考应该是我们面对五四的新的立场。

五四留下的遗产其实有不同的方面。一方面，五四留下了许多与当时的历史语境相联系的具体的思考和立场；这些无疑都已复归于历史。我们不能再像二十年前一样进行一种简单的类比。因为类比往往只能发现某种表面的相似性，不可能洞悉问题的复杂性，也无法对问题进行有效的阐释和分析。另一方面，五四的不回避当下问题，敢于超越传统思维的控制的精神是我们今天仍然应该传承的。我想如果五四的先驱者们面对今天的世界与中国的情势，他们的思考和写作一定会有巨大的不同。他们一定会用新的方法、提供新的思路。他们一定不会仅仅重复过去的方法，一定会寻找与当下息息相关而且具有践行效应的可能性。他们当时能够给中国提供新的方向，他们也一定会期望他们的后来者面对新的当下作出新的反应。先驱者们每每期望后来者能够超越他们，我们不能辜负他们的期望。如果我们躺在他们的遗产上无所作为，不能提供新的对于世界的看法，而仅仅重复他们的结论，我可以想象他们如果泉下有知，会多么失望。我们唯一可以告慰先驱者们的事应该是超越五四，提供新的视界。知识分子的职责不仅仅是传承文化，而且同样需要超越。对于传统是如此，对于五四也同样如此。但我们往往会在面对五四时忘记这一点。五四对于我们太神圣也太辉煌，而像鲁迅这样的文化巨人的思想也让我们产生了不可逾越的感觉。它太能够激发我们的精神的依恋感。但是我们不应该忘记先驱者们的期望，也不应该忘记自己的职责。因此，纪念五四的最好的方法应该是寻求超越，应该在新的世界和新的世纪中寻找新的可能性。我想，这工作肯定是异常困难的，也可能会走入歧路，或者一无所得，但只有这样我才真正可以对于二十年前的选择感到不太羞愧。

思考的辩证：从钱先生谈起

人的思想，其实有诸多微妙和复杂之处，其表达也难以一律，不仅随着自己的心情和处境而变化，也由于场合的不同而必然有所不同。因此，我们其实会看到人生里有许许多多一个人的言论有前后不一致，或公私场合相矛盾的地方。这往往会引发我们的揣测和困惑，也会让我们觉得一个人思想的不连贯中其实自有奥妙在，还往往会怀疑一个人是不是见风使舵，见异思迁，或者曲学阿世，或者表里不一。如不少作家在建国后改写自己的作品，后人的评价往往尖刻。但其实这也是人的常态，不必求全责备。思想随环境而变，见解随潮流而异，当然是人生的必然；公开的言论和私下的漫谈的不同，更是因为状态有别而有所不同。比如我们见到自己不喜欢的人，也不能不理不睬，扬长而去。

当然有些人率真得很，对于各种事情能够直截了当地说出他的意见，对于这样的人，人们每每有肯定，但却在一般的日常生活中会受到挫折，显得格格不入，难以和人充分沟通。这样的情况也是现实存在。人类的社会还远未臻于理想，所以人生也会有诸多的限制和局限，所以说话受到环境的限制其实也是人生中很难避免的常态。所以，"讲真话"才是一个难得美德。当然，这种美德其实是指人生的大节，指的是在人生的关键的选择问题上的坚持，是对于自己的最后的底线的坚持。这其实才是一种具有品格的人和乡愿的区别。对于具体而微的小事，人们其实对于随俗从众往往还是相当宽容和理解的。人生实难，随俗从众有时候都不可得，更何况坚持自我呢。我们在一个多样的社会中，往往容易对于前人责之太严，要求过苛，其实未必能够理解前人的丰富的世界，其实也使得自己的见识变得偏狭。而且有些表达其实本身就极为微妙，有其"两端"的丰富性，不能过于执于一。

可以举出钱钟书先生的例子，钱先生对于宋代诗人的评价，在《谈艺录》里和在《宋诗选注》里所说有所不同，其间的微妙处颇耐人寻味。如对于陆游，钱先生在《谈艺录》里对于他的情怀其实有所批评："放翁谈兵，气粗语大，偶一触绪取快，不失为豪情壮概，顾乃丁宁反复，看镜频叹勋业，抚髀深慨功名，若示其真有雄才远略，奇谋妙算，殆庶孙吴，等侪颇牧者，则似不仅作态，亦且作假也。"这一段对于陆游喜欢谈兵的豪情有所讥讽，认为他其实不切实际，毕竟仅有豪情是不够的。但在《宋诗选注》里面对于完全相同的情况就有一段看起来是肯定的评价："爱国情绪饱和在陆游的整个生命里，洋溢在他的全部作品里，他看到一幅画马，碰见几朵鲜花，听了一声雁唳，喝几杯酒，写几行草书都会惹起报国仇，雪国耻的心事，血液沸腾起来。而且这股热潮冲出了他的白天清醒生活的边界，还泛滥到他的梦境里去。这是在旁人的诗集里找不到的。"

看起来钱先生的说法是自相矛盾的，但其实是圆通的。陆游的大言谈兵当然有局限，但其热情其实也有积极的一面。当年写《谈艺录》这种文言写成的相对冷僻的专业著作时点出了其不切实际的方面，在《宋诗选注》这种普及性的选本中，就强调了这种热情的积极面。当然，钱先生的话其实自有其微妙和让人琢磨的意味。《宋诗选注》里这一段其实未必没有幽默和嘲讽的意味。在总体的肯定中，其实也强调了其比较夸张，未必适当的一面。这里的说法也显示了白话文其实也有相当有弹性的一面。

而钱钟书先生论另一位宋代的大诗人黄庭坚则是另外一种情况。在《谈艺录》里专门有一大节是"黄山谷诗补注"，对于黄庭坚的诗下了很大的功夫，去发掘前人未曾发现的典故，也对于前人的注加以订正。同时肯定他能够"使文者野，使熟者生"看得出对于黄庭坚的兴趣还是很大的。但在《宋诗选注》里钱先生则对于黄诗的用典过度有所讥评："黄庭坚有着着实实的意思，也喜欢说教发议论；不管意思如何平凡，议论如何迂腐，只要读者了解他用的那些古典成语，就会确切地知道他的心思。所以他的诗给人的印象是生硬晦涩，语言不够透明，仿佛冬天的玻璃窗蒙上一层水汽、冻成一片冰花。"这两者也看起来矛盾，其实是容易理解的，对于一般人的选本，也由于当时的环境，钱先生当然会批评黄庭坚，但其实这种尖刻的批评里也还是很有微妙的喜爱在的。

由此看来，人的思想本就有辩证的一面，我们不必过于执着，其实多一些对于前人的"同情的理解"，我们自己今天的视野和胸怀也可以打开一点。从而避免一些诛心之论，避免一点对于他人的苛求和自己的戾气。

天安门的怀想

我从小生活在北京，而这座城市的最大的特点就是方方正正，方位明确。北京人大概是对于东西南北的概念最清晰的人。其他的城市都有许多复杂迂回的街道，而北京的皇城的气概就和它的方正的形态密切相关。天安门一直是北京的中心，也是确定方位的关键。

我小的时候，家在宣武区，而父母上班和我上幼儿园都在海淀区，所以经常从天安门前经过，每次从公共汽车上看天安门，总是被它的沉雄的气象所笼罩，感受到一种庄严和静默的氛围。那时的广场也比现在要空旷得多，显得更大。我觉得那时人在广场上显得小小的，很不起眼。

大家都会在天安门下，金水桥畔照张相，这大概是当年的时尚。最近有个摄影师收集了不少普通人当年在天安门下的照片，并邀请当事人用原来的姿态和位置再拍一幅。岁月让这些人都有了巨大的改变，天安门依旧，但人已经面目全非。正所谓"物是人非"，这里面的沧桑之感确实让人感慨。但我奇怪的是在我家里居然没有找到我儿童时代在天安门下的留影。

当然，当时大家都会唱"我爱北京天安门"，每年五一、十一有游行，从邻家的黑白电视里看毛主席在城楼上的形象，看到像斯诺或者西哈努克亲王这样的人物在和毛主席谈话，都有相当的新奇感。而当年有一次我父亲的单位在"五一"游行中要出一辆"彩车"，单位里的人扮成各种角色。我父亲就受命扮演一个炼钢工人，手举钢钎，做出姿态一动不动。这需要很长时间的练习。他就把他的演出服带回家，练得郑重。我当时觉得炼钢工人的服装非常新奇，尤其是配着着黑墨镜的鸭舌帽显得时尚，我戴上觉得自己也非常时髦，大概这就是当年的"酷"吧。后来游行的时候，我在电视里寻找父亲，等了很久，看到了他们的彩车，其实就是一晃而过，我的父亲仅仅是一个模糊的、微小的影子，在人流和车流里显得异常的渺远。但我也有了一种参与到历史现场的感觉。我在电视里看到了和自己息息相关的人在里面有个微小的影子，虽然小，却依然让我激动，好像他已经被铭刻在了历史之中。当然很久以后，我明白了这其实确实不过是一个微小的影子一晃而过。后来常规性的游行少了，五一和十一改成了游园。但天安门的意义对于我们是巨大的，它几乎在当年是北京的唯一的象征，也是中国的唯一的象征。

　　八十年代之后，北京的变化巨大，地标式的建筑也开始多了起来。世界的变化巨大，天安门依旧庄严。但今天除了天安门，我们还可以举出许多新的地标来象征北京。比如"鸟巢"，比如被称为"鸟蛋"的国家大剧院。我后来也读过像史景迁所著的《天安门》这样的著作，也看过许多不同的电视纪录片，天安门来自中国的历史和文化的那些记忆仍然给它留下了不可比拟的历史感。今天它还是我们最具象征性的地标，也是中国的象征。

　　我印象最深的还有一件事，那是我在 2001 年 7 月 13 日的夜晚在天安门广场的所见，那是申奥成功的夜晚，在天安门前自发聚集的人群沉浸在狂喜之中。但我发现这些普通中国人的欢呼是没有语言的，这里也没有一个明确的时代最强音。人们喊出的并不是往昔那些脍炙人口的口号，而是一种无言的声音"欧……欧……"。这声音并不高亢或慷慨，也没有豪言壮语，但我从来没有听到过这样有力量的声音，这是亿万人对于自己的力量和期望的无言的肯定，他们几乎不需要豪言壮语，这个时刻、这些欢呼已经说明了一切。中国和它的人民在追求美好的生活，他们在追求世俗的快乐，但同时也在肯定这个国家的力量和表达对于这个世界的期望。

这就是属于我自己的天安门的怀想。

心里有"鬼"

鬼在现代中国扮演的角色是极为矛盾的，它是现代的光芒必须驱赶的幽灵，是难以存在的东西。但鬼是现代中国挥之不去的梦魇，它活在人们的心里，难以忘却。我们却急于将他们忘却而获得一种异常的明亮。我们不断寻求光明，但鬼的世界还是常在我们身旁，难以赶走。这似乎是鬼的诡异的命运。

鬼的存在当然是不见容于"现代"的宏图大计的，所以二十世纪我们可以说总是在驱鬼，因为对于现代性的宏大的知识来说，"鬼"当然是迷信之物，是一片澄明的世界中的诡异难解的怪物，是多余的废物和过去的幽暗的遗存，是人类对于世界的茫然无知的结果，从二十年代的科玄论战直到六十年代的反修时代专门编成的《不怕鬼的故事》，"鬼"的名声一直是糟糕透顶，而捉鬼、驱鬼正是"现代"的题中应有之意。毛主席的诗写得明明白白："妖为鬼蜮必成灾"。这里我们可以看到《毛泽东诗词选》的权威性的注对于"鬼蜮"的解释："鬼蜮，即鬼怪，后来比喻阴险作恶的人。"鬼游走在现代的缝隙之间，变成了一个不祥的隐喻，他们是一些不能见容于现代的光明的人和事。于是，现代性所"要"的就是"玉宇澄清万里埃"。魑魅魍魉，这样的"鬼气"对于现代人来说不是什么愉快的感受。我们的所谓启蒙的精神，五四的气质，就是一清如水，明朗通透，充满了天真和光明的气息。所以，像胡适的作风总以驱鬼为念，时时力倡打鬼。当然胡本人也没有多少怪异的想象力，所以对于鬼的世界缺少起码的兴趣。当然也有像《白毛女》那样的故事。"旧社会把人变成鬼，新社会鬼变成人"。喜儿由于压迫变成了荒野中的野人，变成了传说中的鬼，但其实这鬼正是人。这是为鬼除魅的名作，也是破鬼的妙作。其中并不鬼气森森，而是充满了现代的明快和决绝。

但毕竟鬼的世界一面有其不可思议的吸引力，另一面也有它的独特的幽暗难解的神秘性。所以如鲁迅先生这样感受力特别深沉的人就会对于鬼的世界有另外一层感受力。这在夏济安的《鲁迅小说的黑暗面》中有过清晰的论述。至于其他对于鬼有强烈兴趣的人物，如周作人，就是不断回顾鬼形象来获得一种思考的角度。如《五十自寿诗》的"街头终日听谈鬼，窗下通年学画蛇"就是名句。他另有一首《鬼夜哭》对于苍颉造字鬼夜哭的传说做了追问："鬼意欲何为，诡秘殊难度。或恐凿混沌，不能保淳朴。或恐窥幽奥，如燃通犀角。"他越到后期对于鬼魂一类的事物越感到强烈的兴趣。虽然这里有人类学式的明亮来穿透鬼魂的"知识"，但在知识之外的迷恋却也看得出来。人类学的知识和现代的立场是他安身立命的东西，不能抛却，但自己的兴趣所在也别有洞天。如《儿童杂事诗》中就有两篇《鬼物》，一为"山魈独脚疑残疾，罔两长躯俨阿呆。最怕桥头河水鬼，播钱游戏等人来"。二为"目连大戏看连场，扮出强梁有五伤。小鬼鬼王都看厌，赏心只有活无常"。这和鲁迅先生对于目连戏和活无常的兴趣正可以互相参照。我觉得对于周作人来说，启蒙时代的豪情已经远了，自己又是一个名节有亏的人物，老手颓唐，对于世间万物的看法没有什么人有兴趣听了，但生命还在延续，所谓"寿则多辱"。这时候，对于鬼的兴趣当然有自己的人生的感慨在。

朱自清先生有一篇《话中有鬼》，讲我们日常语言中的"鬼"，确实是别有会心的妙作。"不管我们相信有鬼或无鬼，我们话里免不了有鬼。我们话里不但有鬼，并且铸造了鬼的性格，描画了鬼的形态，赋予了鬼的才智。凭我们的话，鬼是有的，并且是活的。这个来历很多，也很古老，我们有的是鬼传说，鬼艺术，鬼文学。但是一句话，我们照自己的样子造出了鬼，正如宗教家的上帝照他自己的样子造出了人一般。鬼是人的化身，人的影子。我们讨厌这影子，有时可也喜欢这影子。正因为是自己的化身，才能说得活灵活现的，才会老挂在嘴边。"这段开场白之后，朱先生发挥了自己对于语言的特有的敏感，列举了无数我们生活中不可少的有关"鬼"的语言。这些语言构成了我们日常生活的一部分。我们要驱鬼、捉鬼，鬼却活在我们的话里。想要说话，鬼就几乎不可缺少。什么"鬼头鬼脑""鬼鬼祟祟""鬼斧神工""鬼才"等等，朱先生的例子极为丰富，可以发现我们说话就可以见鬼。朱先生告诉我们世界的复杂性。鬼其实就是我们自己的影子，我们赶不走他正是由于我们的宿命之一。

至于徐訏的《鬼恋》则是将鬼故事写得鬼气森森的作品。叙述者"我"街上遇到一个自称"鬼"的女人。经历了许多次的约会，终于发现这并不是一个灵异的故事，但这个女性也确如鬼般的出现和消逝。看起来像是破鬼之作，其实正是充满了鬼气的作品。曾经的革命者变成了幽灵般的鬼，这一篇似乎是现代鬼故事的翘楚，其间传达的现代人对于鬼的复杂而矛盾的心理值得我们深究。

鬼是缠绕我们的东西，话中有鬼，其实源自心中有鬼。今天在我们告别现代的时候，鬼会有什么表现，值得我们拭目以待。

圆明园：痛楚记忆与超越想象

我还清楚地记得我通过影像看到圆明园而感到的巨大的震撼。这是在 1981 年，我在北大的大食堂观看电影《沙鸥》。在这部电影里女排运动员沙鸥面临着男友的突然离世和自己职业生涯的危机，这时她在圆明园遗址的大水法附近徘徊，也是在中国的历史和今天之间徘徊。在这里她从历史中汲取了力量，获得了历史赋予的新的信心和自我认同，这使她超越了消沉和苦恼，最终做出了人生的选择。具体的故事在今天的记忆中已经斑驳，但圆明园断壁残垣的背景下孤独的女性对于自己人生的思考和感悟却让我终生铭记。

其实，我的家就在离圆明园不算太远的海淀区的魏公村，小时候就曾经许多次来到那里。1980 年进入北大念书之后，更是和圆明园近在咫尺，时常到那里散步，虽然也能感受到历史的积淀，但却没有在电影里看到的圆明园那么震撼。我们可以发现在电影里，圆明园所具有的历史感的凝聚其实比我们在现场感受的似乎更加强烈，这似乎是一个"陌生化"效果的典型的例子。此后，无论是李翰祥的电影《火烧圆明园》还是在当时出现的圆明园诗派或二十世纪九十年代出现的圆明园画家村都是引人瞩目的。可以说，圆明园的记忆在现代以来一直存在，但其巨大的象征意义的真正建构是在二十世纪八十年代最终完成的。

八十年代以来，中国社会强烈的落后的感觉，一种需要奋进追赶的强烈的焦虑都是通过对于"圆明园"的表现来展开的。圆明园是一个直截了当而又有充满了丰富意涵的象征，它既象征着中华民族的沉重的历史积淀，又最深入地象征着中华民族在近代以来所遭遇的挫折和困扰。它如此强烈地象征着中华民族在记忆深处的"悲情"，而这种悲情在我们开始走向一个新的"中国梦"的起点的八十年代有着不可忽视的强烈的影响和冲击。它的昔日的辉煌印证了这个伟大民族曾经的强大和兴盛，它的毁灭后的遗址则见证了一个民族曾经的难以逃避的屈辱和失败。这些都用"大水法"的遗址作为自己的最具震撼力的现实的"存在"。在这里，存在的遗址是我们的历史的伤口的最深刻的记忆的展现。而超越这悲情还需要一个社会的共同的努力。

于是，八十年代以来对于圆明园的重修和重建，以及追寻海外流散的圆明园的遗物等等都成为了对于中华民族对于自己的近现代历史的伤痛的记忆的超越的努力，也是我们每一个个体为之努力的"中国梦"的一个部分。尤其是新世纪以来，伴随着中国崛起的历史进程，圆明园更加成为了我们对于自己的身份的新的期许和希望的一部分。我们追寻"兽首"，期望圆明园流散海外的文物的重归，或是有许多人期望重建一个完美的圆明园的努力，虽然有诸多争议和探讨，但都是要见证一个民族抚平伤痛，超越痛苦，走向新的历史境界的一种努力；这也是一个民族从自己是世界历史的"边缘"的他者的形象，走向一个世界的新的深深缀入到世界之中的关键性的"构成"的历史的变迁的一部分。"中国梦"有其历史的根源，圆明园的痛楚正是这一梦想在历史中的源头，它象征着中华民族一百多年历史的失败，是痛楚的记忆；但今天我们重新让圆明园回归历史，其实也是超越悲情，建构新的想象的努力。

　　有时候，怀旧并不是一种沉溺于过去的消极的状态，反而是积极面对未来时寻找自己的历史根基的努力，在这中间，我们寻找记忆的片段，让它们给今天和未来一个依据和理由。这其实是圆明园的不朽的意义。虽然具体的事情会有争议，但圆明园所具有的象征性的意义和价值，却已经成为我们的集体的记忆的共同的部分。这是历史，也是今天，同时也蕴含着未来。

远近之别

在《中国新文学大系 1949 — 1976》的中篇小说卷中仅仅选了两篇六十年代的作品。它们排在书的末尾，但形成了异常尖锐的对比，让人触目惊心。一是当时上海的工人作家唐克新的《沙桂英》；一是旅美作家於梨华的《友谊》。两篇小说都是探讨人际关系的，但无论风格还是故事都有天壤之别。它们写的是两个世界。对于今天重读它们的我来说，的确是"别有一番滋味在心头"。

《沙桂英》是六十年代的名篇，其中的一个人物邵顺宝还作为所谓"中间人物"的典型，一度受到推崇，但很快又被否定了。这篇小说写一个纺织厂的年轻女工沙桂英创造了十个月不出次布的成绩，成为劳动模范。但她却和一个落后的工人"新嫂子"换了纺车。由于机器条件不好，她也出了次布，成绩受到怀疑，但沙桂英却坚持努力，一丝不苟地要求对机器进行认真的修理，甚至不惜和威信很高的保全部的师傅吵了起来。她不仅感动了大家，也使得原来对于工作无所谓的副工长邵顺宝受到感动。邵顺宝爱上了沙桂英。但沙桂英没有接受他。这一年沙桂英没有评上劳模，但她却赢得了大家的尊重和钦佩。而於梨华也是当年有名的台湾旅美作家。这篇《友谊》写的是旅美学生的生活。一对同学好友顾彦和汪怀耿先后到美国留学，都在中国餐馆打工，生活单调，但满怀期望。汪怀耿的女友孙依莼也到了美国。但她却爱上了顾彦。离开了汪怀耿。汪为了报复向移民局匿名写了揭发信，揭发顾彦非法打工。友谊最终幻灭。

　　唐克新的故事有一种今天的文学中见不到的清纯之气，那里的人际关系是如此简单，那里的人的性格是如此的单纯。我们今天会觉得这篇小说简单得不可思议，好像人与人之间的那些嫉妒、争夺、私欲和小心眼都仅仅是过去时代的痕迹而已。沙桂英这样的社会主义时代的新人能够改变一切，那个和沙桂英斗气的新嫂子最后非常佩服沙桂英："她觉得这小姑娘身上似乎有一股奇特的力量，她不但能驾驭那些机器，而驾驭了那些人，好像她是《西游记》中的唐僧，会念紧箍咒似的。"而沙桂英拒绝邵顺宝的求爱是由于她觉得她自己的父亲是个有坚定信仰的共产党人，在解放前的工人运动中牺牲，但邵顺宝却仅仅是一个"模模糊糊"的人，还没有革命的信念。于是，她借给邵顺宝两本书，一是《钢铁是怎样炼成的》，一本是《不死的王孝和》。她想用英雄的故事激励他。但这一切离我们已经如此遥远。那个革命时代的天真和浪漫早已不见踪迹了。我们已经根本无法体验那种感情，我们也根本无法了解沙桂英的世界。我们当然觉得这篇小说太简单了，它写出的是脱离了欲望和个人的自我幻想的人。我们根本不会相信世界上有这样的经验存在了。这个故事写的是中国大陆，但它离我们已经非常遥远。我们只能知道革命曾经激发过这样的写作，这样的热情，这样的青春。

　　但於梨华却仍然离我们非常近，那个故事里的纽约仿佛今天仍然活着。那些人生和梦想都仍然是今天世界的真实。就像小说一开始用几笔勾勒的美国梦就仍然是今天的人们的梦想："家一定是个坐落在高级住宅区，绿色的草坪前的楼房。四间卧室，两间车房，屋后有小阳台用来夏天户外进餐，车道上有个篮球架用来给儿子们锻炼身体。太太一定是个时髦的中年妇人，每周进城做两次头发，短短的，发梢捧着双颊，额上的发正好披盖了外眼角的笑纹。每周去美体馆做一次柔软运动，星期三下午约了女友看一次百老汇的时戏像中国人吃时菜一样。周末安排得满满的：琼斯家的鸡尾酒会，史密斯家的晚宴，或者亚斯特旅馆中的募捐晚会。先生回到家，孩子们叫'爸'，太太笑眯眯地唤他一声'甜心'，问他'今天累不累'，端了杯威士忌给他解乏。"这些看起来非常俗的中产阶级趣味在今天的世界上仍然是时髦的东西，会有许多中国人把这作为自己的追求。而那餐馆打工攒钱的生涯，那种背叛和倾轧，那些欲望与挣扎都好像就是今天眼前的故事。於梨华的故事里没有那种高远的理想，只有现实的生存；这里也没有英雄，只有几个在漩涡中的人物。但反而逼真地投射了今天的世界。

六十年代过去快四十年了，当年分道扬镳的今天已经看不出多少区别。唐克新的确旧了，也遥远了，於梨华却仍然常新，也离我们非常近。於梨华是比唐克新现实，也经得住时间的磨洗。但唐克新小说中那股清纯之气是无论於梨华或者我们今天的人生中永远不会有的。哪怕这仅仅是一个转瞬即逝的时刻，也被一些人说得那样不堪，但它仍然值得记住。就像我在看伊文思的《愚公移山》的时候，银幕中那些人的眼睛里闪烁的单纯的光芒让我永远无法忘记。

阅读之乐

阅读之乐是人生难得的乐趣。在今天这个市场与消费的时代，获得阅读之乐是越来越难了。阅读或是增长生存技能的方式，或是宣泄焦虑和不安的方式。它是我们匆忙的人生旅途中的不可少的路径，却越来越缺少那种平和安逸的乐趣，一种悠闲和无伤大雅的氛围，一种"不为无益之事，何以遣有涯之生"的没有功利目的的阅读。我们太被人生的竞争和简单的放松所限制，以致缺少了超然的阅读。如何重建一种超然的阅读，确实是一个困难的问题。我们的目的性太强，要求太单纯和直奔主题，以致忘却了体验一种"不切题"的阅读。但其实阅读里面最为纯粹的就是这种"不切题"的阅读。什么时候这种不切题的阅读兴旺起来，我们的读书生活的丰富性才会越来越大。

车辐先生是抗战时期就已成名的老报人，我1986年曾经和他同游过敦煌，那时我是个二十四岁的研究生，涉世未深，也是初次接触这样的老报人，感到当年张恨水或者李劼人小说里的人物出现在面前，让我惊奇。他每天和我们谈掌故，说趣闻轶事，让我们的旅程充满了乐趣。他的兴趣之广，知识之杂给我留下了深刻的印象。后来一直没有机会再见面。不过读到他的随笔《川菜杂谈》（三联书店 2004 年），觉得有了一次和他"如面谈"的机会。又可以听老先生的龙门阵了，的确是一件高兴的事情，也让我体验了一次难得的"不切题"的阅读。老先生谈川菜，不是以烹饪专家的视角来评价、研究、分析。而是从一个人人都有兴趣的"吃"的角度，美食的角度来欣赏美食。二十世纪八十年代陆文夫写《美食家》，展示美食家的"知味"能力之余，也嘲讽美食家的百无一用。但今天看来，陆的小说其实预言了一个消费时代的到来，美食家其实在一个消费支配生产的市场经济的环境中是大有作为的，当然他或许不能成为超级厨师，但他无疑将吃美学化了，将它从果腹求饱转变、升华成为一种艺术。这是一个丰裕的社会取代匮乏的社会的标志，其实当年的"美食家"的风靡，有中国人的对于消费的渴望的大欲存焉。车辐对于"吃"也有这样的兴趣和品味。他是川人，对于川菜情有独钟。但他的川菜里有"人"呼之欲出，也就是和四川有关的风土人情、名家掌故都随着"菜"呈现在我们面前。他曾经在张大千家里领略过"烧鸡尾"，与杨宪益和周而复一起去吃名厨易正元的"大同味"，品评了李劼人文字中的"吃"的奥妙，和许多川菜名厨都有交往，也评点众多的成都名馆。他是一个成都这样具有高度地方特色的城市的一个"游走者'，到处去发现美食和美食背后的文化。这里的文章都是悠哉游哉，充满了生活在都市的乐趣的文字。这种趣味，其实是一个真正的日常生活时代来临的标志。一百年来，中国人经历了艰辛的奋斗和艰苦的人生，终于有了一个能够追求平常乐趣的时代，当然有人觉得这样的乐趣无聊乏味，缺少英雄气概，但意外的是，这种平常的物质性的追求却带来了中国的和平发展。

让我感到最亲切的，是车辐先生多次写及的北京白石桥国家图书馆院内的"东坡餐厅"。这是上个世纪九十年代北京的名馆，由于深藏北图院内，不是熟客难知门径，却也少了市井的喧闹。这家饭馆当年也是我经常请客的所在，想不到车辐先生对于这家馆子评价甚高，也经常在这里吃饭。他谈到了和京城许多老文化人在这里聚会的情景，让我忆及我当年和朋友们在此小聚的时刻。可惜这个有趣的饭馆如今已经不知所踪，让人感慨。车辐老先生的这部"不切题"、没有什么宏大叙事的书给了我一种难言的复杂的感情。

另一本有趣的书是约翰·伯格的《看》（广西师范大学出版社 2005 年），当年他的名作《观看之道》以《视觉艺术鉴赏》之名由商务出版时，由于这个书名太像坊间的俗书而被埋没了。如今《观看之道》也有了新版，《看》也出版了，确实是可喜可贺的事情。伯格的书没有高头讲章气，也是娓娓谈来，从作品即兴引出诸多联想，却和当代理论不隔不离，在对于视觉文化的理解上别有心得。伯格总是将艺术看成自己的历史、文化脉络的产物，看成社会意识形态的多重作用的结果，他其实总是深入到我们看成"纯"的艺术的深处，看到纯中的不纯，高雅中的不雅。伯格文字清晰，思路机敏，对于问题的看法没有多少浪漫渲染，而是明达地穿透种种神话，伯格其实真的非常通达。他的书其实也是"不切题"的，不会让你盲信，而是思路明晰。

阅读之乐，其实在这些看起来没有用处的书里。

如歌岁月

最近，我和妻子在当代商城里闲逛，周围是北京兴高采烈的红男绿女，奥运申办的成功带来了一种强烈的"人气"，让商场的人流涌动似乎也更有理由。但我却突然在电视卖场的众多的电视屏幕面前驻足，在那里我看到了一个女歌手在演唱。我突然发现这歌手和演唱中有我十多年前非常熟悉的，却已经陌生和遥远的东西。它突然出现在我的面前，无缘无故，无始无终。这个形象里有过去的记忆，但又模糊得如同铜镜中的影子。它唤醒了一些让人低回的感情，但又明白无误地告诉你过去的一去不复返。

这的确是张蔷在唱歌。

但她已经无非是一个普通的流行歌手了，她好像依然有十五年前的嗓音，歌曲的风格也和十五年前差不多，面孔也没有老多少。但时间已经决定了一切。十五年不是白白过去的，一个诗人说过：老去的是时间。其实老去的还有我们自己和张蔷。

那是我上研究生第一年的夏天。那是八十年代中叶的那些充满理想和欲望的岁月中的一个平常的炎热日子。一位同学拿来了一盘磁带，封面是一个热情、时髦的少女，有大胆而开放表情和同样大胆的超短裙。她长得并不好看，但开放在那个时代就是美丽。这个同学非常激动地说起这个新的歌星，那时还没有偶像的说法，但无疑她就是他的偶像。于是他把这盘带子放进了录音机。那歌声的确是异常奔放的，声音有点沙哑，有一种特殊的磁性，非常特别。歌曲当然都是翻唱的外国歌，但那里有一种野性的、反叛的力量。这当然是俗的，但它有一种戳破那时的清规戒律的魅力，一种天真的、自由的、不受拘束的魅力。于是，我的同学们似乎都成了张蔷迷。我们的宿舍里有了不少她的磁带，而且她的磁带确实出得又快又多。那些歌曲经常在宿舍里听到。我现在还能记得那些歌词和旋律。那些歌几乎只有一个主题，那就是不受上一代拘束的爱情，那种爱情在她的歌中是随心所欲的，是自由的、是热烈的。这些都打动了那些年轻的心。那时已经有了不少流行歌星，也开始有了春节联欢晚会。但流行的都是一种温柔的抒情的歌曲，一种所谓"软"的歌曲，如苏小明的歌，婉转地表达欲望，用优美的隐喻含蓄地倾诉。但像张蔷这样的"劲"歌，这样直截了当的强烈，我们还是第一次听到，它冲击我们的内心世界，挑动一种躁动不宁的情绪，这些都和我们的人生如此一致。但那时还是有许多看不见的界限，所以张蔷仅仅是在不停地出磁带，但我们从来也没有机会看到她的演唱。但她还是上了《时代》杂志。

在那个时代，流行文化和高雅文化之间还没有今天这样泾渭分明。我们似乎是把刘索拉、徐星的小说和张蔷的歌曲看成共同的青春反抗的标志。那个时候借助于流行歌曲的力量表达过去往往被压抑的青春的焦虑和冲动，是一种新的文化形态，张蔷无疑是最好的表征。年轻人借助一种对于西方和港台流行文化的模仿建构自己新的身份，给自己一个新的形象的愿望是如此的强烈，张蔷就代表了这种愿望。她直接地表达欲望，直接地表达焦虑，尽管这些表达都在一种粗陋的模仿的形式之下展示的，但其实她代表了那样一代人的心声。那时的文化似乎充满了一种有趣的矛盾，它是两极的混合：一方面是极端的理想主义。这种理想主义带有文革时代的那种色彩，但理想的内容却正好是文革时代的集体性和禁欲性的反面。人们几乎以一种虔诚的心态去看待那些新鲜的事物，几乎每一件"闯禁区"的行为都有打破禁忌的神圣的光环。无论是舞会、流行歌曲、外国电影之类的流行文化，到我们这里都颇有不可思议的神圣性。另一方面，那时人们有极端的欲望的追求。欲望在第一次有了合法性之后，它的奔涌就如同洪水一般的出现。人们急切地追寻一种自由自在的生活方式，认为从禁欲中解放的自由是如此的没有任何约束。其实，这无非是走入另外一种资本主义式的规范的开端而已，但人们都将这种欲望理想化了。于是，理想和欲望混合得异常的完整。我们把欲望理想化了，同时也把理想欲望化了。这样的过程使得我们并不是将张蔷看成一个流行文化的标志，是我们某种欲望的展现，而是作为解放我们思想，开放我们自己的生活的一种神圣的东西。它是与过去的一切决裂的象征。于是，张蔷和那些她的同代的歌星是我们自己青春的一部分，一种具有某种强烈的认同感的基础，是那时构成我们生活中最具浪漫性的一部分，但这也是最单纯的。

当然这种浪漫不会持续太久，人不可能永远生活在理想和欲望的两极之间。许多人和社会就在这样的单纯中沉没了，再也没有站起来。但我们毕竟已经成熟，中国可能也不再会有那样的天真。

张蔷后来移民澳大利亚，她的辉煌仅仅有短短的一瞬。今天她复出的时候，已经不会有当年的光彩，也不再会有我们这样虔诚的歌迷。但那些如歌的岁月和那时的张蔷我们无法忘记。

再思柏杨

柏杨的逝世引发了华文媒体的广泛报道和追忆热潮。斯人已逝，但过化存神，他所留下的记忆和影响仍然会在海内外华人社群中不断延伸，而他的意义也会不断地引发探讨和认知的兴趣。柏杨虽然著作等身，涉及的领域也极为广泛，在小说和历史等方面都有尝试，也有若干贡献，但他对于华人社群的影响其实是集中在《丑陋的中国人》一书之中的。正是由于这部书，柏杨的意义和价值才得以充分地凸显，柏杨才成为一个在华人社群中具有影响的人物。柏杨的价值正是在于他的《丑陋的中国人》一书给予人们的冲击。柏杨对"中国人"所进行的深刻反思确实是他所留下的独特遗产，也是值得我们今天回味和探索的。

今天看来，柏杨在中国八十年代改革开放的初期其实曾经因为《丑陋的中国人》一书发生过重要的影响。他在内地的名声其实也正是在那个阶段建立的，人们熟悉柏杨其人，其实也正是在那个特定阶段的特定的精神需要。他的这部书在八十年代被引入内地，此时正值中国改革开放，迫切地需要对传统文化加以反思来发展一种新的可能性，也需要再度回到五四时代全面反传统的意识来冲击旧的计划经济的问题。我们把在计划经济时代暴露和凸显的问题理解为传统对于中国人的束缚，理解为一种封建文化的压抑造成的后果。当时的文化需要一种新鲜的力量冲击旧的话语。我们就相当迫切地从各个方向汲取新的思想和文化资源。

柏杨的书正好适应了这一波时代潮流的需要。他从日常生活的层面出发，揭示中国传统社会对于人的束缚，敢于批判中国人的负面的问题。他其实很好地继承了五四时代对于"国民性"的反思的传统，从许许多多日常生活的具体而生动的事例出发，也旁征博引，随手拈来，给我们讲述了不少有趣的历史掌故，以一种杂文家的生动笔触将他的批判和愤怒传达得异常生动和鲜活。在看柏杨的书的时候，我们常常有一种痛快淋漓的感觉，但这痛快淋漓却是和我们的痛苦的感觉连在一起的。

柏杨的这本《丑陋的中国人》其实有对于人生的深入体察和来自"现代性"对于传统的"落后"的自信心，这都给了柏杨一种强烈的自信和嬉笑怒骂式的尖刻却又准确的见解。当然，同时他也具有媒体人的夸张和耸人听闻的尖锐和极端。这些当然都来自他所处的环境。在台湾当时的背景下，柏杨式的表达一面其实宣泄了他对于世事的锐利和尖刻的理解，他以直观的和感性的方式让我们感受文化批判的冲破禁忌的快感，又让我们感觉到一种市场社会中媒体人的文字所具有的强烈吸引自己读者的独特趣味和夸张手法。柏杨曾经多年是"报人"，他的生活和趣味其实接近过去的"老报人"。这种"老报人"的写作风格自有一套，是当年计划经济时代内地人所见不到的。他的风格当然没有鲁迅先生的深沉含蓄的忧愤，却有媒体人的酣畅淋漓。所以，柏杨在中国台湾当年的环境中正好适应了读者的需求，同时也在八十年代中国内地的开放初期的环境中适应了普通读者当时的需求。我自己就还记得当年看柏杨的《丑陋的中国人》时所感受的冲击。当时其实我已经非常熟悉鲁迅的风格，但看到柏杨那种风格还是感受到了一种冲击。他的风格不是"重"的，而是"轻"的，是那种"轻舟已过万重山"的"轻"。这种"轻"的风格当年我们大家都不熟悉，因为我们曾经很习惯一种"大批判"的刻板。其实，那是一种"滞"而不是一种"重"。到了今天，我们会发现中国内地的时评文化里，这种"轻"的锐利的文风已经相当普及了，其实这里面也有柏杨的贡献。

一方面，我们在柏杨那里可以看到我们的"国民性"的那些问题，而这些问题其实是存在于我们的日常生活之中的，柏杨的锋利和尖锐在于他的对于日常生活的敏感和丰富的人生阅历所带来的具体的生命的感觉，这些都给了他的批判一种难得的力量，让我们被他所触动，让我们感到我们需要的富强和发展需要抛弃那一切。另一方面，柏杨让我们有会心之处，让我们可看到其实在他的近似刻薄的挖苦和夸张的述说中其实有一种在哈哈镜中照到自己的快感。他那些来自经验和掌故的对于我们自己的性格的描述，当然有一点过分，但却相当地吸引我们这些曾经封闭的人，给了我们一种自省的力量。让我们在对于自己的否定中得到一种新的可能性。他的思考从今天看来还是启蒙和人道这样的"现代性"最基本的观念的影响的结果，也说不上有怎样的深刻和超越性。在八十年代的历史的那个特定的时刻，其实柏杨给了我们所需要的东西。他真正在用他的特有的尖刻和锐利督促我们、批评我们，其实是期望我们有一个更好的未来。他告诉我们对于自己的否定其实是一种新的肯定的前提，否定自己并不仅仅是颓废和消沉，反而是获得了一种发奋的力量。当时我在柏杨的书中就看到了这种力量，而这种力量其实是我们走向今天的一个环节。柏杨那些写在中国台湾的文字，其实对于中国内地的发展有了他自己大概不会想到的贡献。

当然，今天柏杨的时代已经过去，中国的崛起所带来的新的世界需要的是更多的新的思考和追问，但柏杨的那种对于自身的批判和否定中展现的中国的愿望，仍然会留下来让我们追怀。

湛然而逝：季羡林先生的意义

7月11日上午，我正坐在长沙两岸经贸文化论坛的会场上，一封短信告知了季羡林先生去世的消息，我立即把短信给坐在我旁边的刘梦溪先生看。我们的心情都非常沉重，也有很深的感慨。二十世纪的人物已经日渐凋零，二十世纪的那些峥嵘岁月也已经成为一段历史。时光的流逝已经让二十世纪变得日渐遥远。季先生的离去，虽然让人遗憾，但毕竟他已经完美地实现了自己，也最好地展现了生命的价值和意义。但这意味着这个在二十世纪八十年代后期以来一直以其高远的思考和纯粹的人格影响我们的人物离开了我们。

季先生的离去其实是完整的生命过程的自然的终结，也是生命本身的庄严的体现。我们常常希望个体生命可以无限地延续，但其实生命正是由于它的有限才弥足珍贵，也由于这有限，才让我们更加珍惜它的存在和展开，也才让我们领悟个体生命的独特性。虽然我们都期望他能够度过百岁的关口，但这样的离去其实是不可挽回的，是人类面对的必然性的表现。平静地接受这位我们尊敬的老人的离去，可能正是我们所应有的态度，也是这位早已参透生死的老人的期望。对于我们，季先生的故去当然是遗憾，但对于季先生的生命而言，是没有遗憾的。

我们的怀念有我们自己的理由和意义，这当然是为了季先生，但首先是为了我们自己。我在十多年前应当年季先生的秘书李新先生之邀，为他们编辑的一部有关季先生的书写过一篇文章。那篇文章也在杂志上发表过。李新先生为人谦和淳朴，待人真诚，我和季先生的交往都是以李先生为中介的。后来他的去世也让人遗憾。当年的文章讲了我和季先生在九十年代初的交往，这里不必重复。而且我和季先生的来往似乎也止于那篇文章的记述，后来季先生声望日隆，我也没有再打扰请益。我的专业领域和季先生的专业并不交集，我也完全没有深入到他的领域的能力，我的父亲和季先生的领域在小乘佛教方面多有重合，他和季先生的交往较多，他和我谈到的季先生的事情希望他能写出来。我在那篇文章里谈过的我对于季先生的一些思考，这里也不再重复，我只想从今天的角度再思季先生的意义。

我以为，季先生的意义首先在于他是一个现代的专业性的学者和一个中国传统的儒者的完美的结合。

季先生当然是深入所谓"二西之学"，也就是对于中国影响最大的两个外来文化的深处的。这就是佛教和印度之"西"学和西方之"西"学。他是对于这两个方面有最深刻的把握的专业的学者。他的领域其实是以西方现代的方法论深入到印度和佛教思想的深处，他对于梵文和巴利文等文字的把握能力和对于中印交流等方面的研究都是专业方面一流的成果。他的这些方面的研究说明了季先生是一个现代大学制度中的职业的学者，在他自己的工作中践行了现代专业学术的分工所创造的职业的要求。现代的学术已经是有严密分工和高度专业化的领域，所谓"隔行如隔山"正是这种专业化的表征。有人往往觉得人文社会科学是人人都懂的，其实其专业领域的分工也是非常细密的，外行往往难以深入其中。季先生是在自己的专业的领域里让人佩服的学者，他的专业工作的出色才可能让他有能力进行更加深入的思考。

　　同时，季先生又是一个传统的儒者的典范，一个在现代的学术体制之中又能够超越它的限制的人，一个有德性的追求和精神的境界的人物。季先生始终具有一种传统的人文情怀，他始终在学术之外写作随笔散文，始终将他对于人生的感悟和体验倾诉给他的非专业的读者。他的处世的方式是谦和和明澈的，他的气质和风度是温和而自然的。和季先生交谈，他并不是高谈阔论，而是娓娓道来，如行云流水。平和和谦逊中其实有儒者的清朗和自然，也有佛家的一份恬淡和平静。季先生对于人生的荣辱沉浮已经看得很淡，但他的博大胸怀和探求生命意义的专注才是他的生命的展开。张载的《西铭》中的表述被认为是儒者的最高境界，我觉得季先生的生命其实是《西铭》中人生哲学的完美体现。我向季先生请益的时候时时感到他的"民胞物与"的情怀和"知化穷神"的境界。在专业的领域上，他当然未必是"国学"的某个专业领域的专家，称为"国学大师"当然有点不可思议。但他的生命其实展现了一个儒者的风范和中国传统精神价值的延续，他其实是以生命延续了中国传统的一脉精华。

　　其次，季先生对于我们今天的意义在于他从八十年代以来就执着地提出的有关中国文化复兴的论述。

　　在这些论述中季先生跨出了他的专业的领域，以一个洞悉世界文化的哲人的角度来思考他所安身立命的中华文化的命运。他坚信在西方文化主导世界几个世纪之后，中华和东方文化必将有一个伟大的复兴，必将对于人类的文明有更多的贡献。其实季先生对于整个中华文化发生影响正是在二十世纪八十年代改革开放的初期，中华文化发展的未来还未清晰。他以一个中国传统文化的守候者的身份出现，为当时的文化提供了一个新的参照，也为未来的中华文化的展开提出了方向和思路。当时他其实已经在专业领域中有极高的声誉，也以散文而著名于世，但他开始了其实是他一生最为重要也最为深入的思考，就是从"大历史"的角度对于中华文化的命运的探索和思考。

他的有名的"三十年河东，三十年河西"的意见，就是他的观点的最为简洁和生动的概括。这个说法提出的时候，正值西潮涌动，西方文化的冲击和影响对于年轻人的思考的影响巨大，我们这些年轻人都觉得老先生的见解是一厢情愿。但在二十一世纪的今天来看，这见解其实有着惊人的预言性，中国的历史性的崛起正在改变世界历史的进程，中国的精神和思想的发扬光大也可以看到现实的前景了。老先生参透了人类文明的命运，对于文明的起伏消长的理解异常深湛，这个观点既是他的毕生思考的结晶，也是他的儒者的感悟和体验的结晶。因此，他的信念其实是一个东方哲人和一个儒者的智慧的集中体现，对于未来的我们如何延续和发展中华文化仍然具有巨大的启迪。季先生的这一方面意义完全超出了他自己的时代，将会被我们的后来者更加深刻地认识和了解。

过去看苏轼的弟弟苏辙写的《亡兄子瞻端明墓志铭》记述苏轼将逝时的情况，时常钦佩苏轼对于生死的通达："未终旬日，独以诸子伺侧，曰：'吾生无恶，死必不坠，慎无哭泣以怛化。'问以后事，不答，湛然而逝。"（这里的"怛化"的"怛"音"达"，怛化是惊吓将逝之人的意思。）季先生其实也早就参透生死了，这里的"湛然而逝"用来形容季先生的逝去是最为恰当的。

他的逝去是平静的，也是庄严的。

先生的精神不死。

张暖忻的怀念

五月二十九日，北京电影学院导演系召开了张暖忻导演的追思和研讨会。在会场上听到她的合作者们的缅怀，突然感到一种强烈的感伤，张暖忻已经故去了十年，她的作品和精神还留在世界上。今天还有这么多人忆起她，这也说明电影的力量和张暖忻的精神和作品的力量。这也让我打开了记忆的闸门，我发觉时间能够磨蚀我们的记忆，但毕竟我们还有难以忘怀的东西。张暖忻其实是一个已经逝去的时代的象征。那个时代是充满了天真的激情和痛切的迷惘。那是一个似乎一切还尚未确定却又开始展开的时代，张暖忻正是那个时代的最好的表现者。

我和这位前辈电影人相识于八十年代的后期。当时她的名作《沙鸥》和《青春祭》已经红遍天下。当时她和她的同代人是我们精神上的领路人。他们在那个时代从一个光荣的孤立的社会向一个面向国际化的社会的转变起了关键的作用。我还记得我最初看《青春祭》时感到的颤栗般的激动。那是一种精神上超越的想象，一种从压抑中解放的感受。而看《沙鸥》的时候，我还是一个大一学生，这部片子里那种个人奋斗的精神，那种争取胜利、实现梦想的能量，都让我受到了强烈的激励。所以，张暖忻在八十年代文化中的角色当然是不可或缺的。

张暖忻对于我们是分量很重的人物，但偶尔我们聚在她和李陀的家中高谈阔论的时候，她往往并不多说，而是认真地倾听。当我们正醉心于神侃，她偶然插话的时候，却能够听出她的敏锐和专注。她能够抓住话头的关键之处，能够用几句话将问题引向深入，她并不是一个对理论非常执着的人，却有非常敏感的直觉，而且对理论的发展和社会的变动有极高的悟性。她很温和却始终有自己的坚持，看起来不是谈话的主角，却又不可或缺。当时她并不像有些人那样高调和张扬，但却仍然有自己的价值，当年我们的许多议论变成了过眼云烟，但张暖忻的作品却仍然鲜活。

九十年代初，她拍了《北京你早》，又有一段在美国的经历。她从美国归来后，我和她来往较多，还有一次不成功的合作。当时我和王斌、张丹一起议论了一个有关老北京为背景的故事，我们和暖忻谈了之后，她异常兴奋，觉得可以作为下一个作品。我们还是在她蓝岛对面的家里谈故事，那时她还请来了北影的老编辑张翠兰，她也对这个故事大加赞叹，希望尽快写出来。由于故事的讨论中我的意见多些，大家推我执笔。在暖忻的催促下，我用了大概一个多月时间弄成了初稿，但我觉得相当失望，自己也认为不理想。张暖忻看后也相当失望，似乎有点不知如何是好。她感慨这个故事的精彩，说只好先放一下再由她来弄。我直到今天还是觉得这个故事相当妙，只是没有被我写好。我的失职让这个剧本失掉了机会。

但我们的没有成功的合作却让暖忻有了最后的天鹅之歌《南中国1994》。这部作品我当时有机会看到，观众们却没有机会看到这部作品。还有些人说这是一个平庸之作，没有什么新意。但从大历史的角度观察，这其实是一部重要作品，一部最敏感地接触到中国发展走向的作品。这部作品将中国的全球化的开端阶段的痛苦和焦灼表现得格外深入。这部电影讲一位清华毕业生到了深圳的一家台资企业工作。一个天真的、怀抱理想的年轻人进入了一个新的全球化的生产体系之中。这个过程意外地和第五代导演的状况相似。第五代导演当年其实也是在电影学院毕业之后，原本针对中国内部的启蒙的召唤，突然被一个原来不曾想到的全球市场所吸纳。然后有了一个完全不同的空间和命运。这位年轻人发现世界和自己的想象完全不同，他爱上了老板的秘书，却发现她是老板的情妇，他同情和支持由于老板对工人的盘剥造成的风潮，但最后组织也希望工人迅速复工。人们义无返顾地选择了和全球化接轨，哪怕经历了挫折失败和痛苦。这部电影中大量闪现而过的那些中国劳动者的面孔让我久久难忘，这些面孔上充满的期望和欲求是挡不住的。他们当然在剧烈变化的过程中付出了代价，感受了痛苦，却仍然对变化保持了梦想，坦然地迎向命运的挑战。我们所看到的中国梦就是这样，要求凭自己的力量，这其实正好接上了《北京你早》里那位马晓晴扮演的女孩的选择。她没有选那位老实可爱的司机，却选了假华侨克克。《北京你早》最后的一段至今让我无法忘却。女孩拿着一大包衣服上了那位司机的公共汽车，她和曾欺骗她的假华侨克克在一起，成了卖服装的个体户。这好像让和她一起走过那一段的两个小伙子惊讶，但更让他们惊讶的却是她现在拥有的前所未有的自信和面对未来的勇气。她当然曾经被迷人的幻想所诱惑，也为之付出代价，却终于要靠自己实现幻想了。这是将错就错，或是歪打正着，却意外地喻示了中国的命运。我们走上了和全球化共舞的不归路，我们承担了牺牲，却为了梦想别无选择。张暖忻传达了一个时代的中国梦。

其实，我今天想张暖忻的道路，正是打造这个新的中国梦的道路。《沙鸥》和《青春祭》正是表现了我们的精神世界从旧的计划经济的秩序中脱出的历程。这是精神的再发现，却也召唤了身体的欲望，但它们却是脱空的。没有一个物质的基础，所以它们是不及物的。这是新时期的精神，有梦想，但实现它的道路却并不清晰。而九十年代之后的《北京你早》和《南中国1994》却是我们的物质性的日常生活在一个新的市场逻辑中的展开。张暖忻告诉我们，没有物质性的变化，我们就不可能有新的未来。虽然我们可能丢失八十年代宝贵的东西，但这丢失却是我们无法选择的必然。这可能没有当年的高蹈和宏大的叙事，却是中国告别百年悲情的开端，是新的历史的展开。从今天的新世纪看张暖忻，让我们对中国的大历史多了一层深入的理解。

张暖忻告别了生命和我们，但她为一个大时代留下了印迹。她和自己的时代间的对话让她的作品会留下来，这是她的生命的延伸。她也留下了对我们自己的追问：我们如何对待自己的时代呢？

作为人生哲学传播者的南怀瑾先生

南怀瑾先生故去，引起的议论仍然是复杂的。这和他生前的情况也颇为相似，他的一生始终都受到许多人高度崇敬的同时也难免受到另外一些人的讥议。这似乎是他的宿命。但这其实说明他的影响力的巨大，远远超出了学术的探讨，而是在华人社会之中有重要的作用。他似乎从来也不是一个学院中专门研究一个学科的学者，而是一个穿行于政商两界，深入到华人社会的多方面的重要的角色，也是媒体和公众所需要的焦点人物。他的学问其实是入世的，是经世致用的，是切近于他所处的历史情势和生活状态的。他其实是一个人生哲学的传播者，在一个剧烈变化的华人社会中发挥了独特的作用。

他的传奇的一生其实是自有其神秘性和复杂性的。他始终活跃在全球华人社会的政治经济等领域。人脉关系遍及两岸的政商诸界。早年在台湾就有许多政商界的崇拜者，也在台湾当时的生活中扮演过带有某种神秘色彩的角色。而到了八十年代之后又在两岸的关系之中多所着力，并做了许多有影响的事情。晚年在苏州的太湖学堂，也有许多各地的崇拜者以和南怀瑾先生见面晤谈为很高的荣誉，这些崇拜者当然包含诸多普通人，但重要的有众多的高层人士。其实南先生的名声很大程度是这些政商界的高层人士的崇敬带来的。他在金温铁路建设中的贡献既是回馈他的乡邦故里，也是具有高度远见的行为。我父亲的故乡是温州，那里的许多人对于南先生有一种真切的情感，其原因就在于金温铁路的贡献。在今天高铁改变中国的空间感觉的时代，那铁路似乎已经不足道，但其贡献却是异常巨大的。他的卓识在于他对世界大势其实有自己独特的了悟，其实他对于中国大陆改革开放之后的融入世界并在全球化和市场化进程中的快速崛起是敏锐地看到了，并有深切的感悟，因此他八十年代之后始终在内地发展，也赢得了许多人的信任和崇拜。这既有他的生活哲学的传播，也有他的现世的活动所产生的影响。

但他最重要的贡献却是始终以儒释道三家的阐释者的形象赋予中国传统价值一种现世的生活中的意义。他的用力之处其实不在于理论体系的建构，也不在于哲学上的研究的突破，南先生从来也不是学院中的学者，也没有在某个专门的学科中独树一帜，他不是一个以现代的学术训练进行专业的传统文化研究的正统派学者，所以他和学术界一直疏而不亲，几乎没有什么专家学者会探讨他的学说，也受到过学界一些人的抨击，他对传统文化的阐释也被许多学界中人批评为硬伤多多，学识不够。他并不在正统的学界圈子之内，似乎也并未试图和正统的学界争一短长，而在于纵横整个传统文化领域，对佛学、儒学、道家等均有自己的体会，且他用自己独特的语言对传统文化进行了阐述，同时他具有着强大的个人魅力，在社会中拥有许多信仰者，可以说他对传统文化的传播有很大贡献，对于佛儒道学说的整合使得这些学说能够通过他的串讲和传播而让许多人豁然开朗，获得关于人生的感悟。他的讲学活动或著作都是对于传统经典的发挥，这些发挥的着眼点不在于经典本身的考证或研究，而是从自己的心得出发，对于传统的当下意义的发挥。南怀瑾先生的认识不在经典的学术化，而在于它的现世化，也就是着眼于经典在华人社会转型中的意义。

他点明："人生的最高境界是佛为心、道为骨、儒为表，大度看世界。技在手，能在身，思在脑，从容过生活。"同时他生动地比喻："儒家像粮食店，绝不能打。否则，打倒了儒家，我们就没有饭吃——没有精神食粮；佛家是百货店，里面所有，都是人生必需的东西；道家则是药店，如果不生病，一生也可以不必去理会它，要是一生病，就非自动找上门去不可……"这些说法的基本含义在于他的工作其实是试图用传统的中国价值为华人社会的剧烈变化寻求一种精神的皈依。儒释道的"打通"是他的事业的核心，这种打通的意义在于为今天的华人社会提供一种人生哲学。一种既出世又入世，既超越又世俗的价值观。如果说星云等人促进了佛教的"人间化"，可以说，南怀瑾则是试图将整个中国传统思想的核心都"人间化"。用儒学解决我们现实的人际关系的问题，用佛家解决我们的精神超越的问题，用道家解决我们修身养性自我修养的问题。这些构想其实是南先生最为生动和吸引人的地方。他的讲学和著作的现实性也正在于此。

他的传统的诠释其实是为了当下的人生问题的解释。这些解释又和其他的类似的诠释者有所不同，因为南先生所影响的往往都是社会的高层的政商人士，所以他的支持者固然有普通人，但最重要的还是政商界的人士。他的形象仙风道骨，气质不凡，让人一见而产生崇敬，因此政商界人饱受现实的压力，都从他那里寻找精神的慰藉。普通人也由于这种神秘性而对于他产生敬仰。他的书并不像许多传统文化的传播者那么生动，其实还是显得文字稍有艰深之处，思路也并不非常浅显，正因为如此他的书反而让许多不在学界内的人感到高妙。而他在太湖学堂的教育实践也是试图传播传统精神的一种努力。

其实对于二十世纪后半叶的华人社会来说，先是台湾的发展，这种发展是进入西方的生产和消费系统的。其中的生活变化巨大，对于华人的传统生活方式的冲击非常深入，在台湾如何借助传统完成转型，寻求传统中国价值和现代生活的融合是一个重要的方面，因为台湾社会需要转化传统来解决现代化所遇到的精神困扰和问题。南怀瑾先生在台湾就扮演了一个重要的角色。而中国内地八十年代之后的改革开放，过去靠一种强烈的意识形态框架支配的社会产生了松动和快速的变化，中国融入全球化和内部市场化的速度就很快。这时也开始产生了精神问题，这些问题和困扰在二十世纪九十年代之后由于发展的高速度和生活变局的巨大而日渐凸显。南怀瑾的意义在于通过对于儒释道的阐发，传播了一种人生哲学，通过人生哲学来超越西方的一套议题。他曾经说："我们现在所讲的经济学，都是第一次工业革命以后外国人的经济学。我觉得我们国家，经济、财经，包括金融、银行，自己要研究研究，建立自己的体系是非常重要的！不要被人家牵着鼻子走。""一片白云横谷口，几多归鸟尽迷巢。……我深深感到，我们这个时代有这么一个现象。"他的意思其实并不是试图不要经济学，这谁都知道并不现实，他要的是通过人生哲学来超越经济的解释。这其实在今天这个信仰面临巨大困扰、人们精神极度焦虑的时代自有独特的意义。他受到的崇敬其实就来自这个方面。而争议也在于此，由于他的学问高度现世化，所以自然不是学院中的规范的产物，当然会受到批评，而他的说法为了现世的需要自然要做生动的诠释，但他又不像星云等人是以宗教界人士活动，而是以学者的身份活动，自然就会受到批评。当然，他的这样的努力在华人社会的转型中的影响仍然会持续下去，因为我们的剧烈变化中面对的精神问题并未消失，反而愈演愈烈。

他所受到的现世的敬仰和批评都是这个时代华人社会变化的产物，他的思想和著作无论有多少争议都还会继续流传。

第三辑

梦想的追寻

"70后"和"80后"

虽然有人不断按出生年代对于作家进行分类提出批评，但这种分类其实有自己的充分理由。因为由于中国社会最近的剧烈变化，代际之间的差异其实相当明显，虽然一代人之中有各种各样不同的性格和生活状态，但大家还是可以清晰地看到"代际"之间的差异。最近，"80后"作家加入作协和《奋斗》引发的热烈议论，其实标志着"80后"的青春文化在社会主流中有了一个比较明确的认知和定位。而一批曾经在20世纪90年代后期引起过关注和争议的"70后"作家却面临着一个"定位"和"转型"的挑战。他们目前可以说是处于一个"夹缝"之中。最近一些"70后"作家的新作的出版也引发了不少有关他们的讨论。

这种"夹缝"状态其实是七十年代出生的人的最为典型的处境。70后的一代人正好处于一个独特的过渡情境之中。他们可以说是在一个传统的计划经济时代的最后阶段出生，在全球化和市场化的巨大变革中成长。他们的人生最为关键的成长时期是处于中国和世界最为复杂的转变年代。经历过历史上的匮乏和压抑的过程，却又在一个异常活跃和饱含激情的变化的时代里从青春度向中年。这种过渡性让他们似乎突然置身于一个计划经济和市场经济之间，全球化的剧烈的冲击和过去的封闭性之间，现代和后现代之间的状态。这种状态让他们既和过去有千丝万缕的联系，又有许许多多新的特色。他们可以说是处于"方生未死"之间的一代，充满了诸多过渡性的气质和表征。他们受教育的八十年代到九十年代的初中期，教育和文化的过渡性，各种思潮和文化经验的剧烈冲击都对于他们构成了诸多的挑战。而整个社会由政治和思想观念的开放为基调的八十年代到以强烈的经济成长为主导的九十年代，他们都在少年或者青年时代。

这样的各种观念和文化的复杂"叠加"构成了他们的基本特征。他们既不像80后生长在市场经济和中国最富有的一个阶段，所以其生活和文化经验没有匮乏时代的影子，没有二十世纪中国历史悲情的重负。也不像五六十年代的人那样曾经深受计划经济时代的生活和文化的影响和支配，而后经历了观念和思想的巨大的变化。他们对于当年的生活只有模糊迷离的记忆。而他们成长的青春期，却是改革开放之后价值和文化都相当不稳定的阶段，这使得他们的文化展现出一种过渡性的特质。他们的成长经验既有过去的二十世纪历史的刻痕，又有新世纪文化的特色。他们可以说是计划经济年代的最后的一代人。他们的经验和成长的历史其实是一个在双重的夹缝之中寻求的处境的表征。他们无法像五六十年代出生的作家一样对于过去的断裂有深刻的了悟。他们在一个反叛的青春阶段所反叛的正是八十年代以来的那些混杂的话语。他们对于市场化的状态和计划经济的遗留都有一种微妙的情绪。这使得他们的写作所呈现的是一种复杂的状态。他们中的许多人往往显得相当"出格"，这种"出格"显示出一种在两种秩序之间的状态。我以为，贾樟柯电影中的那种成长的复杂经验似乎是70后人生的一种重要的形态。

70后作家，其实就是这种夹缝状态的一个表征。在九十年代的后半期"70后"一度引发了关切，许多人对于他们表现欲望的焦虑的作品感到了兴趣。他们也通过某种反叛的状态引发了传统的文学界的兴趣。所谓"身体"写作等等所引发的争议，在当时一方面使得他们的反叛的姿态得以确立，但另一方面，这种反叛还是相当依赖原有的以文学期刊为中心，以作协作为组织结构的文学制度的运作的。他们的反叛惊世骇俗，但他们的发表作品的路径其实还是沿着过去的期刊来发表的。所以他们的影响力仍然集中在传统的文学机制之内。除了当时最为出名的个别作品，多数作品还是在主流的文学期刊上发表的。70后的作品始终没有一个明确的畅销书市场。而他们的同代人也没有像"80后"那些市场经济下出生的第一代人那样显示出在文化市场的消费能力和影响力。于是，他们还是依靠原有的文学机制写作的。但"80后"在二十一世纪之后的崛起则基本上是依赖一个和原有的文学期刊为中心的文学机制无关的"畅销书"出版的新市场和同龄人的巨大消费能力而走红。所以，70后在80后异军突起之后，往往显得难以找到清晰的定位。

从目前的状况看，传统的文学机制仍然会稳定地存在，"70后"基本还是处于这一机制中，但由于这一机制在市场的发展中相对萎缩和与大众传媒脱节而难以发挥效应。所以70后的创作其实就面临着一系列的挑战。如何找到在夹缝中的新的特质，让文学读者和公众了解他们的写作，是一个重要的挑战。

当公众的关注转向80后，而像作协这样的机构也表现了对于市场经济中"畅销书"机制下的"80后"的兴趣之后，70后需要深入地体察和理解自己的"位置"，提供新的可能性。

"70后"和"80后"呈现的不同的写作形态值得我们关切和思考。

"草根"崛起的文化意义

2006 年最为重要的文化现象其实就是所谓"草根"的崛起。这种"草根"的无处不在的影响力显然是 2006 年最为戏剧化的文化趋向。大家推崇"草根"博客，推崇"草根"的代表如郭德纲，看重"草根"的电影如《疯狂的石头》，重视"草根"的选秀如"超女"和"梦想中国"。"草根"则在网上呵斥他们并不满意的精英，如将"经济学家"和"房地产商"变成了丑角，将诗人赵丽华或者运动员刘翔变成了"梨花体"模仿的对象或者是"没文化"的头脑简单之人。他们用四两拨千斤的智慧将陈凯歌的《无极》变成了《馒头》，他们以无穷的道德义愤进行几乎是"无限正义"的道德裁判，对于李银河、"铜须"等等进行肆意的网络讨伐。他们不仅仅在文化方面已经发挥着越来越大的作用，而且相当程度上影响或支配了纸面媒体的风格和舆论走向，甚至开始对于公共政策产生重要的影响。今天任何人或事件如果进入了公共领域，就不能不面对"草根"的判断和认识。他们已经从沉默中崛起，变成了一种依赖互联网出现的新兴的文化力量。他们感情冲动，情绪激昂，敢于对于任何公共事务发表自己的看法，构成一种压力，任何人都不可能对于他们视而不见。

"草根"的崛起主要依赖的是两个基本的要素：一是互联网，正是由于有了互联网上的论坛和博客，有了信息革命带来的新的技术成果，一种直接的交流互动才可能浮现。这种交流的即时性、互动性和匿名性正是今天"草根"崛起的关键的前提。二是中国的全球化和市场化带来的新的社会结构的成形和秩序化。这种秩序已经呈现了稳定的性格，它所提供的正是由于新的社会结构的形态提供了一个新的公共性的基础。这些给"草根"的出现一个历史的机会，变成了"草根"崛起的必然的条件。

"草根"一时间成了我们社会里的关键词。但究竟谁是"草根"，什么是"草根"的价值观和文化走向，却是并不明确的。我们似乎朦朦胧胧地觉得"草根"和我们过去说的"群众""人民"一类的概念大不相同，却又难以厘清和他们究竟有什么不同，往往又用过去的"群众"一类的概念来说明它。这样的矛盾和困惑使得"草根"的概念变得根本无法厘清，我们只是觉得草根是和所谓精英之间大不相同甚至尖锐对立的一群，但他们的面目却异常模糊，他们的价值观也相当含混。但是无可争议的是，他们的确是一种现实的存在，他们在现实中通过群体的力量发出了自己的声音。

其实所谓"草根"并不是一个抽象玄虚的概念，也不是过去的"群众"这样的概念的延伸，而是通过大家的使用逐渐形成了自己的独特的所指。他们似乎在平常是看不到的人，但却能突然在某处浮现出来，让人不能轻忽他们的影响和力量。他们既是一个在网络上的社群，又是一些在社会中以年轻人为中心的庞大群体。他们不是所谓"成功者"，也不是所谓纯粹的"底层"，而是一些在生活中奋斗着，有焦虑和挫折感，也仍然有希望的以"青年"为中心的存在。由于刚刚或还未走上社会，在社会中的地位和经济状况还不好，有些接近所谓"底层"；但由于还年轻和还有希望，也有明确的"中等收入者"的意识。由于他们是草根，所以在现实里还处在单兵奋斗的阶段，还没有什么发言权，但在网络影响巨大的今天，他们一旦群聚在网络上，就成了一种独特的势力。

他们可能是低级白领，也可能是在社会上游逛的青年，更可能是大学生。作为一个个个体，他们其实就在你的身边，却并不为你所注意，但到了网络上和公共舆论中，就是不可忽视的力量，有可能重要的事件和决策就由于他们的意见而改变。他们在现实中往往沉默，但在虚拟的世界中确实是无冕之王。可能在你旁边那个老老实实办事的年轻人，就是网上一位言词激烈，备受追捧的议论领袖，也许那个在学校里安安静静地听讲的小女生，就是耸人听闻的网络奇人。这些人在传统媒体时代的存在一向受到忽略，今天的互联网给了他们一个"群体意识"浮现的机会

我觉得他们是一些"后小资"，他们有相当的文化水平，通过互联网和"看碟"已经见多识广却又并不是"高雅"的文艺青年，同时又有在现实中成长不足的苦闷和压抑感，也有朦胧的期望和随时变化的情绪和感觉，有和当年的"小资"相似的情绪和趣味，却远远比当年的小资人数众多。他们是社会中似乎让人感到尚且无足轻重的"小字辈"和"小人物"，却已经有了自己的想法和情绪需要让社会知道。这些想法在社会上和职场中往往会被认为是无足轻重的，甚至相当幼稚和受到轻视。他们也还仅仅是社会中坚的后备军，体验到市场社会的强大的压力，是所谓"中等收入者"的下层。我们在几乎每个地方都会见到大群这样的年轻人。他们并不是一个明确的阶层，却有明确的自我意识和对于现实的反应。现在随着互联网文化的普及，这些存在于中国各个地方的这样的人群通网络形成舆论和共识，小乡镇里的青少年今天其实和大城市里的青少年分享的文化并没有什么不同。他们的许多意见其实相当程度上主导了互联网的走向和我们文化走向。互联网上激烈的言论，奇妙的幻想，以及有些并不高级的趣味正是这些"后小资"的趣味和价值的复杂的展现。如何面对这样的"草根"，如何认识和理解他们的需求和想象，确实是当下社会难以回避的焦点之一。

他们的观念往往有莫名的激进，他们的情绪往往由于在现实中没有出

口而变得相当不稳定。对于市场经济有矛盾的态度，一面期望力争上游，在发展中获得更多的机会；一面也期望更多的福利和有更多的平均主义的要求；一面仍然对于市场经济抱有某种期望，另一面却又有强烈的不平和焦虑；一面期望分享今天发展的好处，获得成功，一面怀疑所谓"精英"和"成功人士"的合法性。这样的矛盾导致了他们的观念几乎相当的矛盾和混乱，价值并不确定和清晰。他们需要的是宣泄和愤懑中的感情倾诉，而不是一种理性的分析。对于他们来说，算数的不是逻辑清晰严密的说理，而是不按牌理出牌的机巧和尖锐的嘲弄；合理的也并非持重辨证的分析，而是即兴的挥洒和快速的反应。

"草根"的崛起带来的后果是多样的，他们在网络中的崛起当然是公共空间的扩大和文化等级制的破解的结果。他们带来了一种鲜活泼辣的气息，一种灵活机敏的反映。他们开始既是网络的信息的消费者，又是网络里的公民。这也毕竟可以投射一种社会情绪。但同时他们的匿名发言的毫无限度，随心所欲暴露的人性的潜在局限，依赖道德上提高自己的合法性来发挥的"常识的权力"等等却也压缩了言论的空间，窄化了公众的选择，使得不同意见更加难以出现，平和与平衡的报道和观察的平台更难以出现。看起来众声喧哗，其实却止于发泄；看起来自由平等，却并没有开阔的讨论空间；看起来民意活跃，其实却意见单一。

如何认识和理解"草根"也是我们面对的挑战，我们要认识到"草根"的价值，也要看到它的局限。"草根"所代表的新的公共性的出现毋庸置疑具有重要的意义。但同样应该关切这里存在的盲点和误区：我们往往被公众一时的情绪所左右，失掉了对于事物长远后果的冷静观察；了解了此时此刻的"民意"，却忽视了公众的长远利益；往往听到了此时此刻的多数意见，却忽视了少数的见解可能有的合理性；看到了"常识"的理解的价值，却忽视了知识发展和价值转化对于常识的冲击和反思的可能。我们可能仅仅得到今天的公众喝彩和支持，却没有关切经受未来的考验。我们可能乐于展现价值的正确，却没有充分的知识的准备。这些都是"草根"可能对于公共舆论和文化造成的局限。当然，"草根"的崛起是一种必然，它的变化会创造出新的大众文化的形态。

"差一半"的诉求需要更多的回应

关于中等收入者或中产阶层的讨论是近年来人们关注的重点，人们用不同的统计口径或分析方法来观察这个群体的状况，有许多不同的结论。在对于中等收入群体的判断上，既有国家之间的差异，也有不同地域和环境的差异。既体现为经济收入和财产水平，也体现为群体的感受和心理状态。既可以进行社会科学的统计研究，其实人文科学的分析也大有作为。中等收入群体的状况，用一个将心理状态和经济及社会地位相结合的方式来分析更容易理解。这就是他们是"差一半"的群体。所谓"差一半"体现在两个方向上：一是在生活上，他们期望买的房子和他们现有的支付能力正好"差一半"。二是在职场上，他们期望的职位和现实的位置正好"差一半"。

在生活上"差一半"集中体现在对理想的房子的期望和实际拥有的钱基本上正好"差一半"。对于中等收入群体来说，房子是他们最大的一笔财产，也是一生奋斗的追求。这是中外皆然的。但对于中国来说，自有住房是"现世安稳"的前提，也是中产的内在要求的最强烈的体现。作为中产阶层后备军的年轻群体进入中等收入的标志也是有了自己的第一套房。如一个已经有了相当积累的中产家庭，近十年前看中的北京的房子在一百万左右，但算来算去自己能够拿出来买房的钱就只有五十万。到了今天，这样一套房需要六百万了，但他算出能够拿出来买房的钱也只有三百万。虽然收入增长了，但房价还是和收入"差一半"。今天一个刚刚毕业不久的年轻人看中的郊区的两居室用来结婚的房八十万，但他把自己的钱和父母的钱加起来总共只有四十万。而一个高级白领看中的别墅价格一千万，但他却只算出五百万。地位不同，但这样的心态就是典型的中等收入者心态。他们都属于同一个大群体。他们的收入都在增长，但期望和要求也在增长；有了房子的随着地位提高收入增长要改善住房，而没有房的在急切地需要房。虽然收入各异，年龄有别。但这种面对住房的"差一半"心态确是最为典型的中等收入群体的标志。

在职场上的"差一半"更容易理解，中产群体在工作中都有强烈的自我实现不足的状况。总是觉得自己的能力和水平早就达到了更高的位置，但现实是正好和这个位置"差一半"。如公务员是个科级，总是觉得自己早就足够处级。在公司是中层，早就觉得自己该是高管。而对于基层劳动者或老板来说就没有这样的心态。这其实是格外典型和鲜明的中等收入者的状态。

中等收入群体基本衣食无忧，但就是这"差一半"的感受让他们在生活方面"实现不足"，在事业上"完成不足"。这种状态当然是全球性的。这种期待和现实"差一半"使得中产阶层始终是有着"莫名的愤懑"的群体，其幸福感不可能迅速提升，其焦虑和困扰也难以迅速化解。但对于发达的西方社会来说，其社会已经高度成熟，适应中等收入者的一套社会体系十分完备，无论政治结构、传统宗教、社会网络还是大众文化和传媒的运作都非常稳定，对于他们的苦闷有相当的化解能力。但就连西方发达国家中等收入者的不满还仍是现实问题。而在像中国这样的高速发展的社会，一方面前一波的高速成长带来的问题凸显，如环境、子女教育、社会保障、腐败等方面的问题都暴露出来。社会在诸多方面的发展不配套，反而显出诸多的不平衡。让他们的失落有了相当的理由。另一方面，随着中等收入群体的扩大，相当多的一部分体力劳动者或三四线城市的居民也开始"中产化"，他们和原有的中产也有相当的距离，其实《泰囧》就是这两部分人的相互理解方面出现问题的症候。而劳动力成本的提高也快速拉高了原有中产者的生活成本，让他们感到生活水平没有快速提高，反而有了成本提高后的诸多不便。原有的大城市中产的失落感就有所加强。同时中等收入者通过出国旅行和互联网看到西方发达社会在生活的许多方面的完备之处，更让他们的焦虑难以化解。个人境遇的"差一半"常常在新兴国家变成对于社会的强烈的不满。往往随着社会更加关注人们的精神满足和幸福感，这种温饱之后的"莫名的愤懑"反而变得更加现实。尤其对于作为中产后备军的年轻群体，他们从未经历过匮乏的年代，对于生活的要求和期望更高，往往显得落差更大，焦虑更深。因此所谓"中等收入陷阱"常常不仅仅是经济转型不成功造成的问题，而且更表现为中等收入者的"莫名的愤懑"导致的社会转型的不成功。一面他们的这些要求是社会自我提升的动力，但另一面由于需要迎合中等收入群体的短期要求而导致公共政策的短视和社会的动荡。如何让这种"差一半"心态变成社会发展的积极动力而不是消极阻力，是当下社会必须面对的挑战和要求。

一方面社会需要给予中等收入者愿景和目标，给予他们走向未来的梦想。更多地倾听他们的声音，给予他们面对的现实问题以认真和积极的回应，并不断解决现实的社会问题。但另一方面这也决不能空洞许愿，而是要让他们理性地看到自己的发展只能和社会的总体发展相联系，只能和社会的渐进的良性变化相联系。这需要有三个方面的保证：一是有一个成熟理性的精英群体，能够有理性的阐释问题的能力和有社会责任感和远大的抱负。二是有一个成熟而有活力的大众文化。大众文化的高度发展能够化解和调适中等收入者的焦虑。三是有一个能够自我提升，有改革和向上的愿望和能力，支撑经济和社会不断向前发展的主流社会。从目前的情况看，中国的精英群体相对较弱，其自觉有待提升。但大众文化的活力已经充分彰显，主流社会支撑社会和经济发展的能力也较强。而中等收入者在关键时刻仍然是理性和现实的，也有其温和内敛和社会共生的基础与条件。因此，只要中国的经济和社会仍然持续发展，中等收入者的社会认同就不会改变，中国超越"差一半"心态带来的冲击走向更高的发展阶段就是历史的必然。

"钝感力"与人生的挑战

渡边淳一是日本的名作家，他最近在日本出版的畅销书《钝感力》也已经在国内出版了。这部书提出了一个"钝感力"的概念，全书对此加以发挥。这个说法看起来是日本式的汉字，有些古怪。但其实它的意思非常明快直接。所谓"钝感"就是"敏感"的反面，说的是人生需要一种坚韧的力量。凡事不必看得过重，也不应该过分敏感。他在书的开头就用了两个人对蚊子叮咬的反应来说明这种"钝感"。他说某甲被蚊子叮咬后非常敏感，无法忍受，反复抓挠，最后却造成皮肤溃烂。而某乙就没有那么敏感，觉得不那么痒，泰然处之，反而很快就好了。这个某乙就有某种"钝感力"。

渡边淳一从人生的各个方面论证了这种"钝感"对于人生的价值和意义。他点明："在人际关系方面，最为重要的就是钝感力，当受到领导批评，或者朋友之间意见不和，还有恋人或夫妻之间产生矛盾的时候，不要因为一些琐碎小事郁郁寡欢，而应该以积极开朗、从容淡定的态度对待生活。"这部书洋洋洒洒，从人的身体到恋爱、婚姻和工作，全面地论述了钝感力对于人的重要的作用。

它的主旨就是强调人仅仅聪明还不足以保证你的成功，还要有一种不畏困难、坚持到底、开朗平和的精神状态。这个说法看来新颖，其实也就是我们通常说的要坚强，能够承受生活的考验的意思。说得通俗些，也就是在人生的考验面前能不能"熬"住的问题。

渡边淳一的表述当然是在日本的语境中出现的，但我觉得这种"钝感力"其实是人生中必须具备的素质。现在我们常常谈论"80后"的年轻人有些不足之处，其实可能就是缺少这种"钝感力"。

"80后"乃至其后的年轻人由于生活在一个中国开始富裕起来，生活条件快速改善的时代，没有经历过过去的匮乏和艰难的日常生活的历练，又是独生子女，备受家庭的关爱和照拂，所以往往显得格外的敏感和脆弱。他们往往一旦遇到一点点挫折和不快，就会以为人生不可承受，常常会产生严重的心理和生活问题。现在在大学中显得非常严重的心理问题其实就是这样的状况的体现：往往一点点同学间的不和，一句话的刺激或者一点点学业上的挫折都会导致相当严重的后果，让自己、家长和学校都感到困扰。而许多80后的年轻人更是在工作之后，遇到了一点点和上司的矛盾，和同事的关系问题就极度敏感，甚至马上放弃工作。这样的情况其实在"80后"作家的作品中也有所表达。在不少表达青春期苦闷的小说中，主人公往往遇到一点事就觉得世界黯淡无光，人生毫无希望。这些小说的主人公往往极度脆弱和敏感，一遇到问题，就会有极度的感伤和痛苦，往往自怨自艾。而且有些小说中的年轻人，甚至会在孤绝中用一种用小刀割自己的方式来体验一种自我存在的感觉。这样的年轻人的敏感性很强，但自我奋斗，克服困难的能力，适应环境的能力都并不强，往往是由敏感而脆弱，由细腻而自闭。但年轻人总是要和社会的真实的竞争和真实的人际关系相遇的，在这种时候，靠家庭或者社会的关爱当然是应该的，但最终一切还得依靠自己的努力。

　　其实今天的年轻人在教养的全面性方面和生活视野的开阔性方面的长处都是前几代人难以比拟的，但缺少"钝感力"的问题，却暴露得格外清晰。当年我上大学的时候，很少有家长送新生到校，无论多远的旅程，都是一个年轻人自己完成。前几年闹得满城风雨的家长露宿大学的奇景根本没有出现的机会。刚刚出现家长露宿大学的事情的时候，有人评论说这说明社会贫富差距拉大，造成一些家长没有钱住旅馆云云。这样的分析当然有自己的道理，贫困大学生的问题也应该得到人们最大的关爱和帮助。但我想，当年我上大学的时候，许许多多家长连自己的火车票可能都付不起。到了现在，家长送孩子上大学变成了常态。这恐怕说明大家的物质生活都改善了，家长还是付得起火车票了，也从另外的角度反映了年轻人现在独立面对社会的能力似乎减退了。

　　他们所遇到的困难和问题，在经历过生活艰难的上几代人看来，往往觉得有时是太过于微末了。过去生活的艰难往往会培养人的"钝感力"。让人能够克服困难，争取自己的美好的生活，而不是抱怨社会和在网络上发泄。今天的年轻人自有上几代人没有的长处，我已经写了许多文章进行了分析，但这缺少"钝感力"的问题却是我们的社会必须正视的，也是年轻人必须加以克服的。

　　我希望这个渡边淳一展开的"钝感力"的概念，成为我们的年轻人向上和奋斗的前提。

"鸟巢一代" 前程远大

前几天，我到天津国际书展参加了冯骥才先生主编、我和几位同仁参与的《符号中国》的首发式。我乘坐的是京津城际快车，果然不同凡响，无论是车站的设施，还是半小时的速度都让人惊叹。这些年常有来往京津之间的机会，想想从两个小时到一个小时十分钟再到半小时，这个国家前进的步伐可见一斑。书展相当热烈，人们对于《符号中国》所选择的中国符号的兴趣也很强烈，这些符号中有大家熟悉的，也有相对陌生的，但这些具体而微的符号中所包含的意义和价值都值得了解，了解这些符号其实也是深入中国文化的路径。这部书经过我们两年多的努力终于出版，确实是有敝帚自珍的一份欣悦，也有为中国文化的普及尽了绵薄之力的一份感动。在首发式的现场，有记者问冯骥才先生，什么是他认为最足以代表今天中国形象的符号？冯先生的回答是"鸟巢"。他认为鸟巢的形象足以代表今天的中国。冯先生当然也留有余地，还是谈到了需要历史和时间的磨洗之后，鸟巢作为中国符号的意义才会更加清晰地凸显。这段对话已经被媒体广泛报道了，但我在现场的感觉还是别有会心，确实感受到中国的符号正在延伸，而中国的未来也在鸟巢的形象所蕴含的意义中得到了展开。

鸟巢的不拘一格、奔放开阔的建筑风格当然已经使它成了北京引人瞩目的地标，也是北京和中国的象征，同时奥运会的主会场的意义也值得历史铭记。但有一个说法是最触动我的，这就是"鸟巢一代"的表述。人们用这个词来形容中国的"80后""90后"的年轻人。他们的成长和进步正是在这个宏伟的"鸟巢"的背景下展开的。正是"鸟巢"和中国各处所崛起的新的空间和中国今天经过三十年的发展所积累的一切给了这些年轻人最好的机会去向世界展示自己，去为人类的未来作出更大的贡献。我们可以看到用"鸟巢"的形象来形容这一代的新的中国人是非常恰当的。正是在"鸟巢"和其他的奥运场馆中，这一代中国的年轻人在取得冠军，在作为志愿者做着奉献。他们有力争上游，争取胜利的能力，也有脚踏实地、不断进取的自信。我在鸟巢里看比赛的时候，那些在热心服务的志愿者让我感动，他们不顾炎热的天气，在热心引导观众的同时，还时时鼓动观众的情绪，让场内的气氛始终在最高点上。他们年轻的脸上的灿烂的笑容正是"鸟巢一代"中国人的形象的代表。而当我看到郭晶晶和她的同伴在香港和澳门唱起《隐形的翅膀》，我也感受了"鸟巢一代"的从容、自信和开朗。

同时，在中国的所有的地方，"鸟巢一代"的年轻人正在和已经接过上一代的责任，正在开始承担起中国的未来，正在用他们的形象给中国一个更加乐观、更加自信和更加开朗的新的形象。过去，人们对于新一代的中国人有种种的议论，也有不少忧虑，担心他们成长在中国最富裕的时代，缺少韧性和承担，担心他们在消费文化的侵染和冲击之下忘记了自己的责任和义务。但今天，当媒体和公众用如此肯定性的"鸟巢一代"来形容这些年轻人的时候，我们可以看到，我们的担忧化作了新的自信。虽然那些问题仍然值得我们关切和提醒，但中国的年轻一代有着更开阔的国际观，也有着比他们的上几代人更灿烂的"中国梦"。在他们的前辈曾经有着如此深沉的悲情，曾经付出过如此巨大的努力的地方，他们有了更加美好的机会去力争上游，有了更加宽阔的舞台来展示自己。而他们也通过汶川地震的考验和奥运所展示的能量显示了他们是无愧于自己时代的一代，是真正可以和鸟巢比肩而立的一代。

中国的崛起其实为年轻人创造惊世的奇迹提供了契机。在我们看到奥运会的年轻的冠军们的胜利的时候，我们也知道，此时此刻有许许多多的中国的青年也在这些他们的同辈的激励下立下了高远的志向。中国的年轻人不仅仅会得到体育的金牌，而且也会在许许多多的方面争取冠军，创造人间的奇迹。他们会成为企业家，会成为政治家、学者、作家，也会在普普通通的生活中展示自己的最为灿烂的一面，在人生的旅途中实现自己目标的同时创造着中国和世界的更好的未来。我觉得今天的年轻人所需要的仍然是志存高远的胸怀和脚踏实地的努力。但他们今天的幸福在于，他们的身旁有几代人努力后所积累的财富，有中国的发展所提供的新的历史空间，他们的努力会比他们的前辈获得更多的回报，更多的肯定。

在回程的京津城际快车上，我回味着冯骥才先生的表述，有了这样的感慨：我们所编写的《符号中国》里所收录的符号多数都是属于过去中国的符号，而鸟巢则是今天中国的符号，那么，未来中国的新的符号还有待"鸟巢一代"的创造。

他们前程远大。

"浅思维"文化和生活智慧

最近，易中天成了一个新的引人瞩目的文化热点。他从一位学者突然变成了超级明星，受到追捧。从《百家讲坛》的电视讲堂到《说三国》的畅销书，易中天确实是红透了半边天，有了许多"粉丝"，成了今天知识界在公众中最轰动的人物，比起余秋雨还要名声显赫。人们对于易中天的成功有不同的解释，在我看来，易中天的成功正是一种"浅思维"的成功。

所谓"浅思维"是八十年代中期刘心武创造的一个词，他当时用这个词指计划经济后期，不少青年的简单化思维方式。到今天，这个词早已被忘记了。不过我觉得它的字面的意义还是很有用的。我用它来指一种不同于感性的生活经验，又不同于理性的思考的特殊的思考。我觉得这种"浅思维"有点接近康德的"知性"的观念。它相当切近我们的日常生活，不是学院的高高在上的学理诉求，却又不是一般大众文化的感性的诉求。它是一种"切身"的智慧，一种具体而微的生活的"哲理"的表达。它不是理论的"通俗化"，和学院的理论其实完全不是一种东西；它又不是我们习惯的电视剧或者歌星的演出，和这些也并不合拍。它让我们从"知识"中获得和用来应对人生的具体而微的策略和行为方式。它不需要太高蹈的分析，却自有其值得回味的妙处，它不需要高深的学理的展开，却要在感性和理性之间找到一块自己的独特的园地。其实这种"浅思维"文化的兴起是一个新的时代的标志，也是后现代的文化的"平面化"的必然的景观。得专门说明一下，这里的"浅"并无褒贬的意思，仅仅是和"深"不同的东西而已，没有高下之分。如鲁迅就对于学者刘半农的"浅"深为肯定，而对胡适的"深"不以为然。

浅思维的运作依赖电视的有力传播，却又更依赖草根的网络的口碑。余秋雨当年是靠《文化苦旅》的书打出名气，而如今却完全靠电视维持声誉，余的"浅思维"还是靠书先传播之后，由于电视对于"浅思维"文化的强烈需求，余才登上电视。易中天的崛起却完全是电视的功劳，易写了许多也是相当有趣的著作，却并不流行，电视的平台将易中天变成了新的偶像。这和余秋雨的情况正成对比，当年的电视媒体还没有像今天一样无所不包，还是"精英"不大涉足的领地，余还有靠一本书成为偶像的机会，但到了易中天，情况已经变了。没有电视，就不可能有易中天的火爆。易的讲课有点"说书"的淋漓痛快的风致，又有一点教书先生的博雅，可以提供和一般感性满足不同的有趣的电视经验。

我们总是议论电视搞不了文化，读书节目总是办办停停。还有像崔永元这样一直在电视圈里打转，却又高调抨击电视的"明星精英"，总是充满焦虑，觉得电视降低了人们的文化水平。如今却真有了比崔永元正宗得多的学者现身说法，崛起为电视明星，的确是个奇迹。今天不知道崔永元这样要电视"高雅"起来的人物会说些什么。现在看来，电视不是不能走"文化"路线，只是这文化路线自然有其自身的限制，当年的《读书》节目的困扰其实就是没有找到自身和观众结合的点。也就是没有"浅思维"的发挥，反而是试图将学理"通俗化"，其实是没有把握媒体在今天的特性，这种特性不是靠几句高调的批评就能够解决问题的。但在今天，电视里的名声却仍然需要我最近阐释的那种"后小资"的"草根"在互联网上的追捧才可能广为流传，网络的"草根"的支持才使得易中天成了今天最为引人瞩目的明星。当然原来作为电视观众的较老的一代还有自己原来的影响，但毕竟是新的"草根"的作用让易中天脱颖而出，在文化市场上有了这么引人瞩目的表现。

这种浅思考其实有两个关键点：首先，这种浅思维乃是对知识的巧妙的"软"性处理，将知识变为有趣的叙述和充满具体可感的素材，故事是这类思考的核心，浅层的人生哲理和处世之道是这类思考的支柱。只需浅出无需深入，只要攻其一点，当然不及其余。引人入胜的趣味和漂亮的表达是这些浅思维的中心。形式当然大于内容，也必然让这样的文化形态有其完全不同于传统知识分子的宏大叙述的新的特点。传道启蒙自然已被和大众的热闹的互动所取代。高高在上的宣讲已被热热闹闹的签售所替代，被启蒙的群众已成了着迷的粉丝，激情的志业已成了找乐的狂欢。现代的大叙事已被后现代的碎片所覆盖。

其次，这些浅思维的思路其实也切切实实地契合了当下的问题，今天的"草根"并不仅仅需要感性的宣泄和满足。他们其实相当见多识广，通过互联网知道许多事情，文化水准比起当年计划经济时代的"群众"高多了，所以他们今天需要每种"有用"的"知性"的文化，光靠"超女""好男儿"的感官满足还是不够的。用"浅思维"的文化来启悟自己的人生，迎接市场化下让人感到相当严峻的挑战是易中天流行的大背景。当然帮助大家交流，资谈助，让人在饭桌上和酒吧里避免成为没有话题的乏味之人的目的也是另一个方面的价值。

这种"浅思维"的文化，自有其独特的价值，也有值得反思的问题。但它在今天的流行毫无疑问说明了当下文化本身的丰富性，值得我们深入探究。

"死"在我们心中

死亡是我们很难回避的事情，一种"必死性"是我们自己生命里唯一确定的事情。它的存在既难以克服，也难以消除地环绕在我们的左右，我们既然有生命，就必然地必须面对死亡的阴影。对于死亡的思考一直是人类生活的中心之一，因为人终有一死的必然让我们都会被它所困扰。中国古人对于死亡历来有许许多多非常通达的看法，今天看来仍然具有启发性。我小时候时常诵读的《古诗十九首》里面对于死亡就有很深的感慨，里面有许多谈论死亡的句子都充满了哲理："人生天地間，忽如远行客。""人生寄一世，奄乎若飙尘""浩浩阴阳移，年命如朝露；人生忽如寄，寿无金石固。""去者日以疏，生者日以親。出郭門直視，但見丘與墳。"等等，都是人生无常的感慨，但也是对于死亡不可避免的真切的表达。

经过了这么多年，人类的寿命极大地增长了，而人类对于自己的认识也极大地增长了，诸如基因科学或者认知科学这样的学科提供了对于人的许多重要的解释，而哲学和文学对于这个问题更是连篇累牍，没完没了，但对于"必死性"造成的困扰其实没有多少可靠的帮助，死亡仍然在我们每个人的前面，难以摆脱。

于是我们可以看到连王朔这样生命力旺盛，对于欲望有着强烈的期盼的人，当年的作品虽然也有死亡的故事，却从来没有对这个问题进行过追问。虽然《空中小姐》这样的最初作品就写到了死亡，但那是生命中的意外和偶然，其实没有什么意义。王朔的作品里那股世俗的生命的欲望好像是挡不住的。但随着年龄渐长，这件事还是挥之不去地让他进行了思考。最近的《我的千岁寒》还是不得不在这样的大问题上有所追问，其实这些问题绕不过去由此可见。

对于"死亡"这样的问题，人一面是世俗的，索性就不想它，权当它是一个小小的麻烦，来的时候就来了。既然逃不了，也就只有想开点算了。另一面却是用永恒的追求去超越它，将它化成一种大历史或者大价值中的一个环节，用来超越它。我们赋予死亡一种神圣的意义。将它变成我们的存在的终极的价值。但无论如何，它还是横亘在我们的面前，摆脱不了。

我们见证的死亡会有许多，每个人都可以讲出许多这样的经验。我还记得我上中学的时候，在我所在的北京第十九中学，一天中午，我们几个同学吃完午饭正在学校的大门前聊天，一辆旁边的北京第三运输公司的拖斗大卡车正要开进大门。突然，后拖斗在转身时撞到了大门的柱子，柱子倒下来，当时就有两个小孩压在了下面。我们跑过去，看到了那惨不忍睹的一幕，还有司机那张惨白的脸。两个人当然当场就死了，他们都是我们的老师的孩子。那时是我第一次那么近地面对了死亡，我所感到的恐惧和茫然今天也不知如何描述。当时还被来调查的警察叫住问了我们情况。我们叙述的未必完整，但那种惊怵的感觉，却不会忘记。两个我们在学校院子里常见的孩子，竟然在几乎一秒钟之内和我们天人永隔，不能不让人感到生命的无常。其实死亡离我们自己也非常近，生命的这种没有方向、没有道理的选择其实随时可能被我们自己遇到。这件事让作为一个少年的我开始懂得敬畏一些不可思议的东西。这种敬畏不是信仰，但只是一种无奈的领悟。

还有一次是我研究生毕业之后的事，那时我留校任教，担任一个班的班主任。第二年，一个学生自己在青龙桥附近的水中游泳，但那里接近一座大坝，水流非常急。他不小心卷入激流，被卷在大坝之中，当时就死了。我们负责给他办理丧事，大家都觉得非常难过。一些学生还非常气愤，似乎有抱怨学校管理不力的意味。那时候是学生非常活跃的时期，对于一切问题都有要反思和追问的斗志。但事情发生时正是假期，学校也负不了什么责任。但学生们在遗体告别时还是打出了一个"还我××"的横幅。但这又有什么用呢？人是无缘无故地死掉了。愤怒也最终没有什么依托。青春的生命的死亡也就是一种无奈。他的家长的痛苦其实说不出来。一个儿子好端端考上名牌大学，就这样死了，的确是情何以堪。但其实学生们难过了几天之后，生活仍然按原来的轨道继续下去。死亡不会触动得太久，因为我们最后都要经历这一切。但这种偶然仍然无法让人轻松。

时间的流逝我们无法阻止，它有自己的旅程。我们只有在这旅程中留下我们的踪迹，给这旅程添加一些来自我们的生命的东西，然后消失。我们的死亡是时间的旅程中的必然，我们会意识到死亡永远在我们的前面，是我们不可抗拒的命运的关键的点。生命有其终点，死亡是我们其实无法回避的事实，生命的必死性对于我们的人生来说乃是不可超越的。这种必死性赋予了生命一种几乎必然的悲剧性，我们在这最后的必然面前确实是无能为力，也难以超越。但生命的过程中仍然有一种难得的惊喜，一种生命与生命的相遇和相知的时刻，一种"缘分"赋予我们的超越和克服我们在趋赴死亡的行程中的平淡，赋予我们的生命以一种不平凡的意义和价值。它让我们有了和我们的必死的宿命抗拒的可能性，也获得了超越的激情和灵感的可能。所以，"缘分"是我们超越我们的必死性而获得生命的更高价值的偶然，而"死亡"则是生命的不可抗拒的必然。而这两者都在时间的笼罩之下。

"中产梦"就是"中国梦"

最近，许多媒体、调查机构和学者都在讨论和争议中国中产阶层究竟用什么标准来确认，究竟有多少人可以算是中产者。这些讨论当然各有各的道理和背景。但所有这些讨论的基础却是集中在究竟是年收入二十万还是三十万，是否有房有车或者有什么样的房或者什么样的车上。这里争议的核心似乎仅仅是一个收入和消费的指标。而人们似乎也用买什么房或什么车将将人们区隔开来，认为他们似乎充满了矛盾和冲突。其实在这场卷入者众多的讨论中，大家却忽视了一个核心的问题。所谓"中产"其实并不仅仅是一个收入的标准，还有一个对于自己的未来的希望，对于社会的认同感和对于生活的强烈的投入，也就是还包含了一种价值的选择，一个心理和文化的指标。这个指标其实就是一个梦想的存在。一个社会还有希望，还在向前冲的标志不仅仅是一个经济的事实，而且还是一个梦想的存在。如果没有梦想，"中产"就不会有向上争取的动力。所以，在中国"中产"这个概念一方面当然是收入和消费的能力，但另一方面，它更是一个社会的梦想所在。今天的"中国梦"其实就是一个中国的普通人创造这个凭自己的力量改变自己的命运，努力争取自己新的生活的梦想。正是有了这个梦想，我们今天讨论的中产阶层才有了自己的基础。

我一直记得冯小刚的电影《天下无贼》中的那个傻根。傻根这个人物看起来无足轻重，在戏里一直在沉睡中作自己的好梦，但却是这部电影的灵魂，是这部电影的一切故事赖以发生的前提。这个在火车中进入梦乡，对于他身处的险境一无所知的人物其实不仅仅是个故事的引子，而且是这部电影的最关键的意义的表征。他始终在做的梦其实不是他自己的梦，而且是一个新的中国梦的最佳的表达。这个年轻人通过异常艰辛的劳作挣得了钱，踏上了回乡之路。他对于自己的信心，对于未来的期望，使得他成为了这趟列车的最具魅力的中心。这次列车其实是朝向他的梦的核心驶去的。傻根其实是异常阳光，天真和自信，辛苦地劳作，辛苦地奋斗，相信自我不断争取的价值，他始终在这个电影里做梦，但他的梦却是一个中产梦，他希望的未来的幸福其实就是一个中产者的具体而微却实实在在的梦想。这个怀揣那个装了六万块钱的牛皮纸包，自信满满地在火车站上喊出"谁是贼，谁敢动我的钱"年轻人，其实就是有着典型的中产阶层的意识的人物，他的梦想也是冯小刚所希望表达的那种梦想，其实也真真切切地表现了中国人的中产梦。傻根感动那两个情感未泯的贼的地方不正是这种单纯的梦想吗？我们大家的收入可能远远高于傻根，生活环境和傻根有天壤之别，但其实我们的梦想几乎是一样的。不管我们是民工还是白领或者老板，其实就是靠着傻根一样的劳作和奋斗争取自己的一切的。我们的梦其实就是他的梦。所以，这部电影的最后，导演和我们大家都不会让这个梦破灭。在沉睡的傻根一无所知的时候，从天上降下来了他那只有六万块钱的书包。刘德华扮演的善良的贼用生命保护的就是傻根和我们大家共同的梦想。在那只手失掉最后的力量之前，书包回到了傻根的怀里。这个从天而降的书包，其实是一个"天佑中国"主题的表现。傻根当然从经济的指标上算不上中产，但他其实是具有着中产意识的。所以我们要从经济的指标上看到中产是一部分人的生活，但我们也更应该看到中产梦恰恰是中国大多数人的梦，就是中国梦。中国人这样不容易，谁还能让我们的梦幻灭呢？

这是一个强者的梦想，是每个个人冲向未来的梦想。每个中国人开始追求自己的美好的生活的时候，中国也就获得了自己的新的生命。二十年来，正是这样的梦想支撑我们创造今天的繁荣。每个人发挥自己的全部能量，在改变自己命运的同时也改变中国和世界的命运的梦想，正像十九世纪末，二十世纪初的"美国梦"一样，为中国的发展注入了前所未有的活力和创造性。"中国梦"和"美国梦"一样在证明，一个伟大国家的人民一旦获得了自己的机会，他们的能量是世界改变的最大的发动机。二十年来我们可能还存在种种的问题，但这"中国梦"的创造却是我们的最大的财富。中国人愿意为了这个梦想去努力，所以这个社会就有一种"中产"的目标，每个人都觉得自己有希望成为"中产"。

如果让我说谁是中国中产者代表，我一定会说是傻根。他的梦就是我们的梦，他的希望就是我们的希望。尽管他还是一个底层的劳动者，但他的力量让我们能够走得更远。

"中国梦"的两面

2005 年的中国电影有一个有趣的, 也已经被许多人关注的现象: 电影似乎越来越 "两极化"。可以说 "大片越大, 小片越小"。所谓 "大片越大" 指的是如《神话》和《无极》这样的大制作, 都是规模宏大, 动用超级明星, 展示了面向国际市场的强烈的企图心, 都理所当然地受到了大家的关切。但与此同时, 在国际电影节上获奖的却是不少小片, 如《青红》《孔雀》等等, 都是非常个人化的作品, 都在一个异常狭小的个人化世界中展开故事。这样特殊的格局似乎让人感到不解, 觉得中国电影为什么会出现这样的现象呢?

这里我们可以发现所谓 "大片" 都是奇幻、武打和爱情的混合, 鸿篇巨制里的想象的焦点在于一种 "架空" 的梦想的呈现。这种 "架空" 的大片在我们内部引发了不少激烈的争议和分歧。但无论如何这些电影还是自有其意义的, 它毕竟是中国电影一种难得的新的类型。这种类型在中国最早期的电影如《火烧红莲寺》中就有展示。当时也曾经受到观众的热烈欢迎, 最近我看一位德高望重的老影人的回忆, 还特别提到了当时看《火烧红莲寺》时，作为少年的他的兴奋和震撼。足见这些电影的出现有其满足现代人的日常生活的梦想的功能。但在中国的民族危亡的境遇和深重的民族屈辱和悲情中，这种类型的电影当然不合时宜，受到批判和否定也是理所当然的。"启蒙"的呼唤和"救亡"的呐喊最终淹没了这种类型。但在今天中国的全球化和市场化的进程已经让世界瞩目，中国的历史发生深刻变化的时代，我们业已有了告别百年悲情的历史机遇，而我们的文化生产和消费的整个链条开始发生深刻变化。于是所谓"大片"打开国内国外两个市场的愿望开始通过具有某种没有历史重负，而是通过奇异想象构成的想象来构造了。这种新的类型看起来和当年的《火烧红莲寺》有些相似之处，但由于中国历史的新的变化而具有了更多的合理性和积极意义。它展开了一个新的没有重负的"中国梦"，一个试图将想象力的边界推向最远的努力。尽管这些电影还没有能受到更广泛的肯定，但显然这里包含了一些新的、具有生命力的元素。它打造了一个通过"架空"的想象力展开的中国形象。这个形象不再仅仅是充满悲情和负重前行的世界历史的弱者，而是天马行空般的强者。这当然是中国新的活力和冲力的一个部分。我觉得其中包含着一种对于"中国"的梦想的营造。尽管陈凯歌或者唐季礼的想象力还不够丰富，他们还没有一种驰骋天宇的恣肆的能量，但这些尝试毕竟说明中国不再是过去的贫困、屈辱和被动的地方，而是一个新的可能性的空间。

同时，越来越小的"小片"如《青红》和《孔雀》则将视角放在了"过去"。这个过去并不太远，而是导演和他的同代人都经历过的七十年代。那是中国历史的"临界点"，文革初期的狂热已经消失，一个计划经济的社会已经呈露了败象，而物质的匮乏和梦想的匮乏则已经变成了根本无法掩饰的存在，电影往往显得意绪低沉。但电影展开的一切其实是一个新的大转型的开端，一个历史的"临界点"。这里有一种今天难以回归的单纯和天真，让人有怀旧的感慨。但更有通过回溯历史来清理个人的认同和生命的过程的努力。这种回溯是高度个人化的，是充满了温婉的诗意的。但其中我们可以看到的最为明显的东西却是对于未来的某种难以掩饰的渴望，一种超越匮乏的强烈的内在的冲动，一种走向外部世界，改变自己的命运的欲望。这些在今天我们已经有了新的历史境遇之后会觉得那一切都如此的幼稚。我们也不可能得到当年想象的一切。当年想得到的今天得到后未必觉得是自己想要的，但为了想要的一切失落的却是实实在在地再也不可追寻了。但他们其实都在表现一种义无反顾的决绝，一种感伤和痛切中的坚定。这里包含的是今天我们看到的"中国梦"的最初的起源，也是我们自己的来路。我们就是在那样的梦想里开始成长的，而我们的成长也意外地变成了这个国家的成长的一个部分。这里其实试图告诉世界的是一种中国人的新的境遇的来源，告诉我们今天显得格外诱人的"中国梦"有它青涩却美丽的开始。这其实也是我们有了和自己的过去告别的自信和面对未来的积极。

　　两种电影看起来如此不同，但都有一种来自新的"中国梦"的展开。这是一个新的中国的魅力的呈现。它告诉我们中国的吸引力不再仅仅来自中国的经济机会，而且来自一种新的文化想象力。尽管这一切才刚刚开始。

生命的邂逅：《一九八八——? 》读后

最近，张爱玲未发表过的文章陆续问世，除了让我们重新理解她的一生，并引发了华语文化界震动的杰作《小团圆》之外，还有许多散文作品也都被披露，让我们看到她的晚年仍然保持着强烈的写作欲望和对于人生的强烈兴趣。在新书《重返边城》中看到了一篇题为《一九八八——? 》的文章，让我有所触动。

这篇文章写她在洛杉矶一个沉寂的卫星城中的巴士站的所见。文章不长，她却用了不少笔墨来勾勒描写这个卫星城的环境。"这是所谓'宿舍城'，又称'卧室社区，都是因为市区治安太坏，拖儿带女搬来的人，不免装修新屋，天天远道开车上城工作，只回来睡觉。也许由于'慢成长'环保运动，延缓开发，店面全都灰扑扑的，挂着保守性的黑地金字招牌，似都是老店，一个个门可罗雀。行人道上人踪全无。偶有一个胖胖的女店员出去买了速食和冷饮，双手捧回来，大白天也像是自知犯了宵禁，鬼头鬼脑匆匆往里一钻。"这些描写大概是张爱玲晚年自我封闭之后选择的生活环境。

除了东部城市如纽约的公交系统相当方便之外，美国许多地方的公共交通都不很发达，西部如洛杉矶尤甚。在这样的地方生活没有车，实在有诸多难处。张爱玲不会开车，在这样的地方生活也深感不便。从她晚年时有来往的人如林式同的回忆中知道，她平时极不愿意和别人来往，往往对朋友的信都几年不拆阅和回复。但要搬家等时候还是得像林式同这样的忠实朋友的帮忙。因为不会开车真的遇到事情就不容易处理，平常出门稍远一点，步行有点不便的时候，就不好办，而像美国的超市又往往离开住所甚远，更增加情况的复杂性。所以张爱玲对于等不到的公共汽车就非常敏感，多有抱怨。这篇文章就提到了："公车偏就会乘人一个眼不见，飞驰而过，尽管平常笨重狼犷，像有些大胖子有时候却又行动快捷得出人意表。"这些描写在短短的文章里占了不少篇幅，略显琐碎。但这些内容都是这篇文章的铺垫，文章的核心是她在这样一个公共汽车站看到了一个人在等车的长凳的椅背的绿漆板上白粉笔大书：

Wee and Dee

1988——？

看到这里，我们突然发现了张爱玲式的敏感和微妙的情怀。她接着写的都是她自己对于这两行字的猜测和感慨了。我们突然发现那个写过《倾城之恋》，写过《红玫瑰和白玫瑰》的华语作家的生命的感受出现了。她说"这该是中国人的姓。"由此而来的那些联想其实可以看出张爱玲的才气。她开始猜测这个写下这行字的人的身份，她说全世界随手题字的都是男人，所以"在这长凳上题字的是魏先生无疑了"，而这"狄"或"戴"则是魏先生遇到的一个女孩。她就遥想这魏先生在等车时的心境："虽说山城的风景好，久看也单调乏味，加上异乡特有的一种枯淡，而且打工怕迟到，越急时间越显得长，久候只感到时间的重压，一切都视而不见，听而不闻，更沉闷的要发疯，才会无聊得摸出口袋里从英文补习班黑板下捡来的一截粉笔，吐露出心事。"张爱玲在这里的感慨格外深沉："乱世儿女，他乡邂逅故乡人，知道将来怎样？要看个人的境遇了。"接着她又猜测这个男青年的心态："华人的姓，熟人一望而知是谁，不怕同乡笑话！这小城镇地方小，同乡又特别多。但这时候他什么也不管了，一丝尖锐的痛苦在惘惘中迅即消失。"

看到这里，我们可以看到晚年的张爱玲的心境，也可以看到她对于生命的感悟。她在公车站和这两行字，也就是和另外的两个我们从来也没有机会了解的生命邂逅。而通过这两行随手写下的字，那"魏和戴"的故事通过张爱玲的笔和我们有了邂逅的机会。这一切都如此偶然，但又是如此地必然。这个故事当然仅仅是张爱玲的想象，但却又如此地真实。两行字让张爱玲这个漂泊在美国的异乡人感同身受，让她感悟到中国人的命运的艰难和认同的感情。这个"魏和戴"，其实就是张爱玲对于自己的文化和自己的生命所认同的来源的真切感情。

这一对被张爱玲写下的男女何等的幸运，他们那似乎除了亲朋好友之外不会有人关切的生命，突然被我们这些张爱玲的读者所关切。我在想着这一对1988年在洛杉矶附近的小镇上的华人男女的命运，其实他们有点像《倾城之恋》里的范柳原和白流苏，但他们没有那一对那么戏剧化，却更真实和更有生命的质感。因为这不是虚构的小说，而是通过两行字浮现出的真实的生命，真实的感情和真实的境遇。我突然想到我有时漫无边际地在新浪博客上看到的陌生人的博客，看到他们的生活和他们的链接的他们的朋友的圈子，我被无意间带进了一个陌生但又充满着我们熟悉的生活故事的世界，他或她和朋友的聚会，他或她的感情和朦胧的情愫，有时几句含混而暧昧的语言会让你猜测他的生活中遇到了什么。这些会让你觉得他们的生命在偶然中和你劈面邂逅而带来的感受。我们会感到一种"缘"，偶然间我们会在一个时空中和陌生人如此相近，而这里又有某种不可思议的"命"。这些人其实正是由于和我们有联系，才会让我们有一种感悟和感情。正像张爱玲看到的是和她自己一样的在异乡的中国人。我们每个人都会遇到这样的"缘"和"命"吧。但只有这位敏感的女作家写下的这一切让我们深深地触动。

这篇文章还有最后的几句，我到现在也没有看懂，但我知道那里有张爱玲最深的感慨，不必引在这里，大家还是去读她的原文吧。

师生之间：挑战与应战

师生关系，其实是我们每个人在生活中都会与之相遇的关系。不是每个人都有机会当老师，但每个人都有机会当学生。这种关系其实有它的浪漫和诗意的一面，也有其复杂和矛盾的一面。我们的社会对于师生关系，往往都倾向于强调前者而忽视后者。我们都会强调老师的春风化雨、春催桃李的美好，强调学生的感恩和回馈，强调两者关系的和谐和美好。这些当然都是合乎实际的和合理的。我还记得早年我看一部曾经受到"四人帮"无理批判的电影，名字就叫《园丁之歌》，其中对于师生关系的表述，到现在还让我感动。"四人帮"的批判当然是无理的，老师的努力应该受到最大的尊重和肯定，而学生尊敬老师也是理所当然的事情。无需多加论述。我自己也时时感受到师生关系的温暖和美好的一面。这种浪漫和诗意的感受其实是师生关系中非常真实、不应被忽略的宝贵的一面，也是教师职业的美好的一面。

当然，其实师生关系也有不那么浪漫的一面。学生尊师重教，老师忠于职守，大家互相尊重和关爱当然是理想的境界。但达到理想的境界其实并不容易，也不可能一蹴而就，其实还有些艰难。既然师生关系是社会中人际关系的一种，当然也就有社会中人际关系的复杂性和微妙性，这其实也无需避讳和掩盖。其实钱钟书先生的《围城》里勾勒的三闾大学的师生关系也道出了师生关系另一面的真实，我们也不应该和不必要回避这一面的真实。钱先生有教书的真切的体验，又有一个天才学者和作家对于人性的深入了解和体察，写出的那种微妙的关系，其实也能够切入人性的真实的底蕴。其中写方鸿渐在厕所听到学生的尖刻议论和孙柔嘉在自己的课上受到学生捣乱等等，实际上也透露了师生关系的另一面的相当切实的状态。钱先生有几句话可谓真切："他们的赞美，未必尽然，有时竟上人家的当。但是他们的毁骂，那简直至公至确，等于世界末日的'最后审判'，毫无上诉重审的余地。"

正像《围城》里的描写，往往师生关系的美好的一面是事后的回顾，或者经过了一个复杂的过程之后的结果。其实师生关系里自有其矛盾性。在学校学习其实就天然有某种强制性，学生学习其实未必如我们理想的那样自觉自愿，老师和学生之间难免就有某种感情以外的权力关系。老师能够决定学生是否及格，是否过关，还能够通过考勤等手段让学生一定要来听自己的课。这当然说明老师对于学生的某种权力。有了这样的权力，学生在有些畏惧之余，就会有反感，也会有挑剔和尖刻，学生会仔细地审视老师是否够格，表达得是否好，学识是否扎实，在社会上是否受人佩服。学生会让老师感受到许多压力，其实每次上课对于老师来说都是难以回避的挑战。学生其实在尊敬你的时候也在审视和质疑你的能力和水准。学生对于老师的尊敬其实是不可少的礼仪，但学生对于老师的佩服其实才发自内心。所以，尊敬容易获得，佩服则需要老师时刻面对学生的挑战和质疑，需要水平和技巧，也需要对于人性的体察，所以，人们对于"教学法"的关注的一个最为重要的方面是对于学生的人性的复杂性的认识。

一方面你需要有足够的专业能力让他服气，在人文科学更是如此，因为有些知识通过自学也可以了解一些。其实这种了解和上课的系统训练并不一样，但当时学生也会自视甚高，会在下面用自己未必全面，但却难免有老师不知道的方面的知识衡量老师，难免有期望老师"露怯"的心理。有时候老师未必读过学生读过的书，老师未必能让学生服气，其实钱钟书先生本人当学生时候就是一个对于老师相当挑剔的人。到了从教师的角度写也还能洞悉事物这一面的真相。所以，老师一定要有足够的专业水准让他服气才行。另一面，你还需要组织起你的课程，需要有一定的口才和表达能力，足够吸引他的关注，让他有兴趣听下去。有时候，有学问的老师未必有表达能力，有表达能力的未必学问足够。难于两全的事情所在多有，于是，学生也会有理由挑剔。所以，教师的生涯并不是那么容易的。我觉得教师的生涯其实是每一次都要面对挑战的过程。其实，课堂上的学生并不是如同海绵一样无条件吸取水分的物质，而是在非常复杂的互动过程中和教师形成关系的，这种关系有敬畏、有审视、有挑剔、有尖刻和敏锐的观察，还会有高年级留下的种种流言蜚语，家长里短。其实他们未必见识高明，而且带着青春的偏执和天真，也带着初出茅庐的一份简单和幼稚，想法不一定能够和老师是否真的有学识和有水平相当，但他的想法却会让你教书的真诚受到挫折。对于学生仅仅是关爱其实不足够，还需要在一种时时面对学生的挑战的时候有应战的能力。让他在智力上佩服你，让他今天感谢你的关怀是有价值的，但让他从你那里学到一些真的本事，未来感谢你可能更加重要。

学生勤奋好学当然是理想的，但其实有些学生往往更愿意轻松地拿到学分，当课程在他想来和他的未来的职业生涯规划或者谋生无关的时候更是如此。于是，学生就难免想蒙混过关。他一面会讨好你，一面其实心里看不起你。老师在这种情况下也是两难，如果要求严格，学生会有反弹，如果放任自流，但其实也会让学生轻慢。其实我自己当年是一个年轻教师的时候就遇到过这样的情况。那时学校派我教成人大学的现当代文学史。

成人学生生活压力很重，有些人上学就是想快一点拿个学位。我觉得我精心准备的课程对于他们全无作用，照样在课堂上睡觉，然后直接问你如何考试。这其实是对于老师的最为严重的轻慢。其实，一个学生在学问上向你挑战是老师很幸福的事情，但一个学生仅仅关心考试过关的时候，其实他对于你是轻视的，因为你的课除了学分之外全无价值。这是非常可怕的事情。但这些成年学生会和我探讨关于当时热播的《渴望》的意义这样的问题。于是，这其实让我去思考大众文化的影响和作用。让我从这里切入文学史，将文学史和他们关切的问题相结合。于是，他们感受到了我的课程的意义，有了兴趣，而我从此也开始进入了一个新的学术领域。

　　我确实认为教师是一个幸福的职业。在我的老学生回来和我相聚，感谢我的帮助的时候我会感到幸福。但我最感幸福的是站上课堂，面对学生的挑剔和审视的时候，我会让他们感到，超越我还很难，我还足够熟悉新的问题和新的领域，还足以提出新的思考让他们质疑和反思，让他们知道还需要跟着我学习，才可能在未来超越我，他们只有发奋才可能有比我更好的思考。这是一个教师接受的最为尖锐、也最为有趣的挑战。我要接受他们的挑战，就不得不努力思考和努力学习。这是教师生涯的最大的欣幸。

谁是"中产阶级的孩子"？

青少年文化的兴起引起了大家的关切。无论是火得不行的韩寒的博客和他不断挑起的论战，还是郭敬明引发的一系列的争论，都把青少年在文化方面的影响力摆上了台面。他们对于文化的影响力和冲击力都已经相当大，但长辈们的不满似乎也在增长。如最近对于在青少年中流行的"玄幻文学"是否是"装神弄鬼"的争论，就是一个有趣的关乎代沟的例子。老一代对于新世纪的青少年文化似乎相当不满，而那些正在崛起的青少年也并不买老一代的账，用挖苦和嘲讽来对待他们。

现在看来，两方面的分歧很大，矛盾不小，这里面的意义其实是值得我们大家深思的。说起两方面的分歧，其实是老一辈指责八十年代以后出生的青少年只懂消费和享受，缺少责任感。而年轻人觉得老一代已经迂腐和过时，其实已经对时代失掉了把握。这里的冲突并不奇怪，所谓"代沟"其实是永远上演的连续剧，没有终结的时候。两方面看不顺眼其实一点也不奇怪，都事事顺眼了也根本不可能。

不过现在的论战确实显示出两方面前所未有的一些问题。这里的老一辈和新一辈的争论却是在不同的层面上进行的。我们可以看到在八十年代出头扬名的老一辈其实也不是过去的老保守，而是有一种"精英"的"贵族"的"现代主义"情结的人。他们要的文学自然不是现在的"装神弄鬼"的玄幻或者年轻人即兴写下的对于青春的压抑不满的宣泄，他们希望的是高雅的大师的存在。当年王朔挖苦一切的豪情如今已经远了，现在的老一辈过去批判的是计划经济下的比较刻板的文学，而他们自己则引入了一套"贵族"式的高雅和复杂的表现。他们觉得这种表现才可以获得永恒的价值。于是，在九十年代他们倡导"人文精神"，今天就反对"装神弄鬼"。其中的脉络相当清晰。八十年代的一套先锋趣味，今天变成了怀旧的标准和尺度，许多人当年都是先锋派，今天看来却有点遗老遗少的味道了。感慨和伤感已经让这些人在回忆里找到了安慰，而年轻人却依然生猛，还有点不依不饶的样子。他们的趣味却是消费文化培养的。我曾经说过的几句话最近被引用得很多，不过这几句用来描述这一代的青少年文化还是合适的："他们是独生子女，赶上了历史上最富裕时期。他们要买书，于是郭敬明成了文化英雄；他们要玩游戏，于是陈天桥成了网游大亨。"其实这种现象说明一种新的文化正在发展之中。这种文化其实就是我们当年所说的"后现代"，不过他们更加理直气壮，没有一个过渡的过程就直接进入了这种状态。

在我看来，他们和老一代之间并没有隔着一座万里长城。如何理解今天的年轻人？有一本新书提供了一些解释这一"代沟"的路径。这部书题为《中产阶级的孩子们》（程巍著）。它的有趣之处在于对于西方六十年代的青年的造反提出了一种新的视角的解释。他认为，六十年代的青年的激进运动看起来是反对中产阶级的价值观，提出激进的社会主张，却不可思议地使得价值多元化了，看起来激进的"解放"要求，其实为消费的彻底的合法化打开了大门，而且正好为一个消费社会创造了文化上的依据。中产阶级在历史上一直在文化上没有自己的合法性，一面是受到传统的"贵族"的挤压，贵族的高雅让中产阶级艳羡；另一面受到左翼的批判，左翼的揭露让中产阶级的弱点暴露无遗。而看起来六十年代的青年好像是中产阶级的孩子们反对自己的上一代，但他们却意外地进行了一场"最后的"资产阶级的革命，让中产阶级原来一直没有占据的文化的合法性阵地意外地被攻占了。中产阶级的文化再也没有受到冲击了。因为一种浪漫的解放其实正好可以变成一种对于种种奇特事物的消费。一旦革命完成，这反叛的一代恰恰变成了今天的"雅皮士"，变成了中产阶级的最中坚的力量。"中产阶级的孩子可能也没意识到这一点，当他们真诚地以为在反叛自己的父辈及其建立的制度时，其实是在通过反叛外部他者的方式来消除资产阶级自我内部的他性，所以他们没料到，他们的文化革命最终成就的，竟是自己父辈的一项未竟的历史计划。他们的父辈显然也没意识到这一点。""从经济基础和上层建筑的辩证关系来看，前工业时代的社会等级制和禁欲主义伦理并不是因为自身的邪恶而失去统治的，而是它的合理性业已历史地丧失了。与此同时，大众社会和享乐主义也并不是因其道德上的优势而深入人心的，而是因为它们最适合发达工业时代的要求。""中产阶级的孩子们的造反，实际上为中产阶级的父亲们的经济活动提供了一套适用的道德意识形态，反倒有利于资本主义的发展。"

这些分析相当精辟和准确。虽然针对的是西方的情况，其实对于我们认识当下的父子之争大有裨益。今天的年轻人的消费文化当然有消极的一面，但确实是一个走向丰裕的社会所必须的扩大再生产的消费要求的体现。正是由于这些青少年的前辈的胼手胝足的奋斗，才带来了一种消费和生活选择的多样的可能性。而青少年的文化正具有将消费文化合法化的功能，他们意外地完成了父辈的文化使命。这似乎也是"历史之手"神秘的作用。对于这一切，我们需要更加通达和明智的理解。

召唤"新青年"的精神

1917 年的 1 月号的《新青年》杂志刊载了胡适的《文学改良刍议》，那是在当时的文化变革的氛围中的一篇皇皇大著。胡适从语言的变革出发，提出了著名的八事，给倡导白话文提供了坚实的理论的基础，为"新文学"的发展打开了新的视界。那正是一个社会正在剧烈变革的时刻，文化领域的沉闷压抑已经结束，一种新生的力量正在崛起之中。胡适的这篇文章正是为一种新的"现代性"的文化开辟了道路。他和他的同时代人在历史的一个关键的时刻在被历史创造的同时也在创造着历史。

时光已经过去九十年，中国和世界已经发生了沧桑剧变。胡适作为新的观念倡导的一切如今已是普通的常识，当年"新文学"从语言变革开始改造"国民性"的卓越的努力应该说已经变成了中国历史的一部分。今天的中国和当年新的世界格局中的屈辱位置已经大不相同，中国的和平崛起已经变成了世界历史的新的部分，中国已经在告别二十世纪历史的所造成的深重的"悲情"。当年的变革当然已经结出了丰硕的果实，当然也同时回归于历史。

　　全球化和市场化给中国带来了巨大的变化，这一变化的"速度"是令人震惊的。现在我们发现，我们的文化似乎重新面临着一个关键的临界点。今天我们面临的一方面是内部的消费文化的兴起和文化的前所未有的多样化，如何在这样复杂的文化景观中创造一个内部的"和谐中国"正是我们面对的挑战；而另一方面，我们面对着如何创造一个中国的新的国际形象，为中国的经济成长和国际地位的改变提供更多的文化的支持的问题，也就是如何面对世界打造一个"魅力中国"的问题。在内部创造一个"和谐中国"，在外部创造一个"魅力中国"变成了我们的两个重要的问题。

　　正是由于这两大问题的存在，我们的文化的处境就面临更加复杂而多向的挑战。文化方面的不确定性也令人难以明确把握其趋向，但其丰富博杂的"混杂性"已经叹为观止。总之，经过了近三十年来的发展，中国的社会和文化又面临一系列深刻的转折。中国本身的变化和对于这种变化的阐释之间的落差变成了困扰我们的最难解的问题。一方面，当下中国的变化已经完全超出了旧模式的把握，另一方面，对于这种变化的重新阐释的尝试仍然不成熟。这种多重的不确定性增加了问题的难度。在这里仅仅依靠五四"新青年"时代的精神遗产显然已经难以应对新世纪的挑战，"现代性"的一揽子的整体解决方案已经无法适应当下的变化，提供对于当下中国与世界的新的阐释业已成为中国知识分子的最为尖锐的挑战。我们在这个全球化时代已经看到了中国和世界的新的可能性，却还没有能力在文化的高端处发出自己独特的声音。五四精神的历史意义已经显示得越来越清晰的同时，它已经越来越无法用来阐释今天的世界与中国。

　　实际上，超越是最好的继承，仍然在原有的命题之中是无法面对已经变化了的现实的。我想，一句话，就是不仅仅将"现代"视为必须完成的方案，而是将它视为一个"问题"，如同五四时代我们将传统视为一个问题进行反思一样，在将传统和现代共同作为问题之后凸现其微妙和复杂的侧面。这可以使我们对于五四以来的中国历史形成新的思考。同时，面对我们的现实提出新的思考，让今天中国的发展得到新的文化阐释和文化创造的呼应。

无可置疑的是，"新青年"的精神遗产永远是我们探索和创造的起点。但我们应该在新的世纪中寻求新的可能，在对五四的超越之中寻求对五四的真正继承。我们其实要继承的是先辈们敢于面对历史的挑战，勇于提出新的命题和思考的精神，而不是他们的具体的结论，是先辈们超越前人的胆识。这其实是当年的"新青年"期望于未来中国人的最为宝贵的方面，我们只有在此时此地不断进行新的创造，才可能不辜负他们的期待和信任。当我们继承的是"新青年"活跃的创造的灵魂，而不是他们的具体的思路和想法的时候，他们才真正可以回归历史的荣耀，而让我们自己去开拓新的文化的可能性。

于是，我们才会对自己的时代有所承担。

正视日常生活的"平淡性"

前几天上课的时候提及八十年代的文化氛围，一个学生在课间时突然对我说："老师，你们那个时候真浪漫，我们今天实在太没劲了。"这个同学的话确实引起了我的深思。这种情绪似乎也投射到了互联网的言论中，网上"草根"年轻人的言论里一面投射了物质方面的压力，另一面却也有精神上的强烈的不满足。年轻人觉得今天的一切似乎一眼就能望到顶，没有什么不可预测的戏剧性。无非是职场的奋斗、白领的生涯和普通的生活，成功也无非是生活富裕，家庭和美，其实还是"柴米油盐"的扩展而已，谈不上"激情燃烧"，也少有"亮剑"一搏。他们似乎觉得这一切太过平淡，太过乏味了。二十多岁就看得到未来的一切。这似乎让人感到一种平淡无奇甚至平庸乏味的感觉。

于是，二十世纪的中国的风云变化带来的个人命运的波折对这些年轻人来说似乎有一种天然的吸引力。一种对于现实的日常生活的平淡和规范的焦虑也成为一种引人瞩目的社会心理和文化潮流。对平淡无奇生活的厌倦，对某种强烈的激情的渴望，其实已经变成了许多中等收入者和年轻人的心态，这种潮流有许多不同的表现形态。如驴行客的探险旅游活动，热情参与各种选秀节目，对于《激情燃烧的岁月》《亮剑》等电视剧的热情等等看起来大不相同，形态各异，但其实都表现了超越日常生活的平淡无奇的强烈的愿望。

这当然和今天我们的生活的状况有关。从二十世纪中国的历史看，在紧迫的民族和阶级冲突的压力下和革命的激情的鼓动下，人们执着于参与宏大历史进程，忽视日常生活本身的不可缩减的具体和琐碎的性质正是中国"现代性"的特征。这是与中国现代性的历史面对的民族屈辱和社会危机紧密相连的，是历史的必然和中国"现代化"的历史特点之一，也是二十世纪中国的历史所提出的强烈的时代的要求。壮怀激烈、慷慨悲壮是时代的潮流，安定平和、丰裕富足仅仅是一个梦想。我们在对现实的激烈反抗和否定中走向未来。所以，当时日常生活的简单和匮乏被放在了无足轻重的地位上。这当然是历史的必然，也是历史的进步性的体现。但也有像文革这样的"搞运动"冲击了社会，引起了混乱。无论如何，渴望安定的生活和小康的温馨，渴望日常生活的展现成了二十世纪中国的一个持久的梦想所在。改革开放的进程，正是中国人民追求美好的日常生活，追求安定和谐日常生活的新的进程的展开。

在今天这个时代，现实生活的具体性和一种日常生活的特色开始呈现出来。这个全球化时代里，伴随着中等收入者的崛起，他们的想象往往强调日常生活的意义。日常生活的愿望被合法化，成为生活的目标之一。在现代性的宏伟叙事中被忽略和压抑的日常生活趣味变成了文化想象的中心，赋予了不同寻常的价值和意义。这种日常生活的再发现的进程主导了新的文化想象。日常生活表征自我的存在和价值，而这种日常生活又是以消费为中心的。在消费之中，个人才能够发现自己，彰显个体生命的特殊性。消费行为成为个性存在的前提。而日常生活的琐碎细节和消费的价值被凸显出来。个体生命的历史和个体生命的运行就被赋予了越来越大的意义。

这不是一种对于现实的彻底的反抗，而是和现实世界的一种辩证关系的获得。我们看到新世纪中国的高速发展和中国超越悲情的新的文化性格的形成正是通过一种与全球化相联系的进程来完成的，一种来自平常生活的丰裕的期待，一种对于日常生活的满足的愿望的表达，成为这个时代的文化的表征。这种来自日常生活的平淡性已经越来越成为我们生活的结构的关键。世俗的、平常的人生似乎变得越来越具体而难以闪避。大家面临的日常生活中的具体挑战往往比起许多重大问题的回应更难回避。这并不是说人们对于重大问题没有关心和责任，而是说，社会的变化使得许多重大问题变得更复杂、更辩证、更需要理智的专业判断而不是简单的激情澎湃，同时我们自身的日常生活的具体性的难以回避和压抑也显示得非常清晰。个人的事情往往越来越需要自己负责，而不仅仅是大时代的历史变动的拨弄。日常生活的意义变得重要了，这就造成了日常生活的"平淡性"的凸现。这种"平淡性"其实是我们的先辈的艰难奋斗所期望和追求的东西。

但这种日常生活的平淡性又带来了我们的新的困扰，我们发现我们面对这种平淡性的焦虑和不安仍然是在新的语境下面对的挑战。这就需要正视"平淡性"带来的问题，一方面客观地认识"平淡性"的必然性，让公众了解这种"平淡性"是历史发展的必然结果，是先辈奋斗牺牲的目标和成就；另一方面，也需要更多的愿景和梦想的展开。让"中国梦"的光芒穿透"平淡性"的现实。让年轻人在平淡中发现乐趣、体验激情和获得奋斗的动力。

志存高远艰苦学习：青春的责任

年一度的高考又到了。作为高考的过来人，首先要祝福所有的考生取得让自己满意的成绩，同时也期望考生经受住这样一次人生的考验，不论是否考得好，未来的人生都会走得更好。

在这个时刻，我难免会回想起当年自己高考的经历。那时文革刚刚过去，社会上百废待兴，洋溢着新的生活正在开始的氛围，我们都有向科学进军，为四化拼搏的一腔宏愿，所以大家的学习也格外努力。当时我们的基础都不牢固，所以要补的课程很多，老师对于我们的要求都很严格。那时学习经常学到深夜，由于心中有相当高远的理想，还是觉得苦中有乐。而且那时确实生活相对单调和匮乏，诱惑和娱乐也极少，同学之间的关系也非常单纯，所以几乎是心无旁骛，一心向学，都觉得有了机会学习是弥足珍贵的。

从那时到现在，时光流转，中国和世界都发生了巨大的变化。今天面临高考的已经是所谓"90后"的年轻人了。他们成长在市场经济的环境下，其生活形态和选择其实和当年已经有了巨大的差异。一方面，改革开放三十年让他们生活在中国历史上最富裕的阶段，人生虽然还可能遇到挑战，但生活条件和学习条件毕竟和当年不可同日而语。另一方面，今天我们生活在一个开放的社会，无论是信息的开放程度还是社会提供的学习资源都比起当年不知道要便利多少倍。当年我们学英语的时候，视听资料极难找到，需要到处找一盘磁带回来转录。而今天要想学习，几乎有无限的资源，这些其实都让学习变得更加方便和容易。虽然考试的压力还是一样的，但学习条件的改善和资源的供给的丰富都和当年差距太远了。当年有许多人在文革时代想学习而不得，今天社会提供的机会几乎是无限的。其实我们在青春时代面临的挑战仍然有一致的方面。今天的年轻人展现了许许多多当年我们所没有的积极的素质和能力，有许多值得年长者学习的地方。历史是延续的，人生都同样面临着挑战和问题。有些过去的好的传统仍然是今天年青少年前行的动力。

首先，我以为，人生还是需要"志存高远"。志存高远，才能够承受艰苦的考验，才能够忍受枯燥和相对单调的学习生活。今天的消费社会，有许许多多即时满足的无限提供。学习的条件改善的同时，娱乐和物质消费的提供也极大地丰富了，要满足人的基本的生活需求已经越来越容易了。如果没有高远的志向，没有更广阔的视野，人生就会在无限的生活乐趣中沉醉而失掉自己的方向。今天不少年轻人往往由于受到过度的关爱而表现得没有高远的志向，在中学阶段只是期望有舒适的生活和有保障的职业就可以了。这就使得他们虽然比当年的年轻人见多识广，教养全面，却难有大的志向，过度注重自我日常生活的感觉和体验而缺少更加宏观的视野来思考问题。这使得他们往往一方面无法承受挫折和困难的考验，另一方面又容易满足而难以向更高的目标进发。一旦一个人在年轻时代就讲求实际，过于功利，反而会使得他的发展受到限制，满足于平庸和琐碎。而一遇挫折往往就会意志消沉。七十年代后期直到八十年代直到今天还被许多人怀念的正是那个时代年轻人的志存高远。虽然具体的生活的关切是合理和必要的，但为中国、为人类作更多贡献的理想，仍然应该是年轻人树立的目标和方向。过分地关注眼前的一点利益的得失和物质的损益，会使自己的人生变得狭窄，也会缺少前行的动力。

其次，青春时代还是需要"艰苦学习"。虽然我们需要让青少年体验到学习的快乐和成长的快乐，也需要用综合素质的提高来改善我们的中学教育的机制。但在任何时代，任何地方，学习仍然是艰苦的，成长仍然是艰难的。要想学业有成，就必须忍受许多无法逃避的枯燥和单调，要克服许多具体的挑战和困难。没有背诵，英语单词不可能随随便便记住；没有大量的习题的演算，数学的基础不可能牢固。这些都需要不断刻苦地学习。虽然有些天才或者有超常能力的人可以超越这些阶段，但这些人毕竟是极少数。多数的普通的青少年都不得不经历一个艰苦学习的阶段才可能磨炼自己的意志，增长自己的学识，为自己的未来奠定基础。对于我们这些年长者，我们应该为青少年更快乐地学习和生活创造更多的条件，但我们也不得不要求我们的年轻人承担艰苦，因为只有经历了艰苦的考验，生命才可能成熟，才可能更有意义和价值。

这次在奥运火炬接力和抗震救灾中，中国的青少年的表现感动了中国，他们经受了非常时刻的考验。我们也希望他们在高考这样平常的生活的考验面前表现出自己的能力和意志。

祝福所有的考生和家长。

志愿精神需要发扬光大

在中国社会中，志愿者和志愿精神的影响力已经越来越大，人们已经熟悉志愿者和他们的贡献。这种志愿精神的普及应该说是2008年的汶川地震和奥运之后。汶川地震时，民间的志愿者从四面八方赶来，和政府与社会的众多的救灾努力一起形成了强大的合力，让危机时刻人们的守望相助、互相扶持的精神得到了充分展现，对于救灾起到了重要的作用。而在奥运期间，志愿者的笑容也成为北京的"最美的名片"，也成为中国的"80后"鸟巢一代的集体形象中最美好和积极的部分。到了上海世博会，志愿者的形象继续成为城市生活和文化的重要的组成部分，而志愿者的形象在人们心中也逐步地固定下来，成为社会所必须的生活要素。这些过往的重大事件都让人们感受到了志愿精神的普及，人们开始把志愿的精神和志愿者的努力视为社会本身走向前进的重要的力量。这既是雷锋精神的延续，也是它在市场经济环境下的发展。它既有中国传统美德的展现，也有当下社会的新型关系中的价值重构的意义。

所谓"志愿精神"，其实是在市场经济的环境之下的一种公共服务的意识，一种对于社会和他人的奉献精神。我们经常议论的市民社会，在很大程度上就是在市场中活动的人的通过法律和契约建立的关系，这种关系是界定人与人的关系和经济社会活动的基础，它基于市场社会的法律和契约精神，才可以保障市场具有基本的秩序，能够有效地运作和发展。这些关系当然是社会的基础，但社会仅仅靠基于法律和契约的关系仍然不足以使得它良好地运转，法律和契约只能让人们被动地遵守，有其强制性，其目的是让人们在其中追求利益的最大化的同时不损害社会和其他人的利益。这样可以避免社会变成一个弱肉强食的丛林社会。这仅仅是社会的最基本的底线，但社会仍然需要美德和良知所构筑的更高的价值标准，没有这样的更高的价值标准，社会还是不能让人们获益。因为仅仅通过法律的调节，既不能穷尽人类的所有问题，也不可能让社会中的人们感到温暖和和谐。如果只有法律和契约，社会上人们所感受的就会是冷漠和浅薄，可能受到作为就会是想方设法地钻法律的空子，在法律限定之外无所不为，这种社会是不可能进步和发展的。

因此，良知和道德的意义在于让社会能够通过它们获得一种向上的力量，一种理想的精神。而"志愿精神"正是这种良知和道德在市场社会中的集中体现。它来自一种对于他人的深沉的关爱，也是意识到仅仅依靠个体的有限性而凝聚起的社群的力量，一种"我为人人，人人为我"的利己利他，达己达人的境界。

所谓"志愿精神"正是这种精神的体现。志愿精神在今天有两个特点值得注意：

一是它是融入本地的社区和生活之中的精神，这种志愿服务往往体现在邻里之间，体现在自己的生活环境之中，志愿者是社区的粘合剂，是社区生活活跃的基本条件。因为社区是人们生活的基本单位，人们除了在工作中之外就生活在社区之中，社区里的人和事和我们息息相关、密切联系。社区的和谐是整个社会和谐的基础。社区中有一些事情是社会管理所难以覆盖和难以涉及的方面，也有一些是需要人们相互协调和相互合作的方面，这些都难以简单地从法律和契约中完全厘定。因此志愿者的帮助他人、关爱他人往往最需要在社区之中得到体现。而这也会导向一种更高的精神境界的寻求，由此来超越在市场经济社会中难以避免的竞争激烈、完成不足所导致的幸福感低迷和认同感低迷。

二是它往往体现在对于特定的议题和焦点的关注上。今天的志愿者往往专注于某个议题的共同努力，这些议题往往还是社会所关注但还没有很好的解决方案的问题，也往往是社会尚未得到高度关注的议题。这些议题包括诸如环境保护、动物保护和动物权利、特殊群体的关怀和支持（如对于艾滋病人或乙肝病人的权利的关注）、文物或文化遗产的保护等等。当然也包括对于重大社会事件如自然灾害或重要公共活动的支持。这些都不仅需要政府和企业的努力，也需要社会的非盈利部门以及志愿者的努力，甚至在许多方面他们还能扮演更积极和更重要的角色。

从这个角度看，雷锋精神在今天正体现在志愿精神之中，像雷锋一样乐于助人，对于他人的痛苦和社会的问题保持敏感，尽到公民的责任，体现奉献的意义，从而提升整个社会，让社会所出现的难以靠其他方式调节的问题得到更好的解决，正是雷锋的永恒的意义，也是志愿精神的永恒的意义。

中国梦在期待新的高度

最近，在网络和社会中，"旭日阳刚"组合所演唱的歌曲《春天里》和"筷子兄弟"制作的电影《老男孩》都引起了强烈的反响。"旭日阳刚"组合被邀请在上海的"怒放"摇滚演出中和原唱者汪峰一起演唱《春天里》，他们的歌声感动了许许多多的人，而《老男孩》在网上的视频也在触动着许多人。这两个现象其实凸显了一个对于当下的中国具有重要意义的主题：我们的"中国梦"是否仍然具有魅力，"中国梦"是否可以迈向新的高度，中国人是否还有能力捍卫"中国梦"的光芒。对于这问题的答案确实有不同的选择，确实有人对于这个问题做出否定的回答，也还有人以消极悲观的"抱怨文化"将中国和自己的未来描述得暗淡灰色。

但我们可以看到，在这些普通人所受到的关注和欢迎的现象之中所呈现的正是对于这问题的肯定的答案。我们可以看到，中国的"沉默的大多数"的声音正在兴起，它们将淹没一时看起来很时髦和很流行的"抱怨文化"。我们可以看到中国民间所蕴含的力量和希望正在发出声音，这应该让所有人听到。

　　我们可以看到，无论是"旭日阳刚"组合还是"筷子兄弟"，他们一方面在面对生活的种种困难和挑战，面临着诸多的问题和困扰时，并没有被生活所磨平，没有被消极的抱怨和宣泄所包围，而是敢于坚持自己的梦想，在这个时刻开始寻找自己的新的可能性。尽管无论是《春天里》的感慨，还是《老男孩》的咏叹，都面对着自己的生活的同时在激发勇气，都回首自己的历程的同时在召唤希望。他们为什么能够打动那么多人，因为他们所展现的是中国最真挚、最坦诚的灵魂，所凸显的是在中国的"沉默的大多数"的普通人的内心世界的丰富和美好。他们确实面临着种种困难，也有沮丧和失落，这里的诉求当然也不是天真和简单的。在这里，正视困难和艰苦，感受失落和迷茫都被真实地表现了，但却在其中有担当，有责任，有继续前行的期望。我们可以感受到，三十多年来中国人赖以走向未来的璀璨的"中国梦"的光芒没有暗淡，中国人敢于承担努力和挫折的那种力量没有丧失。而这些声音为大家所欢迎和认可，正是说明普通人的生活和内心的声音在今天并不是无足轻重的，而是具有着高度的价值和意义的，也说明今天的中国能够给普通人提供可能的平台来展示自己的才华和感情。他们不像网络"红人"那样展示脱轨失序的消极的价值观，更不像在一些人中所流行的"抱怨文化"那样仅仅是将社会的问题和困扰当做自己无能为力、消极颓丧和宣泄"戾气"的理由。正是由于有"旭日阳刚"组合和"筷子兄弟"的声音，我们发现其实中国人对于自己的生活的认识并不像一些人刻意渲染的那样灰暗和失落。实现梦想当然是不容易的，也会在现实中遇到挫折和困难，任何一个现实存在的社会都还不可能让所有人都实现自己的梦想，但我们在奋斗和努力的过程中所展现的"中国梦"仍然是我们共同拥有的力量的源泉。

　　三十多年前，中国人正是在这样的面对自己的梦想和困难的坦诚之中开始创造了我们的今天的。应该说，这三十年，和所有那些曾经流行和广泛传播的悲观失望的预言相反，中国的发展和崛起让世界瞩目，也是任何人无法否定的现实，中国人的努力已经让"中国梦"有了更加灿烂的前景，许许多多的普通的中国人也正是在自己的努力中实现了梦想并同时憧憬着更多新的梦想。尽管今天的中国仍然有许许多多的困难和挑战，但今天我们是在一个一百多年的近现代历史中从未有过的新的平台上，我们所遇到的新的问题和挑战正是由于我们有着更为高远的梦想。其实，这个国家的梦想和我们每个人的命运息息相关，而我们每个人具体的梦想也才是"中国梦"的真切的展开。我们都明白，如果中国不发展，普通人实现梦想的机会就会更小；同时如果没有普通人为梦想而作的坚实的努力，就不可能有中国的进步和繁荣。我们胼手胝足地劳作，我们承担艰苦和辛劳，但我们也收获更多的回馈和肯定，也会有更加美好的生活。可能我们的梦想和现实有距离，中国确实存在着不公正和不合理的现象，也确实还有许许多多的矛盾和问题，这些都需要所有人的共同努力去克服。但由于中国的发展所创造的机会，仍然是世界上最多的，中国所具有的活力和可能性仍然是巨大的。我们可以看到，"旭日阳刚"和"筷子兄弟"所展现的是在今天"中国梦"的乐观和积极的精神，一种不畏惧困难，不害怕挑战，在平和中有坚韧，在困难中有希望的状态。而这正是中国的未来所期望的。

我曾经说过，现在中国的年轻人正在经历着"中国梦"和"抱怨文化"的赛跑，我们现在可以看到，三十多年前激励我们向前走的"中国梦"的能量仍然充足，它仍然让普通的中国人感受到魅力和吸引。在零散破碎、干枯乏味的"抱怨文化"面前展示着力量。我们可以看到活的中国的真的声音正在我们中间为我们的"中国梦"添加光彩。如果说，在过去的三十多年，"中国梦"是无可争议的赢家，我相信，正是由于普通的中国人对于梦想的承诺，"中国梦"还会赢下去，为我们展现新的高度。

走出样板生活

我们的生活可以说充满了样板，无穷无尽的不同的样板涌现在我们面前，无论古典或浪漫，前卫或时髦，都可以找到样板。当下的文化并不仅仅有粗俗的样板，或炫耀富贵的样板，恰恰也有高雅的样板或前卫的样板，我们所需要和追求的另类的风格或者现代的情趣都会有自己的样板。我们有规范的、流行的样板的同时，也有了各式各样的新的另类样板，只是我们以为这不是样板而已。

所谓消费主义并不是当年人们以为的大吃大喝、挥霍无度，反而是讲求品味和"生活风格"，反而是别有追求和日渐优雅。我们的样板其实不是"俗"，反而是"雅"；不是媚俗，反而是媚雅。当代消费主义的多元选择和分众的服务给各种小众的品味和追求一个完备的选择的机会。于是，我们可以发现，拒绝样板不可思议地往往变成了另类的样板。无论是前卫的艺术还是激进的思想都有自己好的样板，只是这些样板让你觉得在反样板。现代主义的艺术当年曾经是了不起的反样板的典范。冲破样板的英雄像毕加索当年何等不同凡响，冲破流俗的趣味，如今也是一种生活风格，受到了新的中产阶级的追捧。整个现代主义如今都成了中产阶级的时髦文化，被到处接受。而像格瓦拉这样的反抗英雄也变成了BOBO族的最爱，他的头像成了T恤上最好的图案，有关他的充满豪言壮语的话剧成了真正的酷和爽的象征。其实，新的中产阶级的妙处就在大家并不是早年老老实实赚钱的守财奴，而是前卫又飘逸的时尚人士。他为慷慨的激情喝彩，为前卫和另类欢呼。他并不从众，而是时刻显示自己未必和别人相同的一面。如今前卫和反叛不但不会如凡高那样潦倒，也不会和格瓦拉那样悲壮，反而变成了一种反样板的样板，变成了我们争相追捧的生活。消费主义时代的日常生活的脱节之处就在于我们将生活割裂成不同的片断，这些片断各不相同，彼此分裂。我们在工作时间是努力发现一切机会的敏感的白领，而下班后我们却体验一种超越"庸俗"的高雅。契诃夫的话剧有一个永恒的主题是反庸俗，如今好像我们人人都是契诃夫，只是我们是八小时以外的契诃夫。

于是，消费主义反而容得下各种变化。一个样板当然不够，那也是工业时代的想法，是老福特的T型车。如今是信息时代，是所谓的"后福特主义"的时代，到处说的是"灵活积累"，于是好多样板让我们眼花缭乱。"总有一款适合你"，你是跑不出去的。

我们对于家居的选择其实也是如此，我们的"个性"其实也是消费文化塑造的，也就难免在其中，而且这并不是如来佛的手心，孙悟空想跳出去却出不去，让人痛苦，如今却是让你觉得在手心之外，其实还是老老实实地在手心之内。看看每一种人都说自己已经超越了样板，其实还是有个样板在。人人说不要样板，一旦没有样板，我们还真立即就不知所措。

难道我们没有办法拥有拒绝样板的生活了吗？

其实生活并不这么无奈，其实我们可以知道自己在样板里，未能免俗，却能够清楚地自我观照。虽然难免样板，却能够有一份超越的自审。样板未必能避免，却可以避免迷信样板。同时，其实我们自己还有记忆和历史，这就像我们每个人的指纹，是没有办法跳过或篡改的，是没有样板的个体性的展示，那是样板抹不去的东西，是个人的见证，只要我们不用样板压制这样的东西，我们就可以在样板之上加一点东西，一点属于我们自己心灵和记忆的东西，一点自己的隐秘的诗意，一点多余却对于自己具有巨大意义的东西。有了这样的多余之物，一个家会有一种"灵氛"，一种活气，一种属于自己的空间的感觉。虽然有样板，但我们不必害怕样板，只要里面有自己的多余之物，有属于自己的一些不可抗拒的个人的痕迹，一些属于主人自己的隐秘的物品，家就会活起来，就会有你的生命在其中灌注，就会有一种不可思议的活力。

我们经常在高雅的杂志上看到一些完美的家，他们让人惊叹其完美，但却又让人觉得好像不是人住的地方，而是一座天堂。而一个家如果是天堂，它就难免是样板，也就难免乏味和单调。就像刘心武曾经讲过的：一个美人实在太完美，就让人疏远，而一颗美人痣则让她接近了人间，成了我们可以迷恋的可爱的人。

于是，我们好像应该从天堂回到人间，让我们在天堂一样的家里寻找多余的人间之物，它应该如同指纹一样记下我们自己的人生。让我们拥有样板之外的一点点不同的东西。

这实在难得。

第四辑

当下的追问

"海"的内外两边

"海归"还是"本土",这是一个问题。

这个问题大家已经讨论了许多年,到今天也没有一个结论。但无论如何,"海归"已经从一个时髦的名词变得普普通通,我们见到的"海归"也已经觉得平淡无奇了。连"海带"这个名词也已经流行了一些年。我们见到的有过留学的经验的人已经越来越多,过去海外经验的神秘性现在已经越来越淡了。

事情其实就是如此,物以稀为贵,多了就渐由绚烂归于平淡。中国的开放一晃已经近三十年,一批老的海归回国也已经二十年,现在就是没有留学经验的人海外也已经都转过一些地方,多少有了一点经验。国外的大学是怎么回事大家也都已经心知肚明,激发不起那么大的新奇感了。这样的司空见惯、平淡无奇,现在变成了大家对于"海归"的普遍的看法。当年狂热的"留学热"现在也变成了仅仅是年轻人的一种出路而已。当年我们谈到"海内""海外"的差异都觉得是天壤之别,到了今天再看,其实远没有那么遥远。

八十年代的时候谈起海外才真是时髦，有过出国经验的人就可以到处作报告，讲自己的经历就已经够有传奇性了。还记得八十年代初我在北大读本科，我们酷爱听在欧美访问过的人做的报告。他们讲的那些海外奇谈都让我们钦佩得五体投地，觉得实在新奇。如说起美国的大超市面积比一个足球场还大，美国的农民一家人种的地比我们一个公社的地还要大等等，确实是想象不出来究竟是怎么回事，我的一个同屋同学来自乡下，就和我议论为什么美国人一个公社那么大的地只用一家人种，别的人去干什么呢？。这些讨论其实还是相当认真的，没有一点王朔式的玩笑的意味。

还有一次一位驻东欧的新华社记者来讲东欧的情况，据她说东欧的生活水准也远远超过我们这里，她抱怨我们的眼光总在西欧和美国上，其实东欧也是很不错的。她说捷克等地方的人也都有别墅，到了假日就到乡间度假，生活相当优裕。我听得也是津津有味。

当时我们接触外国人的机会都是和一些留学生的来往。我们其实对他们相当真挚，有同学到留学生楼和他们"陪住"都觉得是光荣的事情。我们也会慷慨地拿我们不多的钱请他们吃饭。而学习什么《林格风英语》《新概念英语》《跟我学》之类其实是看别人的文化，好多新奇事我们就是靠这些英文教科书了解的。

一个社会和外部世界隔绝得久了，突然接触了世界，一定会有颇为天真的反应。我记得那时有一篇有关"新时期"大学生生活的小说，就是写一个大学生由于和外国留学生交往而思想发生变化，最后堕落了。这样的故事似乎大家都觉得理所当然。至于"港客"，就是当时到内地来的香港人也都是大家追捧的对象，如一部八十年代初有名的电影《夕照街》就渲染港客在北京胡同里引起的轰动，对于这种现象给予抨击。

上面讲的这些就是那时候格外时髦的我们"走向世界"的观念的表现。当时湖南的钟叔和先生出版过一大套"走向世界"丛书，其实就是晚清时的人们在海外游历的各种游记的汇编。我当时正是狂热读书的时候，那些书都读了。书里晚清人对于外部世界"奇观"的陌生、好奇和不可思议的理解都让人觉得非常新鲜。序是钱钟书先生写的，却对这一观念有点调侃的意味："'走向世界？'那还用说！难道能够不'走向'它而走出它吗？哪怕你不情不愿，两脚仿佛拖着铁镣和铁球，你只好走向这个世界，因为你绝对没有办法走出这个世界，即使两脚生了翅膀。人走到哪里那里就是世界，就成为人的世界。"我觉得钱先生话里有话，但当时也品不出来。

那时候大家对于"留学"海外这种事几乎都是觉得不得了的。偶然有一个两个海外来教书的就觉得格外不得了了。这种对于"海归"的敬仰其实是来自我们对于外部世界的陌生感。八十年代后期，零零星星有一些新时期以来出国的海归回来。我们都格外热心地期望他们给我们传经送宝。记得现在回忆八十年代的查建英女士当年曾经写过几篇留学生小说，我曾经写过评论，感慨"第三世界"的留学生的经验的复杂。现在想来这小说和评论似乎都还有刚刚接触外部世界的天真之处。虽然都是真的情感和真的思考，却未免显得过于单纯了一些。八十年代直到九十年代初，我们对于"海归"都喜欢说"谢绝国外高薪聘请"，说明了海外赤子的拳拳爱国之心。这些说法当然是真诚的，也有相当的真实性，但却也仅仅是部分的真实。那时国内和国外的收入差距真的很大，这么说自然是有理由的。其实对于"海归"之类的天真的敬仰还是来自于"海内""海外"的真正的隔膜，以及我们跨越隔膜的渴望。所以"国际接轨"的首要之处是有几位"海归"。"海归"的价值自然不言而喻。

今天的情况为什么大变，就是由于我们已经没有了隔膜。海的两头已经连在了一起。海那边和海这边几乎常来常往，感觉上也近在咫尺。新奇感、陌生感有点消退。于是海归和本土不得不在同一个起跑线上竞争。各有各的优势，各有各的长处，妆点门面的事情也越来越没有什么可作，中国自己的发展其实已经是最大的门面。于是我再看钱钟书先生的那几句话，越觉得话里有话。

他的话里的意思我们还可以再琢磨。

"兼听"的重要性

中国古语有云："兼听则明"。这句话对于今天来说也并不过时。"兼听"正是面对纷纭复杂的世界的必要的选择。没有"兼听"的明智，我们就会盲信和武断，也有可能窄化我们自己的视野。今天的媒体社会，看起来舆论已经非常多样化，各种意见都有机会被大家知道，但其实也未必能够做到"兼听"的从容不迫和明智安详。一旦舆论的走向和公众的情绪结合起来，往往使得言论的空间被压缩，言论的激情化和论点的极端化就很容易以煽情的方式将意见简单化，使得不同的意见之间的讨论和公众对于多样的信息的了解受到限制。目前以博客和跟帖等匿名方式出现的网上言论对于舆论的影响力和支配力正在迅速增大，这当然也反映了一部分民意，有其积极意义。但这些言论往往由于匿名而相当的情绪化，同时又对于其他人的不同意见形成了简单的一笔抹杀的群体效应。而一旦像报纸这样的传统媒体仅仅是跟着网络里的博客或跟帖的舆论走向走，言论的客观性就难以保证，也就难以让不同的角度和不同的思路之间有更客观和理性的讨论。我们的媒体有时候太喜欢一哄而起，也太喜欢做出斩钉截铁的结论，我们往往喜欢善恶分明，也喜欢正邪立断。但遗憾的是当代社会的运作实在太复杂，问题也太多样，往往没有这样的简单的结论。所以，"兼听"确实是分析事务的很好的办法。

有一个最近的例子正好可以说明我们可能需要更多的信息和更多的分析，也可以看到由媒体中得到"兼听"的困难。去年和诺贝尔和平奖的获得者是"小额信贷"和"穷人银行"的倡导者尤努斯。这当然是对于他的毕生的努力追求的强烈的肯定。我们的媒体对于他的报道几乎全部是彻底的赞美和肯定。他的一些名言，如穷人比富人更诚信之类更是得到了广泛的报道。而对于他的穷人银行的报道更是全面的赞美和肯定。我们的媒体几乎都认为，穷人银行是让人创业，开办自己的生意，告别贫困的灵丹妙药。这当然可以理解，也当然有其实实在在的根据。但对于公众了解各种复杂的信息就仍然有所不足。我自己不是经济学方面的专家，当然就会认为媒体的报道天经地义，无可置疑。

但 2007 年第五期的美国《新闻周刊》的中文版刊出了一篇《小额信贷的神话》的文章，其中就对"穷人银行"和"小额信贷"提出了质疑。它的理由似乎也有某些根据，不能一笔抹杀。这篇文章指出："帮助贫穷国家的小额信贷不单未能改善像孟加拉国及巴西等地的状况，当地的贫穷现象比以往更加糟糕。"其中引用了一个研究者迪希特的论文认为："贫困借贷是一项糟糕的社会政策，一个糟糕的发展战略和一项糟糕的业务。"此人认为："有些借款人根本不能靠贷款摆脱贫困的困境，而其他人则把借来的钱花在消费品上。"这篇文章认为："没有制度和文化上的改革配合，单靠钱不能解决问题。"这里提出的一些论据，如孟加拉国和巴西的贫困状况并没有显著的改善是大家都知道的事实，这当然不仅仅是"穷人银行"的原因，但说明"穷人银行"的效果未必非常大，却也是相当有力的证据。文章中也提到"宽松的贷款掩盖了更高的拖欠比例"的问题，似乎这是回应尤努斯的关于信用的看法的见解。这篇文章中也有尤努斯和他的同道的辩护和反驳，其中也有值得思考的论点，如一位尤努斯的同道在回答"微型金融的快速发展最终是否可能以泡沫破灭而结束"的问题时指出："如果借贷人寻求短期的回报，这也许会发生。当他们试图服务于世界上最贫穷的30亿人口时，人们不得不进行反思了。"这里尤努斯和他的同道的道义的感召力让我们由衷地钦佩和感动，但"穷人银行"是一种慈善事业，而不是一种经济行为的状况也由此可见。

我觉得我们不应该简单相信这样一篇文章，它肯定有自己的倾向性和价值观。这些都会导致报道的不准确和未必客观。我们也绝对不应该因为这样一篇文章就对于"穷人银行"的价值有所质疑。尤努斯的卓绝的努力仍然让我钦佩。这些都毫无疑问。但"穷人银行"的效果见仁见智却由此可见。我们的公众显然也需要这样的信息和这样的公开的讨论，这种讨论两方可能都难以避免偏见，但公众却有了机会对于他们所看到的事务更多的视角和更多的分析。例如我这样的经济学的外行就会觉得在"穷人银行"的问题上有更复杂和更辩证的角度是需要的。这不是对于尤努斯的崇高的努力的轻视，反而是我们会更加理智和更加客观地思考事务，避免盲目性。但我觉得我们的媒体在报道尤努斯和"穷人银行"的问题时可能还没有这样的视角和双方观点的展开。

如何让"兼听"变得更容易，让不同的观点得以展开，还是我们的媒体和公众面临的挑战。

"可释"和"可译"：再思"国学热"

最近，大家都在议论"传统文化热"或者"国学热"的现象。这一波的传统文化的复兴热潮是以许多具体形态的传统文化的表征的复活为标志的，其深刻的背景是中国三十年来的改革开放所取得的巨大的经济成就带来的新的文化自信，和中国和平发展所带来的国际地位的迅速提高。这种新的现实使得我们感受到了在中国追求"现代化"的二十世纪，传统文化有一种"空洞化"的状态。在二十世纪的历史中，一方面，我们为了追求民族复兴而高扬"民族精神"，激励我们在逆境中追求富强的努力，我们往往需要像岳飞、文天祥等民族英雄来振奋我们的精神，鼓舞民族的斗志。我们往往仅仅接受"现代性"标准下的一部分"抽象"的传统。而另一方面，我们则将许多传统文化的"具体"的表征视为"落后""封建"的标志而加以批判。在这一波新的"国学热"中受到追捧的"儒家"以及像传统的节庆文化、祭祀文化和传统服饰等等都曾经受到过激烈的否定和批判。

这就形成了一种矛盾的状态：在"抽象"的"民族精神"的高扬方面，

我们曾经做过许许多多努力；而对"具体"的许多传统的表征加以批判和否定，简单地以"移风易俗"等方式将中国传统的具体生活形态加以抛弃。所以，我们有关二十世纪中国面对传统文化的态度一直有争论。有些人认为我们过度地强调传统，也有人认为我们在"全面反传统"。其实这是在"抽象"的传统和"具体"的传统的不同的选择。冯友兰先生在二十世纪五十年代提出的对于传统文化的"抽象继承"的说法，其实是当时中国的文化选择的一种表述，道出了二十世纪我们继承传统的方向。这种选择正是由于二十世纪中国的历史情势所决定的，是一种历史的必然。而今天的"国学热"或者"传统文化热"其实正是在新的历史情势下，在一个经济相对富裕和社会环境相对宽松，告别了民族悲情和屈辱的背景下，我们开始认识到"具体"的传统文化对于我们的日常生活和价值选择的意义。所以，这一波的"国学热"其实有其深刻的历史背景，和以往的一些传统文化弘扬的运动有很大的区别。

面对这样的新的"国学热"和"传统文化热"，有两个问题是值得我们注意的。一个是中国人自己遇到的传统和现代的问题，也就是"古今"之间的复杂关系，另一个是中国的传统文化在新的全球化进程中遇到的，也就是"中西"之间的复杂关系。这两个关系其实已经困扰了我们许多年，现在却在以新的形态困扰我们。最近，有关易中天、于丹等人的"电视讲古"的潮流的争议，关于李白是否"古惑仔"的争议，以及一度被误读和炒作的和我有关的所谓"孔子和章子怡"的问题等等其实都凸显了这种复杂关系的微妙和敏感。一方面，一些人感受到了传统文化的具体形态在当代生活中的式微，对于传统的"空洞化"感到焦虑。急于以"毕其功于一役"的方式"光复旧物"，弘扬传统。另一方面，也有些人由于新的文化自信的产生，而对于中国文化在全球的状态也产生了强烈的焦虑，急于以一种同样"毕其功于一役"的方式向全球推展中华文化。其实，这样的强烈要求当然是有其历史的合理性的。但其间所遇到的问题却也无法忽视，我觉得有两个方向的问题值得我们高度关切：

首先，在"古今"之间的关系上，其实我们所遇到的问题非常复杂。从汉语的表达上，"文言"和"白话"是有很大差别的，而古今生活中的差异更是巨大。传统文化经过了二十世纪的"现代性"的阐释之后，其实已经和过去有极大的区别。其中的"可释性"的问题，也就是古今之间的差异如何得以克服，如何以当代的方式阐释传统文化的问题其实相当巨大。如何让当代人理解传统文化，并且对传统文化进行可以为当代中国人深入理解的表达，尤其是让当代的年轻人更好地了解传统，其实是需要进行艰苦努力的工作。这当然不可能一蹴而就，也不可能凭着我们的一厢情愿的要求就可以简单地实现。这就要求对于传统文化的"可释性"进行深入的探讨，从而便于传统文化在中国内部的传承。

其次，在"中西"文化之间更存在着深刻的差异，我们会遇到语言方面、生活方式方面、价值观方面的诸多问题。其中如何将中国的传统文化转换成为国际上其他文化可以易于理解的内容，也就是一个"可译性"的问题，其实是我们在文化"走出去"中间经常遇到的。我们常说的"越是民族的越是世界的"的认识当然有自己的依据。但从文化的"可译性"方面看，"越是世界的越是民族的"的说法也是有自己的依据的，也就是说，中国更加易于被他人和不同的文化普遍理解的文化，反而更加容易被认为是中国文化的象征。从这个角度看，在对外的文化传播中，关注"可译性"的问题可以说是难以回避的。只有具有"可译性"的文化才可能被了解。

由此看来，如何让传统文化具有新的"可释性"和"可译性"，是需要我们付出艰苦努力的工作。这需要我们有灵活的策略，坚定的意志，对传统的认真思考和了解，对当下社会和世界的开放而平和的视野和胸怀。

"农民工"与城市

有关"农民工"与城市的问题，其实是城市化难以避免的一面。在近百年的中国"现代化"进程中，农民进城的问题其实就是和中国的深沉的悲情相联系的。中国现代城市的历史其实就是有一个重要的侧面是农民进城，成为工人。看看《骆驼祥子》里的祥子其实就是典型。

对于二十世纪中国"现代性"的文学来说，"底层"劳动者的命运一直不仅仅是一个社会阶层或群体的命运，也不仅仅是个体的命运，而是中国和中华民族的命运的象征。每一个个体并不是自身的命运的展开，而是一个民族的形象的展开。由于中国在十九世纪后期以来的民族的失败和屈辱的历史，中国人的个体的贫困其实是民族的贫困和危机的"寓言"。从这个角度，我们可以理解二十世纪以来的中国"现代性"的文学在表现底层劳动者的时候所采取的表述的意义。

我们可以举出在中国现代文学开端时刻的两篇关于"人力车夫"的作品来稍加分析，一篇是鲁迅的《一件小事》，另一篇是胡适的诗作《人力车夫》。这两篇关于人力车夫的作品的情境相似，都是一个作为中产阶层的知识分子的"我"和一位车夫之间的相遇，但显示了相当不同的取向。《一件小事》所体现的是劳动者的品质，车夫面对一个事实并不清晰的撞人事件和一个似乎并不真诚的老太太所采取的承担责任的态度，使得他作为底层人物的道德的崇高性得以确立。从而使得叙述者"我"突然感到一种异样的感觉，觉得他满身灰尘的后影，刹时高大了，而且愈走愈大，须仰视才行。而且他对于我渐渐的又几乎变成了一种威压，甚而至于要榨出皮袍下面藏着的'小'来"。（《鲁迅全集》，北京人民文学出版社，1981年第一卷459页）而这个车夫从此以后就对我起到了一种楷模的作用，"教我惭愧，催我自新，并且增长我的勇气和信心。"（同上460页）在这里，车夫已经不再是一个"具体"的个人，而是整个民族的承担的勇气和力量的象征。这里的"小事"经过"抽象"的过程而得到了升华，它是抽象的和超验的。这可以说是"严肃性"的最佳的表征。但胡适的《人力车夫》则与此不同，作者给我们展开的是一场世俗的对话，给我们的是一个"具体"情境中的车夫的具体生活状态。他所写的"相遇"具有某种世俗的特征。他写一个车夫才十六岁，"你年纪太小。我不坐你车。/ 我坐你车，我心惨凄。""而车夫话非常具体："我半日没有生意，我又寒又饥。/ 你老的好心肠，饱不了我的饿肚皮。/ 我年纪小拉车，警察都不管，你老又是谁？"而客人只好说"拉到内务部西"。（《胡适文集》，北京人民文学出版社，1998年版，204页）在胡适这里，贫困是一种日常生活的存在，并没有超验的意义。所以，它是具体的和世俗的，其实这里的表达就具有某种日常生活的意义，而缺少"严肃性"的表达。这可以说是中国"现代性"文学想象对于贫困的两种不同的选择。但由于中国的贫苦和危机以及中国人的深切的民族悲情，使得我们必然地将贫苦的个体升华为"民族寓言"。贫苦就有了天然的道德的合法性。因此，胡适的《人力车夫》将贫苦处境世俗化地表现就没有成为中国"现代性"的文学传统，而且受到了否定和批判。贫穷和苦难的超验和抽象的价值变成了中国现代性的基本的形态。于是，老舍的《骆驼祥子》将祥子渴望发财的失败的命运写成"个人主义的末路鬼"，直到五十年代到七十年代的当代文学将发家致富表现为一种错误的道路和选择，都体现了贫苦不仅仅是个人或者群体的具体状态，而是中国的第三世界的苦难和贫苦的象征。贫苦在此不是个人的命运，而是一种巨大的"深度"。这种"深度"和西方文学在十九世纪和二十世纪初叶的现实主义潮流中对于底层的表现有极大的不同。对巴尔扎克、狄更斯和德莱塞来说，贫苦不是他们的国家的命运，而仅仅是个人的命运，所以在那些经典的现实主义或自然主义的作品中，个人向上奋斗的梦想还始终存在，对于底层的悲悯同情与对于他们改变命运的现实可能的想象始终存在于这些经典作家的作品之中。可以说，中国文学对于贫困的现实主义式的表现其实和西方的"现实主义"文学有相当的不同，这种形态上的差异正是历史形态的差异的结果。

但今天的问题在于，中国的全球化和市场化所创造的"新新中国"已经完全超越了二十世纪中国"现代性"对于贫穷的想象方式。中国的"和平崛起"使得国家告别贫困的发展前所未有地获得了成功。可以说，今天的中国是整个二十世纪历史中难以想象的丰裕和繁荣。虽然贫苦问题仍然是中国当下的具体的现实存在，是一个值得我们高度关切的问题，但它显然已经和中华民族的命运和中国的处境脱钩。贫穷的个人或者群体的处境变成了一种具体的个体或者特殊群体的命运，它不再能够产生过去所产生的"民族"寓言的"深度"。贫苦和中国命运的历史的联系在今天已经过去。于是，农民工的问题，才真正成为一个具体的，值得我们高度关切的社会问题和特定的群体的命运。今天我们对于"农民工"与城市的关切才具有了一种前所未有的具体的意义。这其实会让我们更加关切每一个具体的"农民工"的命运和他们的具体的生活状态，也更加专注于实实在在地改变他们的生活。我们可以发现，正是由于"农民工"的问题，从抽象的

"寓言"转化为具体的日常生活的问题，我们才可以看到，抽象的"寓言"所期望的是一种"解放政治"的现代性的冲动，而"日常生活"的表现，则在期待着一种在生活中的具体的解决方案。因此，今天我们对于"农民工"的关切其实具有了相当重要的新的意义。

"取今复古，别立新宗"：一百年的责任

2007 年岁末，我参加了一个探讨鲁迅先生在 1908 年发表的《文化偏至论》的研讨会。会上人们都在进一步尝试思考和理解这篇鲁迅先生 26 岁时写成的文章对于今天中国的作用。其中的裘沙前辈尤其让我感动，会议室的四壁挂满了他为传承鲁迅的思想而作的充满力量的绘画作品。他以耄耋之年，衰弱之躯，却不断地为了让今天的人们更好地了解鲁迅在一百年前的这篇文章做着坚韧的努力，撰文作画，在寂寞中传承鲁迅先生的思考。这种精神和意志都让人钦佩。

在会上听着大家的发言，我确实得到了诸多教益。这篇用典雅的文言写成的作品，其实充满着强烈的激情和思想的力量，直到今天仍然让大家感受得到。从它 1908 年 8 月在《河南》杂志上发表到今天，已经有了整整一百年的时间距离。而这篇文章在其发表之初也没有多少人阅读和理解，后来这篇文章也仅仅被视为鲁迅先生早年的试笔之作。但到了今天，这篇文章的知识背景和思想脉络经过许多研究者的探索而逐渐清晰，其对于今天中国的价值和意义也开始逐步被人们所深识。

　　对于我来说，重读这篇文章所产生的震惊在于这是一个 26 岁的年轻人在他的民族面临着最深刻的文化和社会危机的时刻所进行的思考，也是一个接受过中国传统教育的年轻人在和种种现代思想初次相遇时的最为执着而坚韧的探索。这篇文章的立论基础正是来自鲁迅先生当时在日本所接触的有关东西文明发展的"大历史"的观念，对于人类文明的起伏发展进行了简要而深入的概括。这种对于中西文明史的思考和追问当然深受当时的时代思潮的影响，但所表现的文化自信和自觉力量直到今天还仍然有其独特的价值。这是这位二十世纪中国思想最重要的人物的精神生活的起点，它会留给我们珍贵的精神滋养。

　　一方面，这里有对于自己祖国衰败和贫弱的清醒的认识和尖锐的批判。他充满了对于祖国的发展的忧虑和期望。另一方面，这里也有对于当时所流行的仅仅重视"物质"的西方文化的反思和批判。鲁迅指出："递夫十九世纪后叶，而其弊果益昭，诸凡事物，无不质化，灵明日以亏蚀，旨趣流于平庸，人惟客观之物质世界是趋，而主观之内面精神，乃舍置不之一省。""十九世纪文明之一面通弊，盖如此矣。"鲁迅先生正是没有将西方文化和中国文化简单化，而是试图在其中发掘各种不同的积极的因素。

　　鲁迅先生在这篇文章中深刻地提出了"立人"的思想，他点明："是故于生存两间，角逐列国是务，其首在立人，人立而后凡事举。"这其实是贯穿他的一生的追求。这种"立人"的主张正是鲁迅思想的核心。

　　"立人"则需要的是"外之不后于世界之思潮，内之仍弗失固有之血脉，取今复古，别立新宗。"这一"取今复古，别立新宗"的思考正是鲁迅这篇文章留给今天中国的最为宝贵的财富。

　　鲁迅先生在一个世纪之前所提出的这样的思考，其实对于我们今天如何在高速的经济成长与和平发展的进程中建构自身文化的新的根基和价值基础有其重要的意义。鲁迅当时面对的是中国深重的民族危机，但他的眼光其实没有停留在解决这样的危机的技术和物质的层面，而是从一个人类精神发展的高度提出了自己对于中国的期许。

一方面，这里有对于传统的反思和追问，但也有对于中华文化的坚定的信心。他对于我们所"固有之血脉"的不可失去的信念其实正是基于一种深刻的文化自信。另一方面，这里有对于西方学习的热忱，但也有对于西方文化的清醒的体认和反思。他对于"世界之思潮"的把握也正是基于一种深刻的文化自觉。自信使他对于中国抱有最强的信心而有向上的动力，自觉让他能够保持对于世界的理解和学习的能力。在今天中国已经有机会告别二十世纪深刻的民族悲情，创作自己的新的未来的时刻，我们也要看到鲁迅先生提出的"取今复古，别立新宗"的目标在这艰苦奋斗的一百年中还未完成，这其实是期望一种文化自觉和自信的展开。中国的今天不仅仅要在物质的层面上获得更大的发展，给予中国的普通的人民更大的生活的改善和物质的满足，而且还要有一种对于人类文化和精神的新的创造和新的向上提升的价值的展开。鲁迅先生所告诉今天中国人的正是我们不仅仅需要物质上的成功，也需要精神上的超越和提升。

在 1908 年 8 月，鲁迅先生发表《文化偏至论》的时候，他的声音是寂寞的，而那时的中国也没有机会实现他的期望。但在 100 年后的 2008 年 8 月，中国将会举办奥运会。我们应该做出努力，让"取今复古，别立新宗"的自觉和自信变成我们生活的现实。

这是一百年中国给予这个时代的责任。

"傻瓜" 形象

当代人似乎进入了一个"傻瓜"式的新的科技不断介入我们生活的时代。

我们这个时代的技术带来的后果是充满矛盾的。一方面，我们大家在享受技术的后果。越来越舒适，越来越简单的实现我们自己的目标变成了技术的追求。最明显的是所谓"傻瓜相机"，只要一按，其他的一切都交给机器。当然今天的傻瓜相机连胶卷都没有了，它变成了电脑里的无数即兴拍下的东西。这似乎是一种人类的奇迹，我们可以像一个傻瓜一样永远不停地拍照，你的相机都有巨大容量的存储卡，你还可能带着相机伴侣。当年我们说不懂摄影的人是"谋杀菲林"，今天在巨量的存储面前，已经没有菲林需要谋杀了。而其他的电子产品也都是如此。对于我们这些外行来说，这里的一切已经是达到了简单的极限。洗衣机是傻瓜的、电脑是傻瓜的、手机是傻瓜的，技术为我们提供的是简单之后的再简单。一切都那么明亮和清晰，一个按钮的后面就是一切。自动再自动之后，我们就发现自己的生活变得越来越单纯了。一切需要都有了技术帮我们解决。但另一方面，我们发觉这后面的一切似乎越来越超出了我们的掌控，我们的技术就好像那个佛兰肯斯坦一样的怪物让我们越来越失掉了自己的能力。

我们担心像《黑客帝国》里面一样生活在电脑的幻境之中，没有了任何现实感。里奥式的好汉在于他可以超出这外表光洁的一切，进入真实的废墟，但我们大家好像没有这么强有力。我们也担心这种异常舒适的"傻瓜"生活可能我们几乎什么都可以做，但我们又什么都不懂。这里当然找不到我们不是"傻瓜"的时候亲力亲为的实实在在的感觉。我们觉得方便之余，又觉得自己被冥冥之中的神秘之物所控制。过去我们一切都没有机器帮忙的时候，我们害怕鬼神和上天，现在我们开始害怕自己制造的机器了。进步越大，我们越紧张。所谓"异化"的焦虑和不安一直是人们苦闷的中心之一。我们躺在技术上面越来越舒服的同时，我们的心情却又非常的忧虑。我们担心技术在诱惑我们的同时又控制我们，最后我们变成了它的奴仆。我们迷恋技术提供的一切，但又对于自己的迷恋深怀疑虑。拒绝技术的怪人我们大家都佩服，但是没有几个人追随他们真正这么做的，但这不妨碍我们崇拜他们。我们明明知道自己喜欢这些方便，但又觉得自己比起前人来享受太过，应该限制。但我们仅仅在一些象征性的日子或者象征性的地方才会有这种决心和意志。我们今天信誓旦旦地要决绝地拒绝技术，明天又开始要换新型号的手机了。而批判电脑造成文化流失的大作也是用电脑写的。这个矛盾我们不愿意谈论，但它实实在在地存在。

这种矛盾性似乎让我们感到困惑：技术专家觉得我们做的越好，就越受人批评；而人文学者认为，我们今天的舒服，恰恰是我们自己越来越危险的标志。我们把一切都交给了科技，自己该怎么办呢？至于公众，当然是一方面对于技术的渴望无穷无尽，总是觉得自己应该没完没了地舒服下去，但又有愧疚之心，时时提出疑问。这些其实就是人类的常态。人类的每个时期都有人对于"进步"提出尖锐的追问，这些追问者也往往是我们不得了的先哲；我们也每每遇到许多悲观的预言家，觉得人类这样发展下去一定会毁灭的，他们被我们看成伟大的批判者。但遗憾的是，人类还是控制不住自己向物质的丰裕前进的欲望。我们喜欢那些悲观的哲人的同时，也喜欢那些实实在在的舒适和方便。我们反思让我们不至于真的成了傻瓜，但我们还是喜欢"傻瓜"般的技术。我们依赖他们的程度从来没有今天这么深，我们的忧虑也从来没有这么深。技术当然是双面刃，发展它肯定有风险，但不发展却让我们不能忍受。我们永远处在这个两难之中。

不过我们可能就是这个两难的产儿。一面我们批判，一面我们要享受；一面我们极其忧虑，一面我们难免想着技术的好处。其实人类被技术毁灭的说法已经流行的好多好多年了，但是从来没有实现过，但这不妨碍我们接着忧虑，也不妨碍我们接着忧虑。因为我们就是在这样的不断地发明，不断地忧虑中过来的。我们偷偷欣赏那些发明，公开赞赏那些批判。这不是我们文过饰非，也不是我们口是心非，而是我们的批判和我们的欲望越来越平衡了。批判是我们所期望的，但"傻瓜"式的幸福也让我们流连。这就是我们自己的形象。

"市场失灵"的复杂性

最近看到的时评中非常流行的说法就是"市场失灵"。我们似乎在大到住房小到牛肉面的许多领域里都遇到了"市场失灵"的现象，引起了多方的关切和批评。于是一些论者强烈要求政府在各个方面介入其中，对于市场进行强有力的干预。有些论点的拳拳之心当然是难能可贵的，但似乎可行性未必很高，如提出按人口平均分配住房的高见，就是一个非常有趣的例子。这里有两种论点是非常流行的：一是在越重要的领域里，似乎市场越是失灵的。二是有些人往往认为"市场失灵"是难以校正的常态，似乎需要用过去的"计划"来取代。这些议论在今天许多社会问题不能简单地依赖市场解决的背景下，自然有其合理性，但还是让我想到了问题可能还有其复杂性。

"市场失灵"的现象也确实是广泛存在的，如大家诟病多多的教育和医疗等问题就显得相当严重，当然需要政府的介入。在任何市场经济的社会中，国家的干预都是不可缺少的。市场不可能在一切方面起到良性的作用，这一点除了偏激的"市场万能"论者之外，不会有什么人怀疑。我们过去对于市场的局限性有过非常深入的批判和令人信服的分析，有些观点直到今天仍然有其效果，还需要我们很好地记取，这些都是没有疑问的。

但我们也不应该忘记恰恰我们是从一个"计划经济"的社会里走出来的。我们是由于遭遇了异常严重的"计划失灵"才转向市场经济的。正是由于当年的"计划失灵"太严重，我们才会选择今天的市场经济。当然当年的计划经济有自己的历史条件，也有成就，我们不应简单否定。但如果当年的计划经济好得不得了，自然也就不会有三十年的改革开放，也不可能有今天中国的繁荣和发展。无论如何，今天的"市场失灵"比起当年的"计划失灵"不是在一个水平线上。如果说我们今天看到确实存在"市场失灵"的现象，就认为当年的计划灵得很，也就不是一种客观的态度。就拿住房问题来说，最近我看到有人的文章说今天的房价过高，于是怀念当年分房制度如何好，如何妙不可言。我想这恐怕不是实事求是的态度。大家只要还有一点实事求是之心，就得承认当年的住房问题其实远比今天严重。看看八十年代王蒙的小说《风筝飘带》和刘心武的《立体交叉桥》，就会明白那时候的住房问题是何等巨大，生存空间的匮乏是何等严重。我还记得我们家曾经有个邻居是主管分房的科长，经常有人到他家大吵大闹，扬言要住在他家。还有年轻的小夫妻到他家拿起馒头就吃，因为他确实给不了他们房子。而当时大家的居住条件究竟如何不用我再多说。正是由于过去的单位分房的方式解决不了住房问题，"计划失灵"，才有了住房制度的改革。正是由于住房制度的改革和新兴的房地产业的发展，给了许多人改善住房条件的机会。当然，这里做得肯定还不如人意，还存在许多的问题，需要认真对待和改变，但毕竟由于"市场有效"才有了这些变化。当然，对于低收入者的住房保障等问题还是非常紧迫，但毕竟社会的发展提供的条件不可同日而语了，解决这些问题的基础其实已经雄厚了太多。

最近猪肉涨价，也有人说当年猪肉如何便宜。我看到《三联生活周刊》上一位笔名"土摩托"的撰文回忆当年用肉票时代的困窘和他对于猪肉匮乏的焦虑。文章写得惟妙惟肖，确实说出了过来人的感慨。那时候猪肉确实很便宜，但确实是一种难得的稀罕物。看看苏童的小说《白雪猪头》也会了解当时的生活实相。我想，多数人对此都会有同感。猪肉今天的涨价带来的问题再严重，也不可能和那时候的匮乏相比吧。

　　毫无疑问，今天的"市场失灵"的问题绝对不应该回避，应该想出现实的对策来解决。但一旦市场出现了"失灵"，就希望回到当年的"计划"去却是一种真正的天真和真正的空想。正是由于市场在许许多多方面的"有效"，中国才可能有今天的发展，而我们大家才会有今天的普遍的生活改善。这样说，当然绝不意味着对于"市场失灵"辩护，而是说，正是由于在大多数领域里"市场有效"依然是客观的事实，今天市场有效仍然是多数领域里的实际情况，我们改变"市场失灵"才有条件。这一方面需要我们对于"市场失灵"有客观的分析，看看哪些是由于市场经济尚未发展完备，市场还有自我调节的空间，可以经过市场本身的发展让目前出现"失灵"现象的市场变成有效。哪些是必须坚决地由政府介入和保障的。对问题有更深入的体认才可能对症下药。另一方面，则需要更加充分的不同意见的探讨和更加科学的决策机制，避免一看到"市场失灵"，就走向另外的极端。面对"市场失灵"，一面是更好地健全市场，一面是对于确实市场无能为力的，坚决地由政府干预和保障。

　　总之，大而化之地将一切问题都归于"市场失灵"未必能更好地分析和解决问题。

　　面对社会具体情况，实事求是地加以解决才是更好地避免"市场失灵"的方向。

"危"与"机"

"危机"这个词在最近的金融风暴的背景之下变得越来越常用了。

过去我们用危机来形容事物的时候，其实是一种提醒，一种警示，我们高叫各种事情面临危机的时候，其实事情只是有些小毛病而已，没有什么不得了。就好像小孩高叫"狼来了"的时候，狼其实还远得很。但今天真正的全球性危机到来的时候，大家才真正感受到危机的力度和强度，才感受到"危机"真正出现时的严重和间不容发的紧迫。"危机"其实不仅仅是突如其来的灾难，那些灾难虽然严重却容易被认识和容易被应对，因为它的原因和后果其实都在一瞬间呈现在我们面前了，它再严重，也是一瞬间就到底了，一瞬间就穷尽了一切，这样的结果虽然严重，但还是大家可以看得清楚的，可以判断得明白的。而且这样的灾难可以激发起人们的英雄主义和无畏的精神，可以激发人的意志力和勇气，同时对于这样的灾难的理性判断和评估也相对容易。所以它们虽然严重，但还是人能够抗住的。

但像金融海啸这样的危机却是一件不断积聚，不断延伸，看不到终点的事情。它从 2007 年开始的时候，大家都觉得事情可以控制，觉得问题不大，但其实是风起青萍之末，看不见底的问题接踵而至，从一个小小的、看起来微不足道的点上开始，却勾连起前所未有的大波澜，最终危机一到，覆巢之下，岂有完卵。大家都感受了危机的严重和问题的深广。狼一旦真的来了，大家其实真的有点恐惧了，才不愿意把危机说得严重，不愿意正视危机的深不可测的一面。今天正是因为可能危机太大，大家反而觉得问题的严重性让人难以控制，觉得需要互相安慰和互相勉励。今天这样的危机究竟何时是底，如何走出难关，大家都心里没有多少成算，现在一切还在过程之中，危机还没有到底。危机过去了多少？危机到了什么程度？这些问题其实盘旋在大家的心里，感觉到一种真正的忧患。这其实不是忧患意识，因为忧患意识其实是问题未来之时的警觉，但现在确实所有人都身处危机之中，卷在了难以摆脱的困难之中。我们现在确实需要的是面对危机的新的力量，也需要对于这一切的新的认知和新的理解。

这首先需要的是信心和勇气，"危"在不断蔓延和延伸的时候，要想到未来的期望，这次的严重困境其实比起当年来还有许许多多值得乐观的理由。就拿中国来说，三十年前，中国起步开始进行"改革开放"的时候，谁会想到今天这样的结果呢？那个时候的危机不是比今天更沉重，更加深不见底吗？当年的困难其实比今天还大，还严重，都能够走过来。今天看来一切都似乎顺理成章，但当年怎么会想到有今天？所以，面对今天的危机，还是要保持乐观和自信。没有什么大不了的，在战略上"藐视"困难其实是人生的基本修养和基本素质。相信自己，相信未来，其实人生必须要有信念。在逆境中的果敢和自信其实比一切都可以宝贵。熬住其实就是胜利，熬住其实就有希望。信心其实是最重要的。有信心，未必会什么都有，但没有信心，什么都不会有。

其次，需要的是在前所未有的"危"中看到隐含的那些难以捕捉，难以察觉的"机"，看到困境中的出路和光明。"危"到了尽头，事情已经坏到了不能再坏的时候，其实转机就在前头了，其实机会就在一念之间，这时候需要的是在苦难中的理智和冷静，需要知道其实天无绝人之路，事情不可能没有解决的办法，理智地思考，冷静地判断，抓住一切可能的机会，其实就会有希望。危到了无可危之时，机也就在其中了。这里我们看到大家都在危中来捕捉和发掘一切可能的"机"，都在试图找到新的可能性，只要自己足够冷静，足够理智，足够敏感，问题其实未必到了没有任何希望的时候，一旦转机到来，其实问题就会变化。"山穷水尽疑无路，柳暗花明又一村"，机会是为有准备的人留下的。在危机中熬住。未来的成功和美好就会降临。这其实不是空洞的许诺，但却是真正的历史的辩证法。人类的发展不就是依靠这样的不断面对危机和挑战过来的吗？我们的前人从远古走到今天，不就是这样前进的吗。

　　事情没有什么大不了的，现在需要的是想开一点，乐观一点，同时保持勇气和自信。

　　相信自己，相信中国。

从撒切尔夫人谈起：政治人物需要有担当

撒切尔夫人故去，在全球主流媒体的纪念声中，也引发了中国互联网上不同态度和立场的讨论。这种随时随地出现的剧烈争议已经是中国互联网文化的常态。但这其实让我们看到这个人物在世界上的影响力以及她给予中国人的深刻的印象。

作为西方的政治人物能够在中国有这样大的影响，直到今天还成为重要的议题确实是不容易的。一方面是她在执政期间曾经多次来中国访问，并在中英关于香港问题的谈判中扮演了关键的角色。她在 1982 年 9 月 24 日和邓小平的会谈让许多人记忆犹新。香港回归是中国当代史的大事件，撒切尔夫人的形象也就留在了中国人的心中。另一方面，撒切尔夫人执政期间正是中国的电视开始普及的时期，她在冷战最后时期的国际风云之中扮演的角色相当关键，而当时英国的内政问题如旷日持久的罢工或北爱尔兰问题，以及被视为她任上最重要的事件之一的马岛战争等也在电视中经常出现，她的风采是当时的中国电视中难得一见的。直到最近电影《铁娘子》的热映都让这个人能够不断引发人们的关切。对于英国，她所作出的改变巨大，对于世界她所留下的遗产也值得关注。

对于撒切尔夫人的政绩或她的历史地位当然是见仁见智，不同视角的人会给予不同的评价。但所有的人对于她的鲜明的个性和意志力都有极其深刻的印象。对她的对手来说，她是一个坚定的、难以对付的人，对于她的同道，她的领导风格也有诸多非议。但她无论对于内部问题或世界问题的坚定的立场和不妥协的态度都使得她成为了一个引人注目的关键性的人物。无论从什么方面来看，撒切尔夫人是一个不屈不挠的政治家。她面对缺少共识的社会，诸如旷日持久的罢工和福利社会的弊端，媒体的起哄，就是顶住不妥协不屈服。面对外部如马岛的危机，连美国都来劝她忍下来，就是不惜一战。人就是要挺住不被打垮，有对国家和自己的信念。她不是随风倒的变色龙，到处讨好的墙头草，不是第五纵队，不是多面人，不是懦弱窝囊天真憨傻自甘失败的笨伯。她本来就是要打败冷战对手的。右派能做到这样就了不起，左派能有这样的对手而挺得住也值得。观点各异，评价不同，但意志力和对国家的忠诚到哪里都值得人们尊敬。这种尊重绝不意味着我们会无条件地同意她的立场，她无论在英国还是世界上都还未能盖棺论定，一切还有待时间和历史的判断。但留在人们记忆里的是一个有自己的立场和担当的政治家，有敢于承担责任，勇于面对挑战的风格。这些都让这位铁娘子的形象格外生动和具体。

由撒切尔夫人受到的全球的追怀，我们可以看到，政治人物还是需要有担当的。这种担当首先就是对自己的国家有强烈的责任感，对国家利益有坚定的信念。没有这种对于自己国家的使命感，政治人物就会成为历史的匆匆过客。这位夫人为了自己的国家，为了打赢冷战，殚精竭虑，坚定而灵活。她不是历史的匆匆过客，也不是把自己的国家弄崩溃的人。这样的人会评价两极，但却让人尊重。做人就是要做能够为自己的国家赢得更多胜利的人。她会赢得对手的尊重，但失败的对手得到的只能是客气的轻蔑。对撒切尔夫人的追怀让人明白，虽然关于价值观的讨论有千条万条，哲学家或文学家都会给出许多不同的阐发，但对于一个国家的政治人物来说，所谓普世价值的核心是捍卫国家利益。像马岛的战争，真说不上什么正义之战。世界的多数人都反对，连好多人认为最普世的美国都出来劝她忍了，但就是要打。在香港问题上的和也是要保住最大利益。无论有什么样的政治理想，但政治人物用各种方法维护自己国家利益才是赢得同道和对手尊重的前提。

其次，坚持并敢于说出自己的目标，撒切尔夫人的目标就是尽力复兴英国，她的方法和路径有争议，但她不妥协地坚持自己的路径，也取得了一定的效果。她并不仅仅取悦媒体和公众，而是能够承担责任，面对后果。一个领导人能够承担责任才会让自己的下属和同道感到力量，受到激励，才能更好地执行并实现目标。这样的行为有些时候甚至会有诸多的不理解和反对，甚至面对诸多公众的争议和反对，但只要坚定地实现了目标，让社会确实有了变化，时间会有相对客观的结论。这也是实践是检验真理的标准的体现。

许多政治方面的议题当然从来就是众说纷纭的，但一个领导者的担当和勇气却是重要的素质，这也是撒切尔夫人给予人们的独到的启示。

反思 "骗子的哲学"

骗子的消息总是报端和电视里少不了的 "社会新闻"，每天总会有许多起被披露出来。最近有几个文盲号称有 "军委" 的文件，骗了银行的高额贷款的奇闻就是新的例子，至于街头巷尾的小骗局就更多了。这些人的主意其实也并不高明，稍微有一点理智就会明白。骗子的行为其实从古到今都差不多，但也总有上当的人。所谓骗术，拆穿来看其实是异常荒谬的小儿科，经常是相当拙劣的，但却往往屡试不爽，弄得许多成年人上当受骗。受骗者在事后想起来总是觉得自己上当是不可思议的事情，会觉得相当羞愧和不好意思，有时候就会硬扭，往往会说被迷药所迷，一时晕头转向了云云。这当然未必是实情，还是实实在在的有人真的受骗。相当拙劣的骗术，一望而知的骗局，漏洞百出的骗子却往往成功，确实是一件怪事，让人相当困惑。

其实骗子当然是有自己的哲学的，哲学家齐泽克在他的《敏感的主体》一书中就讨论了这种哲学。他点明："这个悖论对每个成功的骗子来讲是很有效的：要想达到欺骗的目的，方法就是以一种半合法的方式向预期的受害者描述赚大钱的机会，因此，受害者被你的提议唤起了欺骗第三方的意图，而没有注意到你的真正意图是将他变成一个容易受骗的人……或者用黑格尔的话来说，你——骗子——对受害者的外在的反思已经是受害者本身的一种内在的反思的确定，在我的'否定'——欺骗不存在的第三者——中，我实际上'否定'了自己，骗子自己被欺骗了。""他通过利用受害者们的卑鄙的特征欺骗了他们。"

这一段话不难理解，齐泽克说出了骗子哲学的奥秘，骗子其实正是利用我们大家的欲望和弱点来行骗的。他其实在建立一个"共犯"的结构，让你觉得一定会从中得到甜头，让你的道德感先土崩瓦解，让你觉得自己就是局中人。你在参与一个对付他人的骗局，而其实你就是那个被他欺骗的人。这里的骗子其实抓住了我们人性的真实的弱点，将这些弱点放大到极点，然后无情地利用它来为自己的欺骗服务。其实这正是骗局的根本策略。我们自己的道德感往往经不住这样的诱惑，往往觉得自己会得到一种欺骗成功的快感。

齐泽克揭示的这种骗子的哲学当然可以在我们的日常生活中观察到。如我们经常在报纸上看到的拣到金戒指或什么金佛像之类的事件，骗子总是利用人们的贪心，通过许多手段让你相信这件东西能够赚大钱，然后鼓励你和他一起昧下这件东西。然后让你拿出一些不太多的钱换下这件稀世珍宝。最后你欣欣然拿了这件东西才知道是彻头彻尾的假货。这就是骗子哲学的运用的结果。正是有了这种"共犯"的结构，你对于骗子的免疫力就会丧失，你会沉浸在一种和他一起骗人的感觉中，既产生一种和别人一起作的安全感，又产生一种捞到好处的快感。直到真相大白时，你会发现自己也并不仅仅是受骗，而且是和骗子一起试图骗人，于是产生一种强烈的道德上的羞愧。许多骗局的受害者往往会觉得自己实在太可笑了，只好愿意说这是由于骗子有迷魂药的结果，其实这迷魂药就是我们内心的贪欲。

这种骗子的哲学之所以古老和屡试不爽，正是由于我们自己的不理性和不明智，我们对于自己的欲望缺少克制和批判的能力。在今天这样的市场社会中，许多压力和欲望更让这种骗子的哲学有了自己的市场。这就对于我们社会的道德标准提出了严峻的挑战。一面我们往往在明里对于自己的道德标准提出很高的期许，另一面却又有些人偷偷地对于骗子哲学的"共犯"有兴趣。谁都知道这些东西见不得人，一旦遇到事情却还是难以把握自己，变成骗子的帮凶，最终还是难逃被骗的命运。这不是说被骗者不应该同情，而是说我们在和外在的骗子作斗争的同时，也得和自己内心的"骗子"作斗争。

其实，所谓的道德感就是如何克服我们内心的"骗子"，要消灭外面的骗子，我们就必须和自己的内心的"骗子"作斗争。这样，骗子的哲学才会无用武之地。一个社会也才会有更好的前途。

旅游大爆发凸显"中产化"降临

这个十一长假最引人瞩目的是中国各地旅游景区的大爆炸般的拥挤。由于高速公路费免除，使得出游的人数暴涨。这既造成了公路拥堵，景点拥挤，各种服务业乱涨价等混乱状况，也引发了全球媒体的关切和议论。以往到长假期间也都出现过拥堵拥挤的情况，这次的情况有所不同，一是这里的情况是全国性的。原来局部的拥堵或景点拥挤变成了各个地方的普遍的情况，二是由自驾游引发的高速公路的大拥堵比景点的拥挤混乱更加引人注目。这似乎是近年来一直出现的旅游业的问题的总爆发。这其中的原因当然是多方面的，有旅游设施不足，对于高速公路的免交过路费的状况估计不足等等原因。但其实可以看出中国的社会发展状况其实有了新的格局，这次的旅游的大爆炸正是这种新格局的投射。

这次旅游的大爆炸的意义，在于凸显了中国消费能力的升级正在从大城市向三四线城市，从收入较高的白领向一般公众扩散。中国的中产阶层已经开始"普通劳动者化"，过去我们想象的优雅白领式、受人羡慕的中产阶层，已经普遍化。这种扩散正是中国社会正在面临着中产社会来临的新的情况。这其实是中国社会发展的重要的新的标志。

　　首先，这次的各地高速公路的大拥堵彰显了中国汽车普及程度的进一步加深，汽车生活的影响力在快速增强。人们都知道中国的高速公路等基本建设是全球最快的，还曾经引发过是否过于超前的争议，但这一次的事态让我们明白，中国进入汽车社会的速度其实远比过去估计的来得快。中国的汽车保有量增长最快，大批普通人已经拥有汽车，但他们对于高速公路过路费的价格相当敏感，这是由于他们的消费意识上不能适应这样的并没有实体交换的消费，当然就会觉得这样的费用难以接受。这当然有高速公路费相对较贵的原因，但也有他们对于这样的费用尚不能接受的原因。因为中国的中产消费者对于服务等"看不见"的消费价格极为敏感，难以接受，对于实体消费品的价格昂贵倒还可以接受。如对于对于电脑软件付费难以接受，多年来一直存在严重的付费障碍，但对于电脑硬件的价格昂贵倒是一直都接受的；再如中国年轻人对于苹果手机的昂贵价格都接受，却难以接受苹果提供的软件付费，往往会越狱；这就是两个典型的例子。现在我们可以看到人们接受了相对价格较高的汽车，却难以接受过路费。而这种现象正是由于中国的中产人群在爆炸性地增长，但他们的消费习惯还是相对较为传统的。但他们对于消费的精神满足的渴望确实是难以遏制的。他们还是期望用较低的价格获得相对超值的服务。这种心理虽然是一切人都有的，但对于付出了辛苦劳作代价，刚刚有了一定的积累的人表现得更为强烈。这说明普通劳动者收入的增长已经使得他们有了新的需求和生活期望。

　　其次，这次拥挤的景点几乎也都是最著名的，如长城、故宫、鼓浪屿、华山等等。这些地方都是传统的旅行地，而据报道，到这些景点的人中间，以三四线城市的或大城市中的一般公众占据了极高的比例。这其实容易理解，真正的大城市白领这样的中等收入者的相对高端的人群已经形成了较为理性的旅游习惯，这些地方也不可能是他们的首选度假地，说明了普通劳动者已经随着这些年收入的增长有了新的消费渴望和中等收入者的心态。他们对于旅游的渴望带来了这次的景点的拥挤。

由此看来，中国的普通人进入中等收入者行列的速度很快。他们开始大规模的旅游消费，现在所看到的就是他们的期望和现实条件之间，他们的消费期待和消费心理之间的矛盾。这些矛盾使得这些快速中产化的人有了更高的期望，也有了一定的消费能力，却还面临着对于他们的服务供给的不足和消费习惯的限制等等的困局。他们期望的满足在十一长假旅游中上难以获得，这使得他们的期望和满足感之间产生了相当的落差，他们的幸福感还相当缺失，而且往往在经济收入改善中的失落感会更加强烈。

这就需要首先认识新的三四线城市和原来大城市中收入较低者快速"中产化"的现实，对于他们的渴望和要求有更深入的体察和了解。二是需要更充分地应对这样的新的现实情况，拿出必要的新的政策和对策。这些拥堵拥挤当然有许多值得反思之处，是一个挑战，但其实也说明了中国的快速"中产化"带来的消费潜力的释放将为中国的发展提供新的动力。

民意的辩证法

最近，对于民意的关切已经成了各个地方政府施政的重点，这无疑是以人为本的举措，显示了对于普通民众意见的真真切切的关注和实实在在的倾听。这显然对于社会的发展进程有积极的作用。民意当然是公众的满意度的表现，也是政府服务的对象的意见的表达，对于民意的真正的关切当然显示了政府的工作的更加亲民和更加实事求是。这当然会收到很好的效果，也会得到公众的良好的回应。

当然，"民意"其实也是一种相当复杂的复合体，如何认识民意，可能还需要我们下更大的功夫，对于今天的社会有更为深入的理解。西谚有云："民意如流水"，说的就是民意本身的丰富性和复杂性。今天的社会的利益结构非常复杂，社会的形态已经极其微妙和丰富，要在其中寻找民意的真实的意思表示，其实也并不是看看报纸上的言论版或者网络上博客或者跟帖的爽快发言这么简单。其实了解民意还是一件相当专业的工作，又是一项系统的工程，不可能一蹴而就，也不可能一眼看穿。如果仅仅根据一部分"民意"的反映，或者仅仅根据最大的声音做出回应，做出的决策也未必能够客观真实地反映真正的民意，反而会被一种新的简单化局限了自己的视野，未必能够真实地体现社会发展的趋势。这种现实的复杂性往往需要我们更为理性、更为客观地体察民意的走向和民意的丰富性。

在我看来，"民意"说起来是老百姓的心声，但在今天的社会里老百姓其实千差万别，生活方式和思想意识非常多样，如何找到一种社会的"共识"其实是相当不容易的，而这种"共识"又需要一个较长时间的考验才能够证明其客观真实。在一个利益相对一致，社会相对简单的时期，这可能比较容易把握。在改革开放初期，我们的许多政策几乎是人人叫好，其原因就是大家的利益基本一致，大家共同受益。但在今天事情就变得越来越复杂，一个政策出台或者一种发展路向的选择，都会有七嘴八舌的议论和众说纷纭的意见，让人觉得非常复杂，难以抉择。同时，就是今天大家一致叫好的事情，也有可能经过一段实践之后大家又都觉得不可行。所以，民意其实在空间上是复杂的，在时间上是变化的。我们可能需要更加明智的观察和思考。民意现实地看是一个"变量"：在空间上是不同的意见的混杂叠加，在时间上是不断发展演化的过程。对于这个"变量"的理性的分析和评估还是非常重要的，也是理性科学决策的一部分。

在空间上，由于利益的多样化，也由于观察事物的角度和知识面等各种方面的复杂原因，我们看到的许多民意的表现往往两极化。有些利益主体由于文化性格的原因可能比较沉默，也可能在社会中的位置未必引人注目而往往会成为意见的"盲点"，他们的意见就可能没有出口而受到忽视。如前些年一些弱势群体如民工等的声音往往没有表达。而最近似乎一些中等收入者的意愿的表达往往由于文化上的温和性而缺少浮现的空间。而像我多次讨论过的处于中等收入者下层的年轻的"草根"反而由于在互联网上的强烈表达的意愿而开始在"民意"中占有重要地位，和他们在社会中的实际影响不一定完全匹配。而由于他们的情绪比较激烈，通过跟帖和博客的表达方式往往匿名发表意见而使得对于公共政策的理性和客观的探讨的空间有所压缩。一些专业人士的"民意"或者被简单斥责，或者这些人由于这样的舆论状况而缄口不言，这也会在某种程度上造成一种民意扭曲。由于媒体和舆论在某些方面的简单化，未必能让各种信息、各种不同意见充分地让公众了解，往往是一种情绪的表达，使得"民意"变成了一种同样简单化的情绪的表达。这未必能够反映民意的所有方面。而一些被压抑的情绪和看法其实可能也会在实践中产生难以预测的反弹。"民意"中有理性的民意，也有感性的民意；有激进些的民意，也有温和些的民意。有的时候确实是"理直气壮"所以声音大，但有的时候也存在"有理不在声高"的情况。如何在其中进行分析和梳理，而不是仅仅看谁的声音大，谁就有道理，可能对于社会的发展更为有力。

同时，在时间上，民意也有此一时、彼一时的变化。有此时的民意和彼时的民意，有短期的民意和长期的民意。有时候大家一时觉得好的策略，实践检验后大家也有可能觉得不可行。有时候一时间大家觉得不好，并给予批评的策略，过后看是有远见卓识的看法。有时候多数人的看法当时是"共识"，但后来却发现"真理在少数人手里"的情况也确实存在。对于这些问题都需要有客观和实事求是的看法。照顾到短期的民意，也要考虑民众的长远利益；给予民众的现实的需求回应的同时，也要注意考虑他们未来的需求。

所以，"民意"是复杂的，充满了辩证性的。在这里，对于民意的体察必须谨慎和客观地考虑综合平衡多种不同群体的要求，也要在短期和长期上求得平衡。这就需要有更为充分的信息的提供和更为专业的对于民意的了解的方式，避免一种冲动性的决策和简单化的反应。

我想，我们的社会需要适应和学习一个民意多样化的状态，我们的大众需要学习更为理智地了解公共事务并表达自己的"民意"。这会是一个有益的过程。

清醒认识国情

前几天在一个活动中遇到龙永图先生。他向我谈及一个观点，我觉得相当重要。他谈到我们还是应该清醒地认识中国的国情，清醒地看到我们在发展过程中还可能遇到的困难和我们面对的现实问题的多样性和挑战的复杂性。我们在三十年来已经取得了举世瞩目的成就，中国发展所带来的活力和影响已经深刻地改变了世界历史的进程。但其实中国"人口多，底子薄"的状况并不可能在一朝一夕就彻底改变，我们所面对的多重不平衡的状况也还会长期存在，对于我们自己状况的清醒认识还是应该成为我们思考问题的基点。

正因为如此，我们不可能也不应该过高地估计自己的成就，还是要实事求是地看到我们面前的困难和挑战。一方面，像大地震这样的意外天灾可能会对于我们的发展造成影响和冲击；另一方面，国际国内的社会经济环境的变化也会带来复杂的影响。如最近的国际油价的高企就会带来极为复杂的经济和社会的影响，其后果还没有完全显现出来。但其负面的影响一旦持续，会对整个能源和原材料的定价体系造成根本的冲击，对于民生和生产的影响也是值得高度关切的。这些状况其实都要求我们防范风险的同时珍惜三十年发展的成果和经验，谨慎而明智地选择发展的策略和方向，在复杂的情势下从容应对挑战。避免凭主观来估计现实的状况，而是以实事求是的态度和客观的理解来认知当下的现实。对于国情的充分体认和深刻了解仍然是当下我们寻求新的发展和繁荣的关键所在。

这里的实事求是地，客观地看问题，其实是对于我们发展阶段和发展的不平衡性有更为深刻的体认。如对中国制造业的看法，许多人多有意见，觉得仅仅是挣的辛苦钱，是低端的，其智力和科技含量不高，难登大雅之堂，因此需要尽快升级换代，发展高科技和现代服务业，将"中国制造"转换为"中国创造"。不少发达的沿海地区对于制造业都有相当的看法。这当然是非常有道理的，也切中了制造业的问题。但其实问题还有另外一面也需要我们认真地面对。一方面，经过三十年来中国的发展，"中国制造"业已成为了举世瞩目的标志。它是中国在这一波全球化中成为关键和重要环节的重要的支撑。更新换代当然需要，但"中国制造"所具有的竞争力和魅力其实也不可小觑。产业的转型和创造的追求固然重要，但"中国制造"的意义也仍然不能忽视。这是因为它其实也是产业链条的一个重要的部分，也是不可缺少的基础。不少地区由于产业转型过快过急，也就产生了产业"空洞化"的弊病和问题，使得产业发展缺少制造业的基础而面临严重问题。这些前车之鉴也需要引起重视。另一方面，中国的城市化进程发展迅猛，就业压力也一直难以缓解。提高人口的素质和教育的水平，让劳动者得到更好的发展当然非常重要，也一直受到高度的关注，但这毕竟不是一朝一夕之功可以奏效的。我们不可能要求现在从农村转移出来的劳动力都具有适应高科技产业和现代服务业的能力。所以，满足他们的就业的需要，让他们通过自己的劳动获得发展的机遇，其实也还是依靠需要大量劳动力的制造业的持续发展和繁荣。其实这也是一种"以人为本"，关注普通劳动者的积极的作为。

所以，一方面，我们追求产业的升级和转型当然有其必要性和紧迫性，但另一方面，制造业的存在和发展仍然是必要的和不可或缺的。一面它使得产业链完整，能够承接中国创造的新的发展，使得新的中国创造也能够有效地转化为中国制造的产品，更加有效地参与全球的竞争。另一面，它也起到保证就业，提高劳动者生活水平的作用。因此，制造业并不仅仅是一种落后的产业，仅仅需要被迅速地转移出去。而是一个在当下的国际国内的环境下都仍然具有意义和价值，值得让它取得"又好又快"的发展。在避免环境和高能耗等代价的同时发展好制造业其实也是我们的题中应有之义。如何避免产业的转移过快过猛，避免人力成本提高过快过猛，让我们的理想契合于中国当下的具体的现实，是一个相当重要的问题。在这方面对于国情的理性和现实的判断就有非常重要的意义。

有关制造业的问题，当然仅仅是一个方面。清醒地认识国情，其实还有许许多多不同的侧面。如从"软实力"建设的方面，我们其实也需要客观地看到国情的复杂和中国内外环境的复杂，做更加实际和更加具体的工作。不仅仅追求高端的价值的弘扬，也需要在大众文化的传播和推广方面以更加灵活和更加具有创造性的方式让世界理解中国当下的进程。这些都需要以对于国情的清醒的认识作为基础。

中国的崛起是改变中国自身和整个世界历史的深刻的进程，其复杂性和长期性都需要我们从容而清醒地面对，在这里，对于国情的深刻的认识其实是追求新的发展的基础。

爽快和自信：北京女性的风格

谈起北京女性，当然没有一个固定的模式，也不好说如何去界定北京女性，因为现在的北京就是五方杂处，各地方的人汇聚之处。一个国际性的大都市，虽然说还是有地地道道、几代人生活在北京的"老北京"，但也未必是多数。我们看到的北京女性其实许多都是来自中国的其他地方。她们其实不能说祖籍就是北京的，不是所谓"正宗"，但在北京呆得久了，其实就多少沾染上了北京的习气和风格，也会浸染上北京人和北京文化所特有的价值和气质。

因此，虽然未必可以将生活在北京的女性称为北京女性，而且如果他们自报家门，往往也愿意还是以自己的籍贯来指认自己。但他们还是体现出某种和其他地方生活的女性不同的特点，这未必是所谓水土之类的说法的结果，因为今天的大都市里人们早就离开真正的"水土"很远了，但一个城市还是有自己的风格，一个人只要置身于这个城市，就难以避免地被它所影响和支配，道理很简单，你周围的人都这样行事，独独你的方法和别人不同，当然就难以让周围的人接受你。所以，决定一个地方的人的风格的主要是周边的"人气"而非"水土"。同时，北京又是一个充满机会的地方，不少各地有追求和梦想，胆子大的女性都愿意来北京寻找新的机会和可能性。北京这个地方多少年就是都城，是机会最多的地方，来这里的女性其实都是被这里的氛围所影响的。

从这个角度来观察北京的女性，我觉得最大的特点就是"爽快"。所谓"爽快"，其实一方面是直率，有些事情敢于说得明白，自己的目标和想法也不太畏惧直来直去地表达。另一方面，是做事节奏快，有了想法立即就会行动。我观察北京的女性，往往都喜欢说话，喜欢发表自己的意见。因为是中国的首都，所以北京的女性或者到北京闯天下的女性往往也是心比天高。北京文化里有一种干脆利落、直截了当的气质，北京的女性也往往就是如此，其实王朔式的语言里就有一种俏皮中的直率，可以一针见血地点到她对于事物最真实的看法。而且北京的男性往往注重所谓"老礼儿"，注重人要有分寸，这是皇城里男人多年养成的习惯，不能轻易越过自己的界限，这样才能够有所进步。儒家对于男人的要求往往相当严格，不在这种要求之中，你也就难以融入社群。这些其实都是多年的经验的积累。但女性就没有这么多的束缚，所以可以口无遮拦，有什么就说什么。而且男人的谨慎和节制往往让女性更加张扬和爽快。小时候，我常常看到北京的女性吵架，往往是一套一套，逻辑清晰，论证详细，你来我往，都善于发表意见。当年物质匮乏，空间也狭小，街上或胡同里吵架往往是一点点细故，诸如两家孩子吵架或者是一家不小心把水泼到了另一家的门口。男人还在嗫嚅，女人就已经开始争吵了。男人怕撕破脸面大家不好看，女人就显得无拘无束。而且口才好，能够抓住对方的弱点。当然这样的事情不足为训，却也说明北京女性的爽快。

当然，这种爽快的好处是热情，其实待人真诚，直率里有真情。对人好往往格外好，如我八十年代就见过好几个北京的诗人，就是由于在写诗，就可以不事生产，因为后面有个爽快的女性在养他，而且诗人也毫无愧疚之处。看王朔八十年代的小说，往往就有类似的故事。一个无所事事的"有才"的男人就可以有聪敏美丽的女性迷恋，这样的事情我看就难以出在上海。看张爱玲的小说，我们就会觉得对于物质过度的斤斤计较。北京女性就不会算得这么细，她们只是觉得这个男的值得她付出。当然可能也期望未来的回报，但这其实也并不明确，没有那么功利。如果举北京女性爽快的典型，我觉得洪晃女士可以作为范例，她的直率和"不吝"，她的有点尖刻又有点敏锐的风格其实可以代表北京女性的这一方面。

北京女性的另一面是自信，自信就是不怕。类似电影《梅兰芳》里面的孟小冬对梅兰芳讲的那句话："畹华，不怕。"孟小冬当年就不怕，现在的许多人也其实也是不怕的。胆子就够大，能够闯到那样复杂和竞争激烈的地方打开自己的一片天地，可以说是北京女性的象征。他们受的束缚其实少。男性中心当然是不对的，但其实造成的后果也有让男人受到束缚很多、责任很多的负担。男人往往放不下，也就难以无拘无束。我遇到过许多有成绩的北京女性，都是胆子大，有股天不怕地不怕的精神。这一是由于北京女性其实觉得自己见过市面，没有什么好怕的，二是其实家里的要求少，没有那么多束缚的好处。北京女性的能力最能够发挥其实就在于她们有足够的自信。自信其实就是生产力，她们在这方面的生产力是很大的。

北京女性是否漂亮？这个问题当然见仁见智。对于我来说，北京女性无疑是最美丽的，不仅仅由于我生活在北京，而且我的妻子就是北京人。我只有这样的选择。

网购改变生活形态

最近有报道说，普华永道的一项调查报告显示，中国人网购热情颇高，在接受调查者中，约七成每周至少网购一次，是欧洲消费者的近四倍，美国和英国消费者的近两倍。这说明经过了多年的发展，网购已经成为中国人购物的重要的方式。而且中国人接受这种新事物的速度和意愿已经开始超过了传统的发达国家，也超过了这些比我们更早使用互联网的社会。这其实是我们的生活方式变化的一个相当重要的标志，其意义值得我们深入理解和认知。

人们知道，逛街购物在生活中占据重要位置，是现代性的重要的方面，也是现代的文化生活的一部分。十九世纪后期左拉的《妇女乐园》中对于大型百货公司的描写被视为是"现代性"生活方式的重要的经典描述。这种逛街购物被认为是现代人生活的重要而基本的形态。而二十世纪直到今天，购物中心更是现代消费文化的重要的标志。大型的购物中心以城市综合体的形态成为城市的重要的组成部分，而到超市商场购物是生活的基本的形态。一方面人们通过到店里购物获得商品，另一方面也获得某种消费的快感和满足。在中国三十年的发展中人们的购物活动从开始的仅仅购买生活必需品，已经伴随着社会的发展极大地丰富和多样化了。无论如何购物和商场相联系是常规的选择。

网络购物是近十年来发展起来的新事物，是互联网的虚拟的网络和线下的现实交汇的重要的部分。最初网购是由购书开始，因为书规格最为明确，作为网购最为便捷，而且在国际上也有其成功的先例，所以网购图书首开先河，开启了网络购物的大潮。当时互联网上的支付的可靠性一直是网购的瓶颈，同时网上的商品也存在难以检查验货，配送物流的瓶颈等问题。随着这些问题的逐步顺利解决，经过了十多年的发展，现在网购已经成为人们日常生活的重要的部分。不仅网上购物已经蔚然成风，而且通过开网店创业也成为一种生活方式。现在看来，网购的灵活性和便捷性，送货到家的服务和退换的服务，尤其是网购的价格优势都使得在中国网购的发展迅猛，开始和店面并驾齐驱，形成了全新的局面。现在看来，80后的年轻消费者对于网购的依赖程度很高，网购在他们的日常生活中的地位也越来越重要。虽然逛街购物仍然是一种重要的活动，但"逛网"选购则成为了许多年轻人的首选的购物方式。这当然是互联网发展到今天所出现的重要的进展。中国消费者对于网购的强烈兴趣当然也和中国市场的物流费用和人工费用相对低廉相关，因此互联网上购物的价格优势和服务的优势开始彰显，对传统的购物方式构成了冲击。最近人们议论纷纷的实体书店的困境很大程度上是网购所造成的。网购网站由于能够得到来自对于互联网这一新兴行业的投资，所以在竞争中不计成本追求市场的占有率，使得网购发展更为迅速，而且网上一览无余的便捷更让价格的比较成为优势。网上购物的发展使得网购开始包罗万象，任何商品都可以进行网购。动动鼠标就能让喜爱的商品送达家中，这样的生活形态已经开始普及。而许多创业者也开始把各种不同商品的网购网站的建立作为自己的首选目标。

这带来了中国中产阶层和年轻消费者的消费习惯的深刻转变，也会带来生活方式的深刻转变，并已经形成了一种新的购物文化。首先，现在网购的方便快捷已经开始对于实体店构成冲击。这种冲击会在近些年中快速发展，会对于城市的传统购物中心构成压力。这种网购路径依赖会让人们越来越倾向于网购。今天实体书店遇到的挑战，未来会让其他实体店倍感压力。而同时让企业为了吸引年轻的消费者不得不关注网上销售商品。网络渠道的意义进一步受到重视。这其实会对于城市的布局和发展形态，产业的结构构成新的挑战。如果一个生产和日常生活相关的商品的企业不在网购领域中有所建树，就难以把握未来。而城市未来的空间的布局也会受到网购的影响，一些百货店或大型超市在未来受到网购的越来越严重的冲击。其次，网购使得年轻人对于网络的依赖越来越明显，泡在网上不仅仅是交友聊天，掌握信息，发微博，而且也能够通过网购获得自己在现实中需要的一切。这对于人们的社交生活会发生深刻影响。"宅"在家中就可以解决一切生活必要的东西，这会加重很多年轻人对于社会交往和人际关系的冷淡，使得年轻人和人打交道的时间更少。消费主义的消极面也会通过网购构成影响。而超市实体市场等开始越来越变成中老年人的购物场所。第三，网购的竞争会日趋激烈，价格战始终是网购的杀手锏，过度依赖价格优势打消耗战往往是网购的痼疾。网购往往追求占有率而忽视盈利模式，也会构成问题和风险。在培育市场和网购文化的同时也会造成恶性的竞争。这些变化的趋势都会产生重要影响。

网购会在未来一些年深刻地影响中国人的生活，需要我们未雨绸缪，对于其中的风险和机遇给予审慎的评估，同时对于其文化方面的影响给予高度关切。

网络时代的私生活公共化

最近一段时间，接连爆出了不少公众人物的私生活事件，无论是卡恩的牢狱之苦，还是施瓦辛格的私生子风波，或是中国微博上的自曝"私奔"，虽然性质不同，情况有异，却都让人看得目瞪口呆。无论是权倾一时的国际组织的头头、名重一时的明星兼政客，或是本来名声不大却由于自曝而名噪一时的商人，我们可以发现在这个时代，绯闻、八卦、犯罪等等都在媒体和网络的平台上展现了出来，将许多原来似乎自有其尊严的大人物弄得格外的荒诞。而我们也由此有了更多的揣测，觉得证明了人就是表里不一的的有之，感到有复杂的阴谋论的有之。这些又通过网络的传播变成了我们生活中经常可以看到的常态。

人们对于这些事情的看法其实也是矛盾的，一方面觉得这些事情仅仅是私生活的不检点，其实未必具有多大的公共性，也是人性和欲望所造成的复杂性的一部分，未必就完全不可思议，我们也都认为炒作这些其实未必就有很大的意思。但另一方面，人们又情不自禁地关注这些事情，受到很大的吸引，充满好奇和兴奋。其实自从有了现代的媒体，这种事情就已经层出不穷，但网络的传播又将人们变成了更为具体而微的围观者。网络让我们的私生活公共化的程度前所未有地加大了。个人的私生活问题早已不复是个人面对的问题，也不再是在一个小范围内作为奇闻异事流传的事情，它们一开始就具有某种全社会焦点的性质。社会通过媒体和网络让人们的行为无所遁形，很容易暴露在光天化日之下；同时又提示了私生活对于公共生活具有的巨大的影响力。个人自己的事情常常就不是自己能够担得下来的，它所影响的是生活的方方面面，所引发的是公众的兴趣。无论是法律或是道德，后面都有公众或媒体如影随形。好像它们既是法律或道德的一部分，又是好奇心和发掘隐私的人性的另一面的一部分。这种媒体和网络的作用加重了我们对于别人的私生活的好奇心，但也加重了我们对于社会的焦虑感。

现在看来事情其实有两面：

一面是公众人物未必就是传统所界定的概念，如原来未必非常"公众"，但一"私奔"，就引起了公众的强烈的兴趣，就变成了公众人物，再加以持续的透露消息，这两个人一下子就变成了公众人物。这样的事情是不少人今天知名度的来源。他们总是用夸张得多少有些离谱的言行，刻意地逸出社会规范来吸引眼球。当然这些事其实也就是在社会规范的边缘打"擦边球"，虽无伤大雅，却又确实离谱。这就是最好的炒作题材。从芙蓉姐姐到凤姐再到私奔，都有主动和被动两方面的结合。没有积极"炒"，这些人不"公众"；没有公众对于离谱行为的好奇，这些人也"炒"不起来。

另一面是真的公众人物其实被严格地要求了。公众的监督无时不在，无地不在，不检点、不注意随时就可以毁掉一个人一生的努力，而且你还没有话说。这其实要求真正的公众人物谨言慎行，当心自己的言行。道德的约束和境界的提升当然是一方面，但更重要的是应该想到，若要人不知，除非己莫为，天下没有不透风的墙。这个古老的常识在今天的网络时代更加现实化了。

总之，对于个体，更严格地要求自己总是需要的，对于公众、网络和媒体，冷静和不起哄也有意义和价值。世界上的事都不仅仅是自己的隐私，也都不仅仅是别人的热闹。

正视"理财时代"的多重效应

  年多以来，中国 A 股市场持续走高，出现了前所未有的"赚钱效应"，带来了投资理财的热潮。我们可以看到，许多媒体开始加大了财经和投资的报道和分析。证券营业部和银行的投资柜台前的人群也熙熙攘攘，热闹非凡。人们聚会时也往往在谈论有关股票和基金等等投资理财的话题。所谓"存款搬家"也成了社会的焦点，而沪深两市的开户数更超过了一亿。

  这其实显示了一个以中等收入者为中心的理财的热潮正在兴起。这一波的理财热潮的特点是公众的广泛的参与和社会对此的客观平和的认识。它的出现说明中国的市场经济在前一波以"创业时代"为标志的潮流之后，社会在注重"创业"的基础上，进入了一个"理财时代"。二十世纪九十年代的中国也曾经出现过所谓的"股疯"，但那时一方面是投资的渠道和方式都相当狭窄和并不规范，另一方面，那时参与其间的并不是多数的上班族。当时的狂热多少具有某种边缘的色彩，并不是一种社会的主流生活方式。当时社会更加看重，也更加需要的恰恰是一种"创业"的精神。从"傻子瓜子"的"傻子"到柳传志和李彦宏，一种企业家的创业精神受到社会的追捧。而到了今天，"创业"仍然是许多人的梦想，但毕竟门槛开始高了起来，也存在着更多的不确定性，社会也不可能要求大家都来创业，而通过投资理财来打理自己的钱还是风险较小的，也有利于自己的不多的钱实现保值增值。而一旦开始进入了这一领域，对于投资理财有了更多的知识和体会，许多人就会将这变成自己生活的一个不可缺少的部分，而口耳相传以及网络里的跟帖博客的"示范效应"也会吸引更多的人加入这一潮流。

于是，一个以理财为中心的经济时代也开始到来。这种"理财"文化的特点是自己有了钱并不由自己来运作，而是通过投资理财的方式整合于资本市场。它不是一种大规模的投资，也不是自己做个体户，开商店或者工厂的直接的生产投资，不用投资者放弃或者改换自己的职业，就可以将自己的钱变成投资，参与市场，获利或者亏损。这是一种适应大众的需求的投资理财的方式。它的门槛很低，有一点点余钱就可以投资，更加适合一般的中等收入者的参与。当然，近年来资本市场的规范和活跃，给了投资理财开始有了更为规范和更为便捷的渠道，也为普通人参与理财提供了良好的条件。

这个"理财时代"的到来，其实是中国市场经济发展成熟的标志。大众随着三十年来的发展，已经开始进入了普遍的"略有余钱"的阶段。过去在计划经济时代，大家的收入都很少，应付日常生活的支出都还有困难。记得七十年代，有三四百元存款的人都是很不容易的，就会被人羡慕，当然不会产生投资的要求。而到了市场经济的初期，大家开始更新生活必须的商品，如电视机、电冰箱等等，也不会有钱投资。而前些年，汽车、住房的压力对于一般的中等收入者还是非常巨大，也难以有余钱投资。但随着市场经济的深化，公众的现实的需求虽然还没有完全解决，但"略有余钱"却还是一个社会的现实的状况，也是中等收入者的普遍的状况。当然社会还存在不少贫困的现象和问题需要我们以最大的热情加以关怀和帮助，但"略有余钱"者的投资的需要也是相当现实的。如果短期没有买车买房的需求的中等收入者,他的"余钱"当然也就有了投资的要求。同时,中等收入者对于自己的上升有诸多"完成不足"的困扰和焦虑,也希望通过职业以外的投资给予自己新的机会和可能,也希望通过投资理财给予自己的生活更多的改善和提高,也希望通过投资理财将这些"余钱"进入资本市场分享发展的成果。

这种心理上的要求也是社会的普遍的要求。所以,所谓的"流动性"的巨大当然不仅仅是国内外的"热钱"效应,而且还是这些积少成多的"余钱"的不断涌出的结果。这种"略有余钱"的大众是股市里的"散户",基金的"小户",但他们的这些"余钱"的集中效应却是任何人不可小看的。这种"理财时代"的到来,当然会长期地影响中国人的日常生活。其经济、社会和文化的多重效应应该引起公众和舆论的关切。这里有两个方面的效应会立即显示出来。一方面,是投资理财的"风险性"还没有经过体验,许多人是在一个快速增长的市场中开始投资的,对于市场的复杂多变没有现实的体验,投机赚大钱的心理仍然普遍。虽然长期的中国市场的成长没有任何人怀疑,但短期的风险就会有人难以承受。这就需要更多的风险性的了解。另一方面,投资理财也使得中等收入者之间的财富差异得以放大,如一个办公室的同事,一个理财,一个仅仅消费,很快就会显示出完全不同的后果,所谓"M 型社会"的效应就会显示出来。而"略有余钱"的投资理财者和没有余钱投资的人之间的差异也会放大。这里的诸多问题都会长期地影响我们社会的未来。而在社会文化方面,由于投资理财的财富放大的效应,消费的强势和文化产业的兴盛当然是一个长期的过程,正是由于投资的良好的收益,使得许多人对于手里的钱更加敢于消费。这些消费在温饱已经解决的今天当然主要体现为日常生活的"品味""风格"的消费和文化方面的消费。这些方面的高速增长也是可以预期的。

"理财时代"的到来会带来社会生活的多方面的变化,对于这些变化的多重效应还需要认真的观察和思考。

"盐"里的社会管理

意外的抢购盐的风潮，确实引起了公众的高度关注。这件事当然经过反复辟谣和得力的处理，影响有限，并没有对社会造成大的冲击，但也留下了诸多值得观察和反思的问题，尤其对于我们的社会管理提供了可资借鉴的案例。对于这件事的观察可以说是众说纷纭，有不少人认为是公众缺少科学的认识和理性的分析能力所致，也有人分析是某些人为了牟取利益而制造紧张。这当然都是重要的方面，但可能原因比这要复杂。

形成这样的抢购，有两个基本的要素，一是有关于未来海盐可能受到污染和食盐将要短缺的谣言，二是有一部分人的抢购造成局部地区短期确实缺少食盐的供给，使传言似乎得到了证实而放大。谣言确实是从日本的核危机的新闻事件中引发的，"核"这样的复杂事态往往让人谈虎色变，具有某种让人联想、可以蒙蔽人的"似真性"，这确实会使得一些基本常识缺乏的人感到紧张，带动他们去买盐，这样的人其实未必很多。同时，另一些人未必觉得食盐真会短缺，也其实并不缺乏常识，但看到有人抢购，就基于有备无患的心理和从众的心理，也想既然别人去抢购，那不妨也买一些备在家中。这样的心理快速蔓延，就形成了抢购，而此地的抢购被传到彼地，相似的心理又会由此蔓延。这样就形成了连续放大的"马太效应"。最后发现一时的短缺真的形成，更加引起紧张。传言和抢购的事实互相放大，就形成风潮。"恐慌"和"从众"互相交织，少数人恐慌，多数人从众。少数人真相信以后没盐吃，多数人担心抢购后反而没盐吃，最后，往往是糊涂人带动了、影响了明白人，将事情弄得相当荒诞。

这里有两种心理值得关注，一是现代人对于自身的脆弱性的极度敏感。由于现在的生活是一个复杂的系统，是一个所谓"风险社会"。人越来越全面地依靠社会的支撑，这使得他无法适应环境剧烈变化，会让他抗御风险的能力较弱，一旦出现某种负面信息，就会放大心理的焦虑和不安。二是二十世纪的中国人经历过很长时间的匮乏短缺，中国基本生活物资的丰裕和充足供给仅仅是近二十年以来才解决的。这些在我们的心理上留下了相当刻骨铭心的记忆。一有风吹草动，就会有过度的反应，担心过去的匮乏会重演。这两种心理相互激荡，使得这种风潮能够形成。由这样的状况，我们也可以观察媒体和社会在风潮形成之后的反应。据我的观察，在当下有很大影响力的新媒体如微博，在这次的风潮中的作用就相对有限。在微博中，普及常识，嘲笑这样的买盐的不理性一直是没有任何疑义的主流的声音，而且也得到了相当充分的传播。诸多意见人士或像"中国盐业总公司"这样的专业机构也相当快地通过微博发出了呼吁和普及知识的声音，但并没有发生非常显著的作用。这说明关注"柴米油盐酱醋茶"，到超市抢购的人群和微博中的人群并不完全重合。在微博这样的新媒体中的主要是年轻人，他们既没有抢购盐的需要，也没有这种意愿，针对他们的传播效果就不明显。而专业的电子媒体或纸媒的传播力当然仍然很大，但在这种时候，往往人们易受周围人的互相影响而做出自己的选择。人们往往通过口耳相传来获取信息，在传播理论中这种熟人之间通过人际关系传播的信赖度在多数状况下被人觉得比媒体来得高，"人对人"的传播而不是大众媒体的传播在这种特殊情况下往往有特殊的效果。这就形成了一种以"小道"消息的传播的影响为主的传统的习惯的延续。

当然，"恐慌""从众"等等社会心理，不仅仅基于特殊的社会状况或制度安排，也是人性本身的复杂性的一部分。任何社会都难以避免。这次的日本出现核问题之后各国所出现的各种不同的抢购其实都说明了这一点。但我们在中国的具体环境下，在社会管理中如何有效地避免这种状况出现则需要更好的应对。当然，确实抢盐这一事实是我们应对这样事件的基础，因此防范风险、社会具有实力是前提，但社会管理的提高确实是重要的议题。一是需要更有效和持续的公众常识和基本素养的宣传。这就要求社会建立对于知识的广泛而长期的多途径传播。二是需要第一时间澄清谣言，抑制炒作风潮，这需要公共媒体和新媒体都快速传播明确、清晰的信息。但在这些有力的手段都有其局限的时候，尤其需要强化社区的作用，强化在基层的社会应对能力，通过强有力的社区中的人际的网络传播正面的有效信息，抑制口耳相传的谣言。这确实至关重要。基层组织的管理能力和应对能力是中国社会原有的一个重要的特点，在市场经济的环境下，这一状况有所变化。现在看来，加强这一方面的功能，对于整个社会管理具有重要的作用，应该引起高度的重视。如何进一步活化"社区"的功能，让"社区"成为防范风险。抵御问题的有效的力量，是通过这一事件值得引起我们关注的事情。

"微生活" 时代

几年前，微博开始进入人们的生活，那时大家还是尝试着使用这东西，几年后，微博已经成了生活中许多人不可缺少的信息来源，也成了许多人发布自己的看法和意见的最常见的平台。最近两年来，微信又改变了我们和熟悉的人们交流的方式。如果说微博是我们的

在中国，微博的发展是以新浪微博在 2009 年 8 月试运行上线为标志的。虽然在这之前已经有了一些尝试，但都不具有新浪微博的影响力。此后，中国各大门户网站都推出了自己的微博。其中最有影响力的是新浪和腾讯的微博。微博是通过对 twitter 的借鉴出现的。但中文的 140 个字的容量远比西文的 140 个字符为多，虽然短小但却仍然能够传达相当丰富的信息和具有相当强的表现力。微信从 2011 年上线以来，以无比的速度蔓延，形成了我们不可缺少的交流的方式，我们的生活和工作网络往往是依赖微信建构的。它们构成了我们"微生活"的底色。

微博和微信最近成为了人们公共生活与私人交流之中不可或缺的平台。这个以个人为单位的自媒体正在中国的社会中发挥出越来越大的影响力和

冲击力。它不仅在很多方面对于传统的纸面或电子媒体构成了冲击，也对于新媒体的其他形态形成了冲击，它的功用正在前所未有地凸显出来。微博已经许多次地发挥了它的社会功能。一方面作为个人的信息平台，微博现在已经成为人们接受信息的主渠道，人们，尤其是 80 后 90 后的年轻人开始越过传统媒体或新媒体的其他方式，依赖微博来接受信息，因此也深受微博中的报道和观点的影响。另一方面，微博也是每个人直击信息，进行报道和参与社会生活的主要渠道。同时它在具有媒体功能的同时，还兼有社交网络的功能，它所具有的弥漫式的传播的能力和短小精悍的特点都让人着迷。而微信的力量在于人际关系的紧密性比微博更强，因此往往在类似短信的相互交流的功能之外，其实也有类似微博的传播信息的平台的意义，如"朋友圈"的传播，往往人们会视为比微博更加有效和有力的方式，因为微博里不管怎样，大家都是弱联系，大 V 和普通人之间还是若即若离，但微信都是可靠的熟人的交流，热烈讨论的微信群与当年的 QQ 群相似，但当年 QQ 群里只有年轻人，现在的微信群却是各种人的聚合。我们都会在各种不同的微信群中乐此不疲地发布信息，引起讨论，而微信的公共账号，更加定点化地将意见传播给你。可以说，微博是以社交化的媒体，而微信是媒体化的社交。前者是向互联网上的公众发言，后者是在短信式的交流之外，也利用朋友圈或微信群向自己的熟人发言，传播信息。

微博和微信对于年轻人来说已经逐步像手机号码或电邮地址一样成为人们生活的一部分。它既是虚拟的，也是现实的，既是虚拟世界的新宠，又对现实世界正在发生着多方面的影响。它带来了新的分享的可能，也带来了具有想象力的公共空间。"微文化"的出现的意义在于重新发现了突破历史限度的瞬间的时间，并在这种时间之中凸显出"事件"的意义。这种"事件"类似于巴迪欧的意义上的"事件"。按他的说法："独特的真理都根源于一次事件。某事必须发生，这样才能有新的事物。甚至我们的个人生活里，也必须有一次相遇，必然有没有经过深思熟虑、不可预见或难以控制的事情发生，必然有仅仅是偶然的突破。"

　　微博的积极意义在于它显然扩展了中国舆论的空间。人们关注的许多事实都是通过微博得到了传播，有效地让公众更加充分地了解诸多事实，它一方面通过网民的力量构成众多的信息源，可以让人们在第一时间了解最直接的现实，极大地促进了舆论监督的发展。另一方面也可以通过许多方式表达公众对于公共事务的看法和分析。同时，许多传统媒体的记者或媒体人也使用微博作为了解事实、交流信息的平台，成为他们工作的一个便捷的方式。而微博更在更多的领域里发挥着重要的影响，如娱乐业的信息发布，企业的商业营销，生活信息的提供和爱好群体的讨论等等，同时也是不少公共事务讨论的空间，如转基因问题、动物权利、同性恋文化等议题都在微博上引发讨论，给了公众更加深入地了解这些议题的机会和空间。这些无疑都是积极的，对于我们的社会生活有极大的正面影响。这一点已经为微博的实践所充分证实。微信则将微空间具体化，成为个人生活和工作网络的具体的联系方式，同时也承载微博的信息发布的功能。

　　微博和微信也是双面刃。微博上每个人都是发布者，就没有了传统媒体的"守门人"，而且微博的门槛很低，只需要140个字就可以了。同时微博里有大量的匿名人群，他们发布的信息往往和他们的身份一样无法证实。于是微博从开始时，虚假信息就一直是一个被人诟病的方面。有些时候，一些人为了博取粉丝、为了商业目的或为了一些难以为外人明了的目标而制造虚假信息。这里有许多不同的情况。有些时候，由于许多人都有先入为主的观念，因此对于一些适合他们的趣味或想法的虚假信息缺少辨别能力，也会出现辟谣往往不如谣言走得远的现实情况。但这样的虚假信息让人是较为容易分辨，也较为容易被辟谣。问题就在于如何使得辟谣能够更有效地传达到个人。而有时则呈现为真假难辨或真假混杂的"流言"，这种状况最难以分辨和辟谣，所产生的影响也最难以预测。这些流言利用一个确实存在的事件，但在叙述中夹杂虚假的信息，这所造成的辟谣的成本往往极高，难度也极大，使得许多"阴谋""黑幕"往往不胫而走，快速弥散，难以将切实的信息传播，传播了也未必被信任。而且往往一个事情辟谣了，就又会编出另外一个相关的谣言。使得辟谣疲于奔命，造谣自由自在。同时一些虚假信息往往由匿名者发出，而实名的转发传播，其他匿名的由于对实名者的信任而加速传播。在整个流程中实名者无需负责，匿名者无法负责，而虚假信息经过这样的过程就有了快速的传播。而在这样的传播之中，"事件"并没有它的历史性，而是一种此时此地的当下性的展开。而与此同时，微博由于其短小精悍，往往需要强化论点而缺少论证。往往需要情绪化的语言打动人而不需要理性的讨论，尤其匿名的更无须承担任何责任，这造成微博里骂声一片，客观理性的意见往往受到忽视或蔑视。而极端的意见更加极端的倾向。这就使得整个虚拟社会中的言论趋于不同的极端，而复杂的观点难以展开的状态。于是扣帽子多于作讨论，骂人多于说问题的现象有蔓延的趋势。微信则起了在熟人之间传播来增加它的可信度的功能。微博将我们接受信息的平台"微化"的同时，"微信"将我们的人际关系"微化"。

这些都是"微生活"。

"微生活"一是改变了我们交流的方式，和接受信息的方式。改变了我们的生活习性，我们更加依赖互联网和移动互联网。二是通过"大数据"为未来的社会的发展提供了关键的踪迹。这里留下的人们的兴趣、关切和习性都会成为社会生活中最为关键的信息的资源。

我们简要地讨论了微博和微信带来的新的社会状况。微时代的出现会改变社会的同时，也深刻地根本改变文化和生活方式。微有两个方面的形态，一是空间方面的新的压缩，微是一个返归自我的内在性的可能。它把外在的大空间转化为自我感受的小空间，更加关切个体生活的内在的感觉、情绪和心理。它把空间化为一种心理空间的外化，这里的空间已经不再是中国与世界的关系的表达，而是在微空间中的自我的再发现。二是微在时间领域里是一种内在性的时间的再发现和再展示。空间微型化之后，时间反而得到了跨越的可能性。时间通过微化处理得到了释放，我们的生活更加"瞬间化"了。

"迎合少数"与"迎合多数"

最近有许多言论对于一些学者和知识分子"迎合"少数"利益集团"和"既得利益者"提出了严厉的批评，觉得有些言论由于这种"迎合"而不客观，刻意地扭曲事实，造成了为"利益集团"牟利帮腔抬轿的不良的风气。这种问题存在当然会造成严重的后果，理应引起公众的警觉。这样的提醒也需要让我们对于许多言论多问个为什么，进行深思之后再得出自己的判断。这显然有其积极的意义，也是对于知识分子的一种必要的提醒和必要的关切。无论你的言论是否刻意为"少数""既得利益者"说话，但一种对于这种状况的敏感和反思则是相当重要的。

但同样有些现象也值得我们关切：这就是一种"迎合多数"的倾向也同样广泛地存在，也同样值得知识分子警觉。一方面，为少数利益集团说话，扭曲事实当然是大错特错，但另一方面，为了迎合多数的欢呼而扭曲事实，以慷慨的面貌博取公众的喝彩而不顾实际的情况，也同样是大错特错。

在今天的新媒体时代，博客和跟帖形成了一股"草根"舆论的巨大的声势，公众一时的情绪和一时的选择往往迅速地成为网络里的"民意"的潮流，并且常常在经过纸媒的放大之后变成了相当主流的意见。这种意见往往言辞激烈，语气慷慨，一旦形成声势，也相当有份量。这种潮流并不像我们经常想象的是一种"天籁"，一种纯而又纯的民意，其实中国经常上网人口的70%都是青少年，正是这些人的言论主导着网络里的博客和跟帖，所以网络言论的主流往往并不是泛指的社会中的"人民"，反而是这些特定的群体。他们对于社会的看法并不成熟，他们的社会要求和思想视角并不非常开阔和完全合乎理性，仅仅是站在自己的角度和自己的需求上看社会的。这当然也有其自身的合理性，他们的要求也应该被社会所关切和注意。但正是由于这样的群体所形成的意见的局限，往往有些言论的确相当过激和并不确实。

但有些知识分子却由于发现这样的言论变成了主要的潮流，如果逆潮流而发言就有可能面临一片叫骂声。于是难免有人愿意应和着网上的声势一样说些壮怀激烈、慷慨激昂的言论。这些言论往往并不体察事实的关键所在，而是为了获得更多的喝彩。其实今天的消费社会就有和过去大不相同的状态。现在的消费社会并不是简单地"顺我者昌，逆我者亡"。而是反过来只要是有人追捧的言论都会有其市场的价值。我们确实知道"多数"的年轻人肯定没有"少数"的"利益集团"财力雄厚，但其实他们人数众多，正是潮流的支撑者，是媒体提供信息的相当主要的消费者，所以，往往迎合他们的趣味和要求其实也是许多媒体的目标，也往往会成为一些人"迎合多数"的目标所在。我们看看今天媒体社会里的演艺明星等不正是迎合这样的大众的需求而走红的吗？那么，有些知识分子刻意地迎合"多数"以得到利益也不是什么不可理解的事情。往往由于这样的言论能够迎合"多数"，所以变成了多数的代言人而受到喝彩，获得巨大的利益也是今天的社会中常见的事情。其实，客观地看，"迎合少数"的利益集团的言论，在媒体社会中其实容易被公众发现和批判，其风险甚大，暴露的可能性也很大。因为这样的言论往往和公众的潮流和喜好相悖，当然会被一眼看出而遭遇痛斥。而且有些时候往往是根据自己的学科的知识进行的思考也被人说成是为"迎合少数"而说，有些人为了避免被人猜忌为"迎合少数"，就对于一些敏感话题采取回避的策略。如报载，吴敬琏先生在政协会上接受采访时，说了后来引起网上怀疑是"迎合少数"的一些意见。当时就有人劝他不要说。这就说明有时依据自己思考和学理发表的意见，当然在学术上可以见仁见智，完全有讨论的空间，但却有被怀疑为"迎合少数"的危险，就是讲对了，也还是"其心可诛"。但一些"迎合多数"的言论，虽然在学理的未必考虑充分，却不免得到多数的喝彩，觉得是为公众讲话的。就是讲错了，也还是"好心办坏事"，其心地善良无可怀疑。这样就造成了将学理问题道德化的倾向，形成了不问客观事实如何，只看多数"少数"的简单化。又把学理的争论变成了道德的是非。反而让公众难以得到客观的分析。如在房价问题上，凡是说房价必然大跌的都受到喝彩，而说房价还可能上涨的都被认为是"利益集团"的代言人。但其实问题远比这样简单的道德判断复杂得多，需要的是更为客观的分析和理解，而不是就看"多数"还是"少数"。当然，抑制房价过快增长是完全正确的，但这不可能意味着房价就要一泻千里。其实如果房价剧烈下跌，引起的经济后果远不是年轻人买得到更便宜的房子这样简单。如果房价剧烈下跌会引发经济问题，年轻人的工作和收入也会受到巨大的影响，连工作都没有了，再便宜的房子也买不起。

由此看来，"迎合多数"和"迎合少数"一样都有其严重的问题。"迎合多数"的毛病就在于它仅仅迎合多数的情绪和此时的想法，而没有把公众的长远利益和短期利益统一起来，在两者之间取得平衡。同时也没有从学理的角度发挥知识分子的专业长处，对于问题有客观的分析。

所以，避免任何"迎合"，从学理出发，实事求是地分析问题，为公众的长远的利益和福祉而思考应该是知识分子的责任。